LA FILLE QUI VOIT

SÉRIE SASHA URBAN : TOME 1

DIMA ZALES

♠ MOZAIKA PUBLICATIONS ♠

Publié par Mozaika Publications, une marque de Mozaika LLC.
www.mozaikallc.com

Couverture par Orina Kafe
www.orinakafe-art.com

Traduit de l'anglais (États-Unis) par Suzanne Voogd

Révision linguistique par Valérie Dubar

e-ISBN : 978-1-63142-439-7
Print ISBN : 978-1-63142-440-3

CHAPITRE UN

— JE NE SUIS PAS VOYANTE, dis-je à la maquilleuse. Ce que je vais faire, c'est du mentalisme.

— Comme ce beau mec dans la série télé ?

La maquilleuse ajoute une autre touche de fond de teint sur mes pommettes.

— J'ai toujours voulu le maquiller. Sais-tu aussi hypnotiser et lire les gens ?

J'inspire profondément pour me calmer. Cela ne m'aide pas beaucoup. La loge minuscule sent comme si la laque était partie en guerre contre le dissolvant, qu'elle avait gagné et qu'elle avait emprisonné des fumées toxiques.

— Pas exactement, dis-je lorsque j'ai réussi à contrôler mon angoisse et l'irritation qui en résulte.

Même avec du Valium dans le sang, j'ai du mal à ne pas devenir folle en sachant ce qu'il va se passer.

— Un mentaliste, c'est une sorte de prestidigitateur

dont les illusions se concentrent sur l'esprit. Si j'avais le choix, je dirais que je suis 'illusionniste mentale'.

— Ce n'est pas un très bon nom.

Elle m'aveugle avec sa lampe et examine attentivement mes sourcils.

Je grimace mentalement : la dernière fois qu'elle m'a regardée de cette façon, j'ai fini par me faire torturer à coups de pince à épiler.

Ce qu'elle voit maintenant doit lui plaire, car elle écarte la lumière de mon visage.

— Illusionniste mentale, cela fait penser à une magicienne psychotique, poursuit-elle.

— C'est pour cela que je m'appelle simplement illusionniste.

Je souris et je me prépare à ce que le maquillage tombe comme un masque, mais il reste en place.

— As-tu bientôt terminé ?

— Voyons ça, dit-elle en faisant signe au caméraman de s'approcher.

Le type me demande de me lever et les lumières de sa caméra s'allument.

— Voilà.

La maquilleuse indique l'écran LCD près de là, celui que j'ai évité de regarder jusqu'à présent, car il montre le spectacle qui se déroule en cours : la source de ma panique.

Le caméraman fait ce dont il a besoin, et le spectacle angoissant disparaît de l'écran, remplacé par une image de notre minuscule pièce.

La fille à l'écran me ressemble vaguement. Les

talons donnent l'impression que je suis beaucoup plus grande que mon mètre soixante-dix, tout comme la tenue en cuir noir que je porte. Sans le maquillage épais, mon visage est assez symétrique, mais mes pommettes bien tranchées me donnent une beauté plutôt masculine, un effet renforcé par mon menton proéminent. Le maquillage adoucit cependant mes traits, faisant ressortir la couleur bleue de mes yeux et soulignant le contraste avec mes cheveux bruns.

La maquilleuse s'en est donné à cœur joie : on me croirait sur le point de faire une publicité pour un shampooing. Je ne suis pas une grande fan des cheveux longs, mais je les garde ainsi, car lorsqu'ils étaient cours, les gens avaient tendance à me confondre avec un adolescent.

C'était une erreur que personne n'allait faire ce soir.

— Ça me plaît, dis-je. Terminons, s'il vous plaît.

Le caméraman refait passer le spectacle en live sur l'écran. Je ne peux m'empêcher d'y jeter un coup d'œil et ma pression sanguine déjà élevée monte en flèche.

La maquilleuse me dévisage de la tête aux pieds et fronce légèrement le nez.

— Tu insistes sur cette tenue, n'est-ce pas ?

La tenue vraiment cool – selon moi – évoquant une dominatrice est un moyen d'ajouter un peu de mystère à mon personnage de scène. Jean Eugène Robert-Houdin, le célèbre prestidigitateur français du dix-neuvième siècle qui a inspiré le nom de scène de Houdini a dit un jour : 'Le magicien est un acteur jouant le rôle de magicien'. J'ai formé mon opinion sur l'apparence des magiciens quand j'étais au primaire et que j'ai vu Criss Angel à la télé, et j'ose avouer que son look de rockstar gothique se retrouve dans ma propre tenue, avec la veste en cuir tout particulièrement.

— Comme c'est merveilleux, dit une voix familière avec un accent britannique sexy. Tu ne ressemblais pas à ça au restaurant.

En pivotant sur mes hauts talons, je me retrouve nez à nez avec Darian, l'homme que j'ai rencontré il y a deux semaines au restaurant où je fais de la magie de table en table – et où je l'ai suffisamment impressionné pour que cette chance inimaginable devienne une réalité.

Producteur pour l'émission populaire *Une soirée avec Kacie*, Darian Rutledge est un homme mince et élégamment vêtu qui me fait penser à un croisement entre un majordome et James Bond. Malgré son rôle de cadre au studio et les rides sur son front, j'estime qu'il doit avoir un peu moins de trente ans – mais c'est peut-être prendre mes désirs pour des réalités, étant donné que j'ai vingt-quatre ans. Non pas qu'il soit beau de manière classique, mais il a un certain attrait. Par exemple, avec son nez fort, il est un des rares hommes à pouvoir porter le bouc.

— Je porte des Doc Martens au restaurant, lui dis-je.

Les quelques centimètres supplémentaires de mes chaussures m'élèvent au niveau de ses yeux, et je ne peux m'empêcher de me perdre dans leur profondeur verte.

— On m'a forcée pour le maquillage, finis-je maladroitement.

Il sourit et il me tend un verre.

— Et le résultat est magnifique. Santé.

Il regarde alors la maquilleuse et le caméraman.

— J'aimerais parler avec Sasha en privé.

Son ton est poli, pourtant on sent un côté impérieux évident.

Les employés filent hors de la pièce. Darian doit être encore plus important que je ne le pensais.

Sans réfléchir, je bois une gorgée de la boisson qu'il m'a donnée et je grimace à cause de l'amertume.

— C'est un Sea Breeze, dit-il en me faisant un sourire gigantesque. Le barman a dû y aller un peu fort avec le jus de pamplemousse.

Je bois poliment une deuxième gorgée et je pose le verre sur la coiffeuse derrière moi, craignant que le mélange de vodka et de Valium me rende encore plus vaseuse. Je ne sais pas du tout pourquoi Darian veut me parler en privé, l'angoisse a déjà broyé mon cerveau.

Darian me regarde en silence pendant un instant, puis il sort un téléphone de la poche de son jean moulant.

— Nous devons parler d'une petite chose désagréable, dit-il en passant le doigt sur l'écran de son téléphone avant de me le tendre.

Je lui prends le téléphone et je le serre fort afin qu'il ne tombe pas de mes mains poisseuses.

Une vidéo y est affichée.

Je la regarde dans un silence stupéfait, submergée par une vague d'effroi malgré les médicaments.

La vidéo révèle mon secret : la méthode cachée derrière la prouesse que je suis sur le point d'accomplir sur *Une Soirée avec Kacie*.

Je suis foutue.

— Pourquoi me montres-tu cela ? parviens-je à dire lorsque j'ai repris le contrôle de mes cordes vocales paralysées.

Darian reprend doucement le téléphone de mes mains tremblantes.

— Tu sais ce truc que tu as fait au restaurant ? Dire que tu fais semblant d'être médium et que ce ne sont que des tours ?

— Oui.

Je fronce les sourcils.

— Je n'ai jamais dit que j'étais médium. S'il s'agit de dénoncer une fraude…

— Tu ne comprends pas.

Darian attrape mon verre et boit une longue gorgée de façon élégante malgré tout.

— Je n'ai aucune intention de montrer cette vidéo à qui que ce soit. Bien au contraire.

Je cligne des paupières, mon cerveau ayant clairement surchauffé à cause de l'adrénaline et du manque de sommeil.

— Je sais qu'en tant que magicienne, tu n'aimes pas que tes méthodes soient connues.

Son sourire devient étrangement prédateur.

— D'accord, dis-je en me demandant s'il est sur le

point de me faire une proposition indécente de style chantage.

Si c'était le cas, je le rejetterais, bien sûr – mais par principe et pas parce qu'il m'est impensable de faire quelque chose d'indécent avec un type comme Darian.

Quand il ne s'est rien passé depuis très longtemps, toutes sortes de scénarios insensés tournent dans votre tête de façon régulière.

Le regard vert de Darian devient distant, comme s'il essayait de regarder l'horizon à travers le mur.

— Je sais ce que tu as l'intention de dire après la grande révélation finale, dit-il en se reconcentrant sur moi.

Dans une parodie étrange de ma voix, il énonce :

— Je ne suis pas une prophétesse. J'utilise mes cinq sens, les principes de la déception et du spectacle pour créer l'illusion d'en être une.

Je lève tellement les sourcils que mon maquillage risque de s'ébrécher. Il n'a pas à peu près recréé mon discours, il l'a énoncé mot pour mot, copiant même l'intonation à laquelle je m'étais entraînée.

— Oh, n'ai pas l'air si surprise.

Il pose le verre maintenant vide sur la coiffeuse.

— Tu as dit exactement la même chose au restaurant.

Je hoche la tête, toujours sous le choc. Lui ai-je déjà dit cela avant ? Je ne m'en souviens pas, mais je dois l'avoir fait. Autrement, comment pourrait-il le savoir ?

— J'ai paraphrasé quelque chose que dit un autre mentaliste. Dois-je le citer ?

— Pas du tout, dit Darian. Je veux simplement que tu laisses tomber ces bêtises.

— Ah.

Je le fixe.

— Pourquoi ?

Darian s'appuie contre la coiffeuse et croise les jambes au niveau des chevilles.

— En quoi est-ce amusant d'avoir une fausse médium dans l'émission ? Personne ne veut voir une imitation.

— Alors tu veux que j'agisse en charlatan ? Que je fasse semblant d'en être une vraie ?

Entre le trac, la vidéo et, maintenant, cette demande déraisonnable, je suis sur le point de tourner les talons et de fuir, même si je finirais par le regretter pour le restant de ma vie.

Il doit percevoir que je suis sur le point de craquer, car le côté prédateur de son sourire disparaît.

— Non, Sasha.

Son ton est exagérément patient, comme s'il parlait à une enfant.

— Je veux juste que tu ne dises rien. Ne prétends pas être médium, mais ne le nie pas non plus. Évite simplement le sujet. Tu dois pouvoir t'accommoder de cela.

— Et si ce n'est pas le cas, tu montreras la vidéo aux gens ? Tu révéleras ma méthode ?

Cette idée me fait enrager. Je ne veux peut-être pas que les gens me prennent pour une médium, mais comme la plupart des magiciens, je travaille dur sur des techniques secrètes pour mes illusions, et j'ai l'intention de les emporter avec moi dans la tombe – ou bien d'écrire un livre réservé aux magiciens, qui ne sera publié que de façon posthume.

— Je suis certain que nous n'irons pas jusque-là.

Darian fait un pas vers moi et l'odeur de bergamote de son eau de Cologne taquine mes narines.

— Nous voulons la même chose, toi et moi. Nous voulons que les gens soient fascinés par toi. Ne dis rien dans un sens ou dans l'autre, c'est tout ce que je te demande.

Je fais un pas en arrière. Sa proximité est trop difficile pour mon état d'esprit déjà perturbé.

— Très bien. Marché conclu.

Je déglutis.

— Tu ne montres jamais la vidéo et je ne prétends rien.

— En fait, il y a une chose de plus, dit-il et je me demande si sa proposition indécente est sur le point de tomber.

— Quoi ?

J'humidifie nerveusement les lèvres, puis je me rends compte que cela ne fait qu'augmenter la probabilité qu'il me fasse des avances inappropriées.

— Comment as-tu su à quelle carte pensait ma cavalière ?

Je souris, enfin de retour dans mon élément. Il doit parler de ma spécialité de la reine de cœur : le tour qui a émerveillé les clients à sa table.

— Cela te coûtera quelque chose de plus.

Il lève un sourcil interrogateur.

— Je veux la vidéo, dis-je. Envoie-la-moi par mail et je te donnerai un indice.

Darian hoche la tête et tapote sur son téléphone.

— C'est fait, dit-il. Tu l'as reçue ?

Je sors mon propre téléphone et je grimace. C'est dimanche soir, juste avant la plus grande opportunité de ma vie, pourtant j'ai quatre messages de mon patron.

Je décide de regarder plus tard ce que veut cet enfoiré manipulateur. J'ouvre ma messagerie personnelle et je vérifie que j'ai reçu la vidéo de Darian.

— Je l'ai, dis-je. Maintenant, en ce qui concerne la reine de cœur… Si tu es aussi observateur et intelligent que je le pense, tu pourras deviner ma méthode ce soir. Avant le grand final, je vais faire le même tour pour Kacie.

— Diablesse.

Ses yeux verts deviennent hilares.

— Alors tu ne vas pas me le dire ?

— Une magicienne doit avoir au moins un coup d'avance sur son public.

Je lui fais le sourire nonchalant que j'ai perfectionné au cours des années.

— Marché conclu ou pas ?

— Très bien. Tu as gagné.

Il s'assoit élégamment sur le tabouret où j'ai subi la torture des sourcils.

— Maintenant, dis-moi pourquoi tu as semblé si effrayée quand je suis entré ?

J'hésite, puis je décide qu'avouer la vérité ne me causera pas de désagréments.

— C'est à cause de ça.

Je montre l'écran où l'on voit toujours le programme en direct. À ce moment précis, la caméra se tourne vers le public nombreux du studio, qui applaudit pour quelque chose qu'a dit l'hôtesse.

Cela semble amuser Darian.

— Kacie ? Je ne croyais pas que cette marionnette pouvait faire peur à qui que ce soit.

— Pas elle.

J'essuie mes paumes de mains moites sur ma veste en cuir et j'apprends que ce n'est pas une surface très absorbante.

— J'ai peur de parler devant les gens.

— Ah bon ? Mais tu as dit vouloir être magicienne à la télé, et tu fais tout le temps des spectacles au restaurant.

— Au restaurant, mon plus grand public est de trois ou quatre personnes par table. Dans ce studio là-bas, il y en a environ une centaine. La peur arrive quand on peut compter les gens par dizaines.

L'amusement de Darian semble augmenter.

— Et qu'en est-il des millions de gens qui te regarderont chez eux ? Ils ne t'inquiètent pas ?

— Je suis plus angoissée par le public du studio et oui, je saisis l'ironie de la chose.

Je fais de mon mieux pour ne pas paraître sur la défensive.

— Pour mon propre programme télé, je ferais de la

magie dans la rue avec une petite équipe de tournage, cela ne déclencherait pas autant ma peur.

La peur, c'est un euphémisme. Mon attitude envers le fait de parler en public confirme les nombreuses études montrant que cette phobie particulière est plus répandue que la peur de mourir. Je préférerais certainement être mangée par un requin plutôt que de devoir apparaître devant une foule.

Une fois que Darian m'a appelé pour son offre, j'ai appris à quel point le public de l'émission dans le studio était grand et je n'ai pas pu dormir pendant trois jours. C'est pour cela que je me sens comme une détenue de Guantanamo en route vers un interrogatoire musclé. C'est encore pire que lorsque j'avais fait une série de nuits blanches pour mon stupide travail de jour et à cette époque-là, j'avais cru que c'était l'événement le plus stressant de ma vie.

Ma colocataire Ariel ne m'a pas donné son Valium à la légère : il m'a fallu une tonne de persuasion et elle ne l'a donné que quand elle n'en pouvait plus de voir mon visage misérable.

Darian me distrait de mes pensées en tripotant encore son téléphone.

— Ceci devrait t'inspirer, dit-il en même temps que des notes apaisantes de piano se mettent à sortir de son téléphone. C'est une chanson au sujet d'un homme dans une situation proche de la tienne.

Il me faut quelques instants pour reconnaître l'air. Étant donné que j'étais petite la dernière fois que j'ai entendu cette chanson, je remonte un peu mon estimation de l'âge de Darian. La chanson est 'Lose Yourself' du film *8 Mile*, dans lequel le personnage d'Eminem reçoit la possibilité de devenir rappeur. Je suppose que ma situation est assez similaire, puisque c'est ma première grande occasion de faire ce que je veux le plus.

De façon inattendue, Darian se met à rapper avec Eminem et je lutte contre un gloussement ridicule lorsqu'une partie de la tension quitte mon corps. Est-ce que tous les rappeurs britanniques ont l'air aussi élégants que la reine ?

— Voilà enfin ce sourire, dit Darian sans s'apercevoir ou se soucier du fait que mon sourire est à ses dépens. Continue.

Il attrape la télécommande et monte le volume de la télé juste à temps afin que j'entende Kacie dire :

— Ayons une pensée pour les victimes du tremblement de terre à Mexico. Pour donner à la Croix-Rouge, veuillez appeler le numéro en bas de l'écran. Et maintenant, une courte page de publicité…

Un homme passe la tête dans la loge.

— Sasha ? Nous avons besoin de toi sur scène.

— Merde ! dit Darian en soufflant un baiser vers moi.

Je mime le fait d'attraper le baiser, de le jeter sur le sol et de l'écraser avec mon talon aiguille.

Le rire de Darian s'éloigne lorsque mon guide et moi quittons la pièce, nous engageant dans un couloir sombre. Lorsque nous approchons de notre destination, nos pas semblent devenir plus bruyants, résonnant avec les battements de mon cœur qui s'accélère. Enfin, je vois une lumière et j'entends le rugissement de la foule.

C'est ainsi que doivent se sentir les gens sur le point de passer devant un peloton d'exécution. Si je n'étais pas sous l'influence d'un médicament, je partirais sûrement en courant, et tant pis pour mes rêves. En l'occurrence, le guide doit attraper mon bras et me traîner jusqu'à la lumière.

Apparemment, la pause publicitaire sera bientôt terminée.

— Va t'asseoir sur le canapé à côté de Kacie, chuchote quelqu'un dans mon oreille. Et respire.

Mes jambes semblent devenir plus lourdes, chaque pas nécessitant un effort de volonté monumental. À bout de souffle, je fais un pas sur la plate-forme où est situé le canapé et je marche lentement en essayant d'ignorer le public du studio.

Ma crainte est si extrême que le temps s'écoule bizarrement : à un moment, je marche encore, l'instant d'après je me tiens à côté du canapé.

Je suis contente que Kacie soit absorbée par sa tablette. Je ne suis pas prête à échanger des plaisanteries quand je dois faire quelque chose d'aussi difficile que m'asseoir.

Les genoux tremblants, je m'assois sur le canapé comme un fakir sur un tapis de clous – ce qui n'est d'ailleurs pas une prouesse surnaturelle de résistance à la douleur, mais l'application des principes scientifiques de la pression.

La distorsion temporelle a encore dû se produire, car la musique correspondant à la page de publicité se termine brusquement et Kacie lève la tête de sa tablette, ses lèvres trop pulpeuses s'étirant en un sourire.

Les battements de mon pouls sont si bruyants dans mes oreilles que je ne l'entends pas me saluer.

Ça y est.

Je vais faire une crise de panique à la télévision.

CHAPITRE DEUX

— LE JOUR, Sasha travaille pour l'infâme Nero Gorin à son fonds spéculatif, dit Kacie en récitant l'introduction que j'ai préparée.

Les mots m'atteignent comme si je me trouvais dans un bunker souterrain.

— La nuit, elle se produit au somptueux restaurant étoilé…

Les gorgées de Sea Breeze tournent douloureusement dans mon estomac. Dans quelques secondes, ce sera à mon tour de parler.

La foule me regarde d'un air menaçant.

Les imaginer en sous-vêtements me donne seulement envie de vomir, alors je les imagine en train de dormir… ce qui ne fonctionne pas non plus.

Sans le médicament d'Ariel, je serais partie en courant.

En observant encore une fois le public, je constate ce qui n'aurait pas dû me surprendre : ma mère n'est pas venue. Quand je lui ai envoyé l'invitation, je savais que c'était probable, mais d'une certaine façon j'ai quand même dû m'attendre à sa présence. Je ne pouvais donner qu'une seule invitation et maintenant je regrette de la lui avoir donnée. Ma mère n'a jamais approuvé ma passion pour les 'tours idiots', comme elle dit, sans doute parce qu'elle s'inquiète que mes revenus puissent baisser considérablement si je choisissais la magie pour carrière. Et comme elle bénéficie de ce revenu…

— Sasha ? répète Kacie dont le sourire s'étend presque jusqu'aux oreilles. Bienvenue dans mon émission, ma chère.

Je déglutis et je parviens à articuler :

— Merci de me recevoir, Kacie.

Si je ne m'étais pas entraînée un million de fois, j'aurais pu rater cette salutation basique.

— J'espère pouvoir ajouter un peu de mystère à la journée de tout le monde.

— Je suis très intriguée.

Kacie regarde tour à tour la caméra et moi.

— Si j'ai bien compris, tu vas prédire l'avenir aujourd'hui. Est-ce que c'est bien ça, Sasha ?

Foutu Darian. Pourquoi m'a-t-il mise dans cette situation ? Avant qu'il me demande de ne pas terminer le spectacle par un démenti, j'avais parfaitement planifié mon numéro et mon discours. Maintenant, je dois prendre des précautions et ne choisir que des phrases 'sûres' du baratin que j'ai répété tant de fois.

Kacie me regarde, dans l'expectative, alors je hoche

la tête et je poursuis, ma voix devenant plus posée lorsque je dis :

— Mon travail de jour au fonds spéculatif nécessite que je prédise comment le marché et les investisseurs individuels pourraient se comporter. Je le fais en absorbant de nombreuses données financières et politiques et je m'en sers pour mes prédictions. Il s'avère que je suis très douée pour cela.

Même si les magiciens mentent souvent dans leur baratin, tout ce que je viens de dire est la vérité. Bien que je déteste mon travail, je suis excellente dans son aspect de prédiction. Je suis si douée, en fait, que mon patron Nero supporte mes conneries.

Malgré tout, la seule raison pour laquelle je parle de mon travail, c'est parce que tous les livres traitant de spectacles de magie conseillent de personnaliser les tours. Les acteurs utilisent le même procédé. Et comme rien n'est plus personnel à mes yeux que mon purgatoire actuel, cela a fini dans mon baratin.

— Eh bien, dit Kacie en se tournant vers la caméra. On dirait qu'une démonstration serait de mise.

— Tout à fait.

En espérant que personne ne remarque les tremblements de mes mains, je remonte nonchalamment mes manches. C'est un geste que fait toute magicienne crédible afin d'ôter tout soupçon d'objet caché dans la manche.

Je déglutis pour humidifier ma gorge sèche et je dis à Kacie :

— Il y a deux jours, nous avons parlé au téléphone

et je vous ai demandé de penser à une carte à jouer. En avez-vous choisi une ?

Je retiens ma respiration, le cœur battant dans la poitrine. Ce qu'elle dira ensuite va déterminer à quel point mon premier tour paraîtra incroyable à des millions de gens.

— Certainement, répond-elle. J'ai une carte en tête.

Soupir de soulagement, la plus grande partie de ma nervosité s'estompant. Elle ne m'a pas accidentellement dénoncée, ce qui signifie que j'ai perturbé son souvenir comme j'en avais l'intention. Ce que je lui ai vraiment dit au téléphone, c'était :

— Pensez à une carte du jeu qui vous représente, ou qui vous parle sur un plan personnel.

Il y a une énorme différence entre 'pensez à une carte' et 'pensez à une carte qui vous représente'. La première proposition est libre, l'autre est dirigée.

D'après mon expérience, la plupart des femmes pensent à la reine de cœur lorsqu'elles sont confrontées à ma demande soigneusement formulée. Ce tour psychologique fonctionne deux fois mieux pour les personnes extraverties comme Kacie, en particulier celles qui utilisent autant de rouge à lèvres rouge que Kacie.

— Il est très important que le public comprenne que vous avez eu un choix absolument libre, lui dis-je.

J'aime beaucoup dire cela, étant donné à quel point, c'est diaboliquement faux.

— Veuillez également confirmer que je vous ai proposé de changer d'avis si vous en avez envie.

Cette deuxième partie est vraie. Je lui ai dit qu'elle pouvait changer de carte, mais je l'ai dit de façon désinvolte, comme après-coup, sans lui donner l'occasion de vraiment y penser. C'était un risque, bien sûr, mais la plupart des gens ne changent pas d'avis après avoir choisi une carte, en particulier s'ils sont bloqués sur l'idée que la carte originale les 'représente'.

— C'est exactement ce qu'elle a dit.

Surexcitée, Kacie est sur le point d'applaudir de ses mains soigneusement manucurées. C'est incroyable de voir à quel point la magie peut transformer cette femme sophistiquée en petite-fille.

Décidant que le sort vient en aide aux audacieux, j'ajoute :

— Ceci est votre dernière chance pour changer d'avis. Si vous le souhaitez, vous pouvez le faire maintenant.

Kacie secoue la tête, manifestement pressée d'apprendre ce qu'il va se passer ensuite.

Parfait.

Elle garde son premier choix.

— Pour la première fois, veuillez annoncer votre carte à voix haute.

Je fais un grand geste de la main droite pour lui montrer de parler et je me prépare à ne pas paraître déçue si je dois recourir au plan B.

— La reine de cœur, annonce triomphalement Kacie.

Je retiens mon sourire. Montrer mon excitation

aurait pu indiquer ma méthode, tout comme l'aurait fait ma déception.

Lentement, je tourne mon bras tendu vers Kacie.

— Souvenez-vous, vous auriez pu changer d'avis à n'importe quel moment.

Elle pousse un petit cri, ses longs cils battant rapidement.

— C'est un vrai ?

Sa voix est pleine d'admiration. Elle a manifestement oublié le processus de sélection et elle croit avoir réellement eu le choix de n'importe quelle carte.

— Je l'ai fait faire il y a quelques mois, dis-je en gardant le bras droit pour m'assurer que tout le monde puisse le voir.

Quelqu'un du public chuchote une de mes phrases préférées :

— Ce n'est pas possible.

La caméra zoome sur mon avant-bras.

Le grand écran derrière nous montre ma peau pâle ornée du tatouage complexe.

La reine de cœur.

— Aimeriez-vous le toucher ?

Je glisse jusqu'au bord du canapé et j'avance le tatouage vers Kacie.

— Afin de vous assurer que ce n'est pas juste dessiné ?

Les doigts frais de Kacie palpent le tatouage et elle secoue lentement la tête, chuchotant sa stupéfaction.

Je me permets maintenant un énorme sourire.

Chaque fois qu'un effet réussit de cette façon et que je vois l'admiration sur les visages des gens, j'ai une énorme poussée d'adrénaline.

C'est pour cela que je poursuis cette carrière de déception honnête malgré ma peur de parler en public.

Je risque un coup d'œil vers la foule et je remarque qu'ils sont encore plus impressionnés que Kacie – ce qui est normal. En ce qui les concerne, j'ai dit à Kacie de 'penser à une carte au hasard'.

— Et bien sûr, ceci est le seul tatouage sur mon corps.

Je tourne mon bras gauche sans tatouage vers la caméra et je soulève mes cheveux pour montrer ma nuque. J'envisage de montrer le bas de mon dos également, mais comme cela nécessite de se lever sur des jambes encore chancelantes, je décide de ne pas le risquer et je plaisante :

— En tout cas, le seul tatouage dans un endroit que je peux montrer à la télévision.

La plaisanterie fait éclater la tension accumulée de la révélation et tout le monde se met à rire.

Je rayonne.

Je me souviendrai toujours de ce moment.

Mon numéro s'est passé parfaitement.

Bien sûr, il y a un léger problème. Les gens qui m'ont vu travailler au restaurant – comme Darian – pourraient remarquer que je révèle toujours la reine de cœur.

Je croise son regard indéchiffrable dans la section VIP de la première rangée et je fais un clin d'œil. Après avoir vu le numéro deux fois, est-il plus près de trouver la méthode derrière mon effet ?

Avec un peu de chance, il pense que je suis une manipulatrice qui peut faire penser aux gens tout ce que je désire – ce qui n'est pas très éloigné de la vérité. La question qui doit maintenant ronger Darian est : 'Et si Kacie n'avait *pas* nommé la reine de cœur ?'

La réponse est très simple : j'aurais eu recours au plan B. J'ai un paquet de cartes dans ma poche droite, je ne quitte jamais la maison sans lui. Si Kacie avait nommé la mauvaise carte, j'aurais essayé de ne pas avoir l'air déçue et j'aurais utilisé ma main déjà tendue pour sortir le paquet de ma poche. J'aurais demandé à Kacie de donner un nombre, entre un et cinquante-deux, et j'aurais compté ce nombre depuis le haut du paquet pour révéler sa carte comme par magie : c'est un effet qui donne l'impression d'être une prédiction, et qui peut sembler un plus grand miracle que la version du tatouage pour les autres magiciens. Tout le monde – en dehors de Darian – n'y aurait vu que du feu.

Des applaudissements enthousiastes reportent mon attention sur le public.

— Merci.

Je m'incline légèrement, ne tenant pas compte de la sueur qui dégouline le long de ma colonne.

— C'était juste un petit hors-d'œuvre avant le plat principal.

Kacie, la foule et même Darian, qui connaît la méthode de ce que je prépare, sont pendus à mes lèvres. C'est peut-être présomptueux, mais j'imagine les gens chez eux se rapprocher de leur écran de télévision.

Après tout, ils viennent de me voir prédire par l'intermédiaire d'un tatouage une pensée libre venue de l'esprit humain. Pourtant j'appelle cela un hors-d'œuvre.

Mon pouls est encore trop rapide et je prends conscience d'une sensation étrange… comme si je me remplissais d'énergie chaude. Est-ce le Valium qui agit ? J'espère que ce n'est pas le cocktail qui se mélange au médicament.

Repoussant cette inquiétude, je me concentre sur ma performance.

— Il y a quelques semaines, dis-je d'un ton assuré, j'ai posté une lettre importante à Kacie.

En fait, je l'ai envoyée à son assistante, mais elle ne me rectifie pas, alors je continue.

— Kacie, avez-vous cette lettre maintenant ?

Kacie ramasse triomphalement une grosse enveloppe scellée.

— Cette enveloppe est restée au studio en permanence, n'est-ce pas ? dis-je en regardant Darian dans les yeux.

Une idée terrible vient de me passer par la tête.

Et s'il ne voulait pas que je démente le fait d'être médium afin qu'il puisse montrer cette maudite vidéo et me faire passer pour un charlatan ?

Discréditer une fausse médium doit faire de l'audience à la télé.

Repoussant cette pensée terrible, je me concentre sur Kacie lorsqu'elle dit :

— Oui, et elle est fermée. Il n'y a pas eu de manigances ici.

Je pourrais l'embrasser. Maintenant, je n'ai pas besoin de souligner à quel point l'enveloppe n'a pas été touchée et que c'était impossible pour moi d'y accéder.

— Parfait. Merci, dis-je. Maintenant, avant que nous passions à l'enveloppe, pouvez-vous s'il vous plaît afficher la première page du *New York Times* sur ce grand écran derrière moi ?

La page familière apparaît à l'écran, avec la une de la journée en gros plan. Le titre est : GROS TREMBLEMENT DE TERRE AU MEXIQUE : DES DOUZAINES DE MORTS. Sous l'article se trouve une image d'un grand bâtiment couché sur le côté et de gens creusant dans les décombres.

Il s'agit de mon moment de gloire, mais je ne peux m'empêcher de ressentir une culpabilité énorme. Ce que je suis sur le point de faire va sembler encore plus théâtral à cause de cette tragédie terrible. Bien sûr, je ne pouvais pas contrôler les unes de la journée, et ce genre de résultat est toujours le risque avec cette illusion. Un mentaliste a accidentellement prédit la mort d'Elvis de cette façon, et jusqu'à ce jour, il est harcelé par les conspirationnistes.

Ravalant ma culpabilité, je dis de mon ton le plus autoritaire :

— Kacie, veuillez ouvrir l'enveloppe et montrer à tout le monde ce qui se trouve à l'intérieur.

— Je ne suis pas certaine de vouloir ouvrir cela, chuchote Kacie, mais ses doigts arrachent déjà le papier devant elle.

Elle passe prudemment la main dans l'enveloppe, comme si elle contenait de l'anthrax. Elle sort une grande feuille de papier, la regarde, et elle pâlit brusquement.

J'ai encore une fois envie de l'embrasser. Sa réaction augmente l'anticipation du public.

Finalement, le métier d'animatrice de Kacie reprend le dessus et elle tourne le papier vers la caméra avec un geste théâtral.

Sur le papier, j'ai recréé en dessinant à la main le journal toujours affiché à l'écran derrière nous. De ma plus belle écriture, j'ai marqué : GROS TREMBLEMENT DE TERRE AU MEXIQUE : DES DOUZAINES DE MORTS. En utilisant mes capacités artistiques limitées, j'ai aussi dessiné un gros bâtiment couché sur le côté et quelques personnages schématisés à côté de taches d'encre représentant les décombres.

Un des graphistes du studio place ma lettre à côté du *New York Times*, et l'image est très puissante.

J'avais préparé un discours au sujet de la difficulté de prédire les tremblements de terre, mais je ne le fais pas. Pas besoin. Le public est dans un état rare de surprise silencieuse et je ne veux pas le gâcher par des mots. C'est la meilleure réaction que peut attendre un magicien : l'admiration effrayée.

Ou alors, le public inspire pour mieux huer et me chasser de la scène.

Darian rompt le sort en commençant à applaudir lentement, comme dans un film pour adolescents.

Les applaudissements tonitruants qui suivent sont la meilleure chose que j'ai jamais entendue. Je saute sur mes pieds et je salue.

— Bravo, dit Kacie d'une voix toujours tremblante.

Face à la caméra, elle ajoute :

— Nous devons faire une pause publicitaire rapide et nous reviendrons dans un instant.

La musique publicitaire commence et j'en suis ravie. Si je panique maintenant, au moins ce ne sera pas rediffusé en direct.

Le public ralentit les applaudissements et je remarque quelques personnes dans la foule qui n'ont pas du tout réagi. L'un d'entre eux est un homme âgé à l'air malade et les autres sont des hommes pâles portant des lunettes de soleil d'aviateur et des costumes noirs qui m'évoquent des gardes de sécurité. Ils se trouvent tout au fond du studio.

Je regarde Darian. Il s'est arrêté d'applaudir et il fixe le senior maladif. Quelque chose chez cet homme doit le contrarier, car le visage de Darian s'assombrit. En portant un doigt à son oreille, il murmure quelque chose et l'un des hommes en noir répète le geste.

Parle-t-il à la sécurité du studio, et si oui, pourquoi ?

En cachant ma perplexité, je regarde Kacie. Elle s'évente avec l'enveloppe, se remettant toujours de ma prédiction.

Je reste debout, attendant que les applaudissements cessent. Même si je suis honorée par cette ovation, j'espère qu'elle s'arrêtera bientôt, car mes jambes sont faibles et l'étrange sensation d'énergie chaude revient, mais elle est beaucoup plus forte cette fois. C'est comme si j'étais inondée par elle et mon pouls accélère encore, ma respiration devenant haletante et incontrôlable.

Que se passe-t-il ?

Est-ce la crise de panique que j'ai essayé de repousser ?

J'enfonce les ongles dans les paumes de mes mains. Si je ne les coupais pas si court pour utiliser les cartes à jouer, je me ferais saigner.

Un autre tsunami d'énergie étrangement agréable inonde mon corps, faisant tinter mes extrémités.

Mes orteils se recourbent dans mes chaussures à talons. Est-ce que je viens d'avoir un orgasme devant une centaine de personnes ?

Le plaisir ne dure qu'un instant, et à mesure que l'intensité augmente, la sensation se transforme en douleur.

Les lumières vives du studio se changent en soleils et ma vue se trouble. Je ferme les yeux, mes muscles se verrouillant lorsque je commence à trembler de façon incontrôlable.

Suis-je en train de faire une crise d'épilepsie ? Une attaque ?

L'intensité de l'expérience se situe maintenant au-delà de la douleur. J'entre en état de choc, comme le jour où je me suis fait percer la langue, mais infiniment pire. Tout mon corps semble transformé en terminaisons nerveuses foudroyées par un milliard de volts.

Si je ne sentais pas le sol sous mes pieds, je serais convaincue de léviter, frappée par la foudre, à la Highlander.

Je ne supporte la sensation que pendant quelques courts instants avant que mon cerveau court-circuite et que je tombe en perdant connaissance.

CHAPITRE TROIS

JE ME TROUVE sur le canapé, extrêmement consciente de ce qui m'entoure.

La musique publicitaire se fait encore entendre, je ne dois donc pas m'être évanouie longtemps.

Le vieil homme malade du public saute sur ses pieds, poussant tout le monde à l'observer, lui et sa peau grise.

— Arrêtez-le ! hurle Darian, et un homme pâle à l'arrière se met à courir vers la scène.

C'est douloureux de regarder bouger l'homme maladif. Il doit avoir des lésions cérébrales ou une maladie musculaire, car ses membres ne sont pas coordonnés quand il s'avance en tressaillant. Pourtant, malgré ses difficultés motrices apparentes, ce type a assez d'énergie pour se propulser en avant.

Les gens crient lorsqu'il saute sur les épaules des membres du public au deuxième rang.

Puis ses chaussures noires atterrissent sur deux femmes au premier rang.

Elles hurlent, mais le vieil homme utilise ces perchoirs pour sauter sur la scène.

Je suis trop stupéfaite pour bouger.

Le type de la sécurité vêtu de noir bouge comme un sprinter olympique, mais il est trop loin en arrière et la foule le gêne.

Ce serait un moment excellent pour partir en courant et en hurlant, mais je suis encore trop pétrifiée pour bouger un seul muscle.

— Monsieur, crie Kacie d'une voix paniquée, vous ne pouvez pas monter ici !

L'homme regarde brièvement Kacie de ses yeux chassieux, mais il doit considérer qu'elle ne vaut pas la peine, car son regard se concentre sur mon cou.

L'homme en noir et certains de ses collègues sont presque là, mais il est manifeste qu'ils ne parviendront pas à intercepter l'homme bizarre à la peau grise avant qu'il m'atteigne. Je ne sais pas du tout ce qu'il veut, mais je n'aime pas les yeux vides de son visage maladif. Peut-être a-t-il pris une drogue ?

Un des caméramans sur la scène barre le chemin du fou.

— Monsieur ! Excusez-moi, monsieur… arrêtez-vous. Vous ne pouvez pas être ici.

L'homme à la peau grise jette le caméraman sur les côtés avec une force surprenante. Je l'aperçois roulant de la scène et je passe en réaction de pure fuite ou combat, avec rétrécissement du champ visuel et tout.

Je n'ai que quelques instants pour décider quoi faire.

En tant que personne relativement petite, j'aurais idéalement besoin d'une arme si je choisis de me battre.

Je n'ai pas d'armes conventionnelles, mais une magicienne économe peut toujours improviser. Peut-être puis-je utiliser les crochets de serrure constituant le piercing dans ma langue pour le poignarder dans l'œil ? Ou bien créer une cascade de cartes avec le paquet dans ma poche afin de créer une diversion ?

Choisissant une option plus banale, je retire mon talon aiguille droit et je saute sur mes pieds, imitant Buffy en le tenant devant moi comme un pieu.

Je suis face à face avec le type maintenant, et une odeur terrible assaille mon nez. J'ai l'impression d'avoir plongé la tête la première dans un animal écrasé sur la route. Les émanations sont si nauséabondes que je manque m'évanouir.

À la place, je cherche à frapper son visage avec le pieu improvisé, visant son œil.

J'ai seulement poignardé des cartes avant, et je ne l'ai jamais fait avec un seul talon aiguille aux pieds. Par conséquent, mon arme atterrit très loin de ma cible : au milieu du torse de l'homme.

À ma grande stupéfaction, le talon pénètre de quelques centimètres, comme s'il y avait déjà un trou. Ses vêtements sont intacts, pourtant j'entends une sorte de déchirure.

Avait-il des points de suture sur son torse ? Il

semble assez malade pour avoir fait une opération du cœur, mais il est bien trop vif.

Ignorant la chaussure dépassant de son torse, l'homme entoure mon cou avec ses mains puantes et il commence à serrer.

J'essaie de griffer ses doigts, mais il est étonnamment fort et je ne peux pas lui infliger beaucoup de dégâts avec mes ongles courts. Je lui donne donc un coup de genou à l'entrejambe, de toutes mes forces. La douleur s'élance dans mon genou, mais je me console en sachant qu'aucun homme ne peut supporter une telle attaque.

J'ai tort.

Les doigts autour de mon cou ne se détendent pas et à travers ma vue trouble, je vois ses yeux vitreux qui me fixent sans cligner des paupières.

Je griffe alors son visage, mais en vain également. Mes poumons cherchent désespérément de l'air et même si je me suis entraînée à retenir ma respiration afin de pouvoir un jour mettre en scène une évasion sous-marine à la Houdini, je suis prise de panique.

Mon corps s'agite et j'ai l'impression que ma tête va exploser à travers mes oreilles alors que le monde s'éloigne de moi.

Avec mes dernières bribes de conscience, je me rends compte que c'est fini.

L'obscurité m'enveloppe et je meurs.

CHAPITRE QUATRE

J'OUVRE la bouche et quand l'air remplit mes poumons non explosés, je me rends compte que je viens d'avoir un cauchemar.

Et quel cauchemar étrange ! Mon cœur bat encore follement dans ma poitrine, comme si les doigts essayaient encore de m'étrangler.

C'est nul. Pas moyen de me rendormir avec autant d'adrénaline dans le corps.

Quelle heure est-il ? Dois-je me lever pour travailler ?

Attendez une minute. Suis-je dans ma chambre ? Maintenant que je suis plus calme, je sens la lumière vive qui frappe mes paupières alors que je ferme toujours les rideaux épais de ma chambre, la nuit.

Des voix lointaines incompréhensibles sont également incohérentes avec la théorie de la chambre, tout comme ma position à moitié assise.

J'ouvre les paupières à peine d'un millimètre, mais

cela suffit pour voir que je me trouve encore dans le studio télé.

Merde.

Est-ce que je viens de m'évanouir devant tous ces gens ?

Les visages inquiets autour de moi viennent soutenir cette hypothèse.

Lorsque je me redresse, des souvenirs me parviennent lentement.

J'ai eu une sorte de crise et je me suis effondrée sur le canapé. Après m'être évanouie, j'ai eu un rêve étrange : le rêve le plus précis de toute ma vie.

Un rêve au sujet de ma mort.

Je cligne mes paupières lourdement maquillées en m'efforçant de m'orienter.

J'entends la musique publicitaire quelque part, alors je n'ai pas dû partir longtemps.

Lorsque j'observe la foule, je suis frappée par un fort sentiment de déjà-vu.

Le type maladif de mon rêve saute sur ses pieds.

Sa peau est violette et grisâtre, ses yeux vides, son blazer bon marché et sa chemise trop amidonnée semblent être portés pour la première fois. Comme dans mon rêve, il bouge de façon spasmodique.

Et comme dans mon rêve, l'attention du public se focalise sur l'homme étrange.

— Arrêtez-le ! crie encore une fois Darian et l'homme en noir le plus proche commence le sprint qui n'est pas parvenu jusqu'à moi à temps.

Chaque détail de ce qu'il se passe m'est tellement

familier que je commence à douter de ma santé mentale. Suis-je en train de rêver maintenant ?

Cela signifierait que le premier rêve était un rêve dans un rêve, comme dans le film *Inception*.

Les gens du public réagissent tous avec la même horreur lorsque le type à la peau grise saute encore une fois sur les épaules des membres du public au deuxième rang.

Rêve ou hallucination, je n'attends pas qu'il m'étrangle. Je retire mes talons, mais cette fois je le fais avec l'intention de fuir.

— Monsieur.

La voix de Kacie est tout aussi paniquée que dans mon souvenir.

— Vous ne pouvez pas monter ici !

Lorsque les yeux larmoyants du type regardent Kacie, je bondis sur mes pieds et je cours jusqu'au couloir qui mène à la scène. Le sol est glacé sous mes pieds nus, mais j'enregistre à peine cet inconfort, mon corps étant fermement revenu dans le pays de la fuite ou du combat.

La porte par laquelle je suis arrivée est fermée.

Je saisis la poignée, la secouant frénétiquement alors qu'une odeur abominable parvient à mes narines. C'est la puanteur d'animal écrasé de mon rêve et j'ai un haut-le-cœur, parvenant tout juste à me retenir de vomir sur la porte.

La poignée ne bouge pas.

La porte doit être verrouillée.

Je tourne les talons.

Mon adversaire tend déjà les bras vers ma gorge… et je sais comment cela va se terminer. Agissant par pur instinct, je frappe la porte avec mon dos et je glisse vers le bas afin de rendre mon cou plus difficile à atteindre.

Ses mains se rejoignent en claquant à l'endroit où il a raté sa cible.

Je profite de cette diversion momentanée en lui donnant un coup de poing dans l'entrejambe, qui se trouve en ce moment au niveau de mes yeux. Mon poing frappe la chair spongieuse, mais tout comme dans mon rêve, le type ne réagit pas à ce qui aurait été un coup paralysant pour n'importe quel homme.

À la place, il fait un pas chancelant en arrière et il se penche sur moi, les mains toujours tendues vers mon cou.

Désespérée, je suis sur le point de me jeter vers l'espace étroit entre ses jambes lorsque je vois une autre paire de jambes derrière mon agresseur.

Ma course n'a pas été vaine.

Elle a permis au garde vêtu de noir de nous rejoindre.

Le cœur battant, je regarde des doigts pâles bien manucurés attraper l'épaule de mon adversaire.

L'homme à la peau grise arrête de se pencher, son épaule se comprimant comme si les doigts du garde étaient une presse hydraulique.

Ce qu'il se passe ensuite me fait douter de la réalité de l'instant. En maintenant sa prise gracieuse sur l'épaule de l'homme à la peau grise, le garde attrape le bras de l'homme de sa main libre et l'arrache avec un craquement déchirant et dégoûtant.

La puanteur de la peau qui pourrit s'intensifie, mais je pense seulement au fait qu'il n'y a pas assez de sang.

Pas de sang du tout, en réalité.

S'il s'agit d'un rêve, j'en veux à Ariel. C'est une vraie fan de jeux de combat et ceci me rappelle étrangement la façon dont elle a achevé mon personnage à *Mortal Kombat* la semaine dernière, si l'on omet les jets de sang du jeu.

Pour ajouter à mon sentiment d'irréel, l'homme à la peau grise réagit à la perte de son bras avec le même aplomb que lors de mon attaque sur son entrejambe. Il reste debout et essaie de m'atteindre avec le bras qu'il lui reste.

Le garde utilise le bras qu'il tient pour frapper son adversaire à la tête. Il y a un bruit d'os brisé répugnant, mais je ne sais pas si ce sont ceux du crâne ou du bras.

Je couvre ma bouche avec la main. Je ne suis pas particulièrement sensible, mais ceci dépasse ce que je peux supporter.

Mon agresseur chancelle, mais, chose incroyable, il reste sur ses pieds, ses yeux vitreux toujours aussi vides.

Un autre garde en costume noir saute dans la mêlée, attrapant l'homme blessé par son épaule toujours intacte d'un côté et par les restes gore du bras détaché de l'autre. Puis, en grognant, il déchire mon attaquant en deux.

Littéralement.

Mon estomac se soulève et je mords la paume de ma main pour retenir un cri.

Ceci est encore moins possible que le fait d'arracher le bras. S'il s'agissait d'une illusion classique où l'on 'coupe une femme en deux', je pourrais trouver un certain nombre d'explications. Mais faire cela réellement exige une force ahurissante.

Il doit s'agir d'un cauchemar.

Mais pourquoi est-ce que je ne me réveille pas ?

Le garde jette les deux moitiés du vieil homme sur le sol et le cauchemar continue lorsque la moitié avec la tête tressaille toujours, clignant des yeux comme s'il était en vie.

— Achève-le, siffle l'autre garde à son partenaire et je regarde avec incrédulité le premier garde écraser le crâne de mon agresseur du pied comme s'il s'agissait d'un œuf.

Il continue à frapper les morceaux du corps jusqu'à ce que les tressaillements cessent.

Engourdie, j'observe le cerveau répandu sur le sol comme une peinture d'art moderne ignoble. Il me faut un moment pour me souvenir où je suis et lorsque je regarde la foule, tout le monde est en train de s'éparpiller.

Toutes les portes de sortie doivent cependant être verrouillées, car je vois les gens lutter en vain avec les poignées.

Kacie se cache sous son bureau et Darian s'approche de nous, le visage livide de colère.

— Lancez le reportage sur le tremblement de terre mexicain *maintenant*, dit-il dans un talkie-walkie. Nous avons une petite panne ici au studio.

Une petite panne ?

Je retiens un gloussement hystérique.

— Et qu'en est-il de la magicienne ? demande la femme à l'autre bout du talkie-walkie d'une voix légèrement parasitée. Elle n'avait pas terminé.

— Fais dire à Juan que Sasha a essayé d'avertir les autorités mexicaines au sujet du tremblement de terre, cela devrait lier les séquences ensemble. Ensuite, dis que les politiciens qu'elle a prévenus doutaient d'une médium américaine, puis passe au reportage sur le tremblement de terre, dit Darian avant d'éteindre l'appareil.

Je suis trop stupéfaite pour être irritée qu'il me fasse passer pour une médium.

Il fronce le nez en regardant le corps déchiqueté sur le sol et dit :

— Gaius, c'est quoi ça ? J'espérais un peu plus de subtilité.

Gaius, le type qui a coupé l'homme en deux, hausse les épaules.

— Tu voulais que la fille reste en vie et elle l'est, dit-il d'une voix dont le rythme est étrangement hypnotique.

Je retrouve enfin ma voix.

— Que se passe-t-il ? Qui était-il ? Comment l'avez-vous déchiré en deux de cette façon ?

Darian ne se préoccupe pas de moi.

— Effacez l'esprit de tout le monde, dit-il à Gaius et à mon autre sauveur avant de répéter l'instruction dans son oreillette. Ils doivent se souvenir que Sasha était incroyable et qu'elle a dû courir faire un autre grand numéro, ajoute-t-il lorsque des gardes de sécurité pâles commencent à attraper des gens dans la foule et les forcent à les regarder dans les yeux.

— Et elle ?

Gaius me montre du doigt.

— Elle est une Consciente, mais pas sous le Mandat, dit Darian comme si je n'étais pas là. Même ton illustre chef ne saurait pas complètement l'ensorceler. N'est-ce pas ?

— Si c'est le moment des questions inappropriées, n'aurais-tu pas dû prévoir tout ceci ?

La voix hypnotique de Gaius dégouline de malveillance mielleuse.

— Et comment as-tu l'intention d'empêcher le Conseil de la tuer pour ceci ?

Darian fronce les sourcils.

— Fais simplement de ton mieux avec elle.

— C'est ce que je vais faire, répond Gaius avec la même assurance arrogante que les traders de mon travail.

Il s'agenouille afin de placer ses yeux à la hauteur des miens.

J'essaie de reculer, mais avec la porte verrouillée derrière moi, je n'ai nulle part où aller.

Gaius retire ses lunettes de soleil.

Il a le genre de joli visage qui plaît beaucoup à

certaines femmes, mais je ne suis pas une fan. Ses yeux sont de la couleur du ciel polaire. Puis ils commencent à changer. La pupille noire devient argentée et réfléchissante, et elle s'étend progressivement, couvrant d'abord l'iris, puis le blanc sclérotique.

Ma respiration devient régulière. Les orbes réfléchissants des yeux de Gaius renvoient une image déformée de moi, mon visage étant pâle et comme translucide et mes pupilles faisant la taille de pièces de monnaie.

Je suis prise d'une sorte de sérénité ivre. En l'analysant, je sais qu'il y a un rapport avec son regard, mais malgré mes efforts, je ne peux pas fermer les yeux ou détourner la tête.

Ma conscience sombre dans un endroit obscur et souterrain. De ce que j'ai vécu, ce qui s'en rapproche le plus est arrivé lorsque j'avais bu une douzaine de verres de tequila.

À travers le brouillard, je ne perçois que des morceaux d'événements.

Les gardes, si c'est bien ce qu'ils sont, terminent leurs étranges combats de regards avec chaque personne de la foule. Gaius me soulève comme une plume et l'instant d'après, je suis à moitié allongée dans une limousine qui fonce sur West Side Highway.

Juste au moment où mon esprit commence à s'éclaircir, Gaius me regarde encore dans les yeux et le brouillard m'enveloppe une fois de plus.

Lorsque je reviens à moi, je me trouve à l'intérieur

de l'ascenseur de mon immeuble, soutenue par un corps si dur qu'il pourrait bien être fait de marbre.

— Presque à la maison, dit une voix hypnotique familière alors que les yeux réfléchissants me fixent. Tu es incroyablement résistante à l'ensorcellement. Je suis vraiment impressionné.

Je dois encore perdre connaissance, car l'instant d'après, je me tiens devant la porte de mon appartement et un bras fort me maintient debout. Le doigt pâle de Gaius appuie sur la sonnette et je suis trop perturbée pour lui reprocher d'avoir réveillé mes colocataires alors que j'ai une clé.

La porte s'ouvre, révélant Ariel dans sa chemise de nuit en soie.

Le bras autour de moi se raidit et je ne peux en vouloir à Gaius de sa réaction. Même lorsqu'elle porte les vêtements d'hôpital – des vêtements conçus pour que les infirmières aient l'air moins sexy – Ariel ressemble à un mannequin, et dans cette nuisette moulante, les hommes seraient prêts à manger de l'huile de foie de morue à la cuillère pour obtenir son attention.

Lorsque je regarde des gens beaux, j'ai souvent des considérations philosophiques en me demandant ce qui rend le visage et le corps d'une personne aussi attirant. Est-ce la symétrie et les proportions ? Si c'est le cas, Ariel possède un des visages les plus symétriques que je connaisse, et le ratio de sa taille par rapport à ses hanches est une pure perfection mathématique. En outre, sa peau est lisse comme du chocolat fondu, même maintenant qu'elle ne porte pas de maquillage. Et alors que de beaux visages plus traditionnels possèdent des traits plus enfantins, le nez grec et la mâchoire d'Ariel sont puissants, pourtant les deux sont sublimes sur son visage, lui donnant une touche d'exotisme.

Ses yeux marron sombre m'observent avec inquiétude avant de se concentrer sur mon chaperon avec une hostilité non dissimulée.

— Que se passe-t-il ? Que lui fais-tu ?

Même quand elle est en colère, la voix d'Ariel est mélodieuse.

— Sasha ne se sent pas bien.

En baissant ses lunettes de soleil de quelques centimètres, Gaius observe Ariel de la tête aux pieds, son regard s'attardant sur son long cou de ballerine au lieu de sa poitrine.

— J'aimerais la coucher. Pourquoi ne m'inviterais-tu pas à entrer ?

— Carrément pas. Je m'en occupe à partir de maintenant, merci.

En s'avançant vers moi, elle fait passer un bras musclé autour de mon dos.

— Comme tu veux, dit Gaius en faisant un pas en arrière, laissant Ariel me soutenir entièrement.

Elle est sur le point de me traîner dans l'appartement lorsqu'il dit :

— Juste une dernière chose.

Il tend la main et entortille un cheveu de ma tête

autour de son doigt, et avant qu'Ariel ou moi puissions protester, il l'arrache.

Je grimace, mais je ne sens rien… je dois être trop pétrifiée pour sentir une douleur si mineure.

En rangeant le cheveu dans sa poche, il dit :

— Elle ne se souviendra sans doute de rien demain matin, alors il vaut mieux que tu évites de lui causer un chagrin inutile en le lui rappelant.

Au lieu de répondre, Ariel m'attire à l'intérieur de l'appartement et claque la porte, frappant presque l'homme pâle au visage.

— Que s'est-il passé ? demande-t-elle en me tournant vers elle.

Ses yeux se concentrent sur mon cou, comme s'ils cherchaient un suçon.

— Est-ce qu'il a…

Je chancelle sur mes jambes.

— J'ai juste besoin de dormir afin de pouvoir me réveiller.

— Bonne idée, dit Ariel et même si nous faisons presque la même taille, elle me soulève comme un jeune époux et me porte jusqu'à ma chambre sans le moindre effort.

Une personne qui regarderait la scène serait stupéfaite, mais je suis habituée à ce genre de chose de la part d'Ariel. Elle aime dire qu'elle est forte comme l'armée et je me demande parfois si l'armée lui a donné des médicaments spéciaux pour la transformer en super soldat.

— As-tu besoin d'aide pour tes habits ? demande-t-elle en me posant sur le lit.

Incapable de réfléchir à une bonne réponse pour un casse-tête aussi compliqué, je la regarde en clignant des paupières et je plonge dans le sommeil dès que ma tête touche le bonheur de mon oreiller à mémoire de forme.

CHAPITRE CINQ

JE SUIS DÉSINCARNÉE. Cela me rappelle un jeu de réalité virtuelle, un jeu où lorsque je regarde en bas, au lieu de ma poitrine je vois un pistolet futuriste ou autre chose que les concepteurs du jeu ont décidé. Dans ce cas précis, je vois un mur avec une grande horloge au-dessus de nombreuses rangées de carrés en métal gris. C'est une vision qui apparaît souvent dans les séries des *Experts* : l'intérieur d'une morgue.

Cependant, contrairement à la désincarnation de la réalité virtuelle, je peux sentir mon environnement, bien que je le regrette. Le chlore et les vagues odeurs de parfum ne masquent pas la puanteur de la mort et le pire, c'est que je reconnais les émanations putrides de quelque part.

D'après l'horloge digitale au mur, il est 5 h 29, lundi matin. Est-ce que cela signifie que je dois bientôt me lever pour travailler ? Et dans ce cas, ne dois-je pas d'abord localiser mon corps ?

Une femme entre dans la pièce. Elle a un visage en forme de cœur, et le contour de ses lèvres imite cette forme, bien que sa bouche me rappelle davantage le pique d'un jeu de cartes, en partie à cause de la noirceur de son rouge à lèvres. Ses yeux et ses cheveux sont également noirs, avec des touches métalliques à la lumière des néons. Avec sa jupe noire et son haut en dentelle blanche, sa tenue est plus adaptée à un cocktail qu'à une morgue, mais les lobes de ses oreilles sont ornés de boucles d'oreilles qui se terminent par de petits crânes.

Elle passe la main dans son minuscule sac noir, en sort un Smartphone et commence à regarder autour d'elle.

Je suppose qu'elle ne trouve pas ce qu'elle cherche, car elle pousse un grognement désapprobateur et elle s'avance vers le carré en métal le plus proche. Elle tire dessus et il sort avec un grincement.

Sans surprise, un cadavre se trouve à l'intérieur.

Il s'agit d'un homme de la quarantaine. Sa teinte grise paraît étrangement familière et elle a un rapport avec l'odeur. Pourtant, je ne me souviens pas quel est ce rapport. Ma mémoire ne doit pas fonctionner aussi bien que d'habitude sans mon cerveau physique.

La femme étudie attentivement le corps. En marchant vers sa tête, elle ouvre sa bouche et elle y place son téléphone, comme si c'était un support parfaitement raisonnable.

Le téléphone ne reste pas en place dans la bouche

du cadavre et la femme pince les lèvres, manifestement ennuyée.

D'un geste colérique, elle remet la main dans son sac et elle en sort un couteau. C'est un couteau papillon, dont la lame est installée entre deux poignées.

Elle ouvre élégamment le couteau d'un mouvement bien entraîné que mon côté artistique apprécie.

Le couteau dans la main, elle examine le corps devant elle pendant un moment, puis elle commence une entaille dans le torse de l'homme mort, le long des cicatrices laissées par l'embaumement.

Sans mon corps, la possibilité d'avoir la nausée disparaît également, semble-t-il, car je la regarde avec calme et fascination pendant qu'elle finit de découper un trou et place son téléphone dans le support macabre. Elle l'incline de façon à ce qu'il soit posé verticalement dans la chair morte.

Elle fixe le téléphone, puis elle regarde l'horloge digitale et son visage devient encore plus mécontent. Elle semble impatiemment attendre quelque chose.

En se tournant, elle sort un autre tiroir avec un corps, celui-ci appartient à un homme de quatre-vingt-dix ans. Doucement, elle fait passer le bouts de ses doigts sur le crâne chauve et les muscles relâchés de cet homme. Pourtant, quelque chose ne lui plaît pas dans ce corps, car elle referme le tiroir et en sort un autre.

Celui-ci a la cinquantaine et une teinte violette.

Elle le dévisage de la tête aux pieds et hoche la tête d'un air approbateur.

Son téléphone se met à jouer les notes de la *Sonate*

pour piano No. 2 de Chopin, communément connue sous le nom de *Marche Funèbre*.

Elle retourne au premier corps pour se placer face à son support de téléphone sinistre et elle appuie sur l'écran pour accepter l'appel.

— Bonjour, Beatrice, dit une voix amusée. Comme je te le dis depuis le début, il n'est pas nécessaire d'avoir une vidéo-conférence chaque fois. D'autant plus lorsque tu te trouves dans ton habitat naturel.

La voix de Beatrice est étonnamment joyeuse :

— Tu es en retard. Je voulais prendre de l'avance : plus le corps est frais, mieux se portent mes amours.

— Tu as dû en utiliser un très vieux hier soir.

L'amusement dans le ton de l'inconnu est rejoint par une touche de mépris.

— Je suppose que c'est ton excuse pour cet échec ?

— Tu ne m'avais jamais dit qu'une voyante serait impliquée.

Beatrice utilise son couteau pour découper quelque chose dans la peau du corps devant elle.

— Et tu as particulièrement omis de mentionner les vampires.

— Je te donne l'opportunité d'agir pour le Mandat et de t'installer ici en paix.

Sa voix est moqueuse maintenant.

— Pensais-tu que ce serait si facile ? Et pourquoi t'inquiètes-tu des vampires ? Je croyais qu'ils détestaient ton espèce, car c'est eux qui ont peur de ce que tu peux faire.

Le visage de Beatrice s'assombrit.

— C'est juste que je n'aime pas avoir des ennemis mortels autour de moi. Comme je suis nouvelle dans ces histoires de Mandat, est-ce qu'il peut vraiment faire en sorte qu'ils n'essaient pas de me tuer à vue ?

— Non, il ne peut pas accomplir ce genre de miracle. Mais le Mandat fait en sorte que quiconque te fait du mal paiera de sa vie. Cela te marque comme faisant partie de notre groupe et cela te fournit quelque chose comme les lois humaines. Mais rien ne peut défaire leur peur ou leur haine envers ton espèce. Malgré le Mandat, les voyants détestent toujours mon espèce et *vice versa*.

D'après le ton de sa voix, on aurait cru qu'il était content de l'état des choses qu'il décrivait.

— Mais le Mandat fait passer la pilule de ce genre de haine. Les vampires méprisaient tous les loups-garous à l'époque, mais regarde la situation maintenant. Après des siècles de Mandat, il existe des mariages entre eux. N'est-ce pas ce qui t'attire ici… nos attitudes libérales ?

Si j'avais des sourcils, je voudrais les lever en entendant mentionner des vampires et des loups-garous, mais comme je n'en ai pas, je continue à planer.

— Tu es un beau parleur, même pour ton espèce.

Beatrice grave un autre symbole dans la chair morte.

— Dis-moi, comment suis-je censée me montrer plus maligne qu'un voyant ?

— Il ne prendra pas le risque de s'impliquer après ce qu'elle a fait à la télé, répond la voix au téléphone, paraissant sérieuse pour la première fois. Il a pris un assez gros risque pour organiser tout cela. Du moins, je suppose qu'il l'a organisé, mais je n'ai pas de preuves, par la faute des vampires.

— Mais n'est-elle pas *également* voyante ?

Beatrice cesse son travail écœurant et regarde la caméra du téléphone.

— Ne va-t-elle pas me voir venir ?

— Même lui ne t'a pas vu venir, répond l'homme mystérieux. Que peut espérer prévoir une nouvelle sans entraînement ? Malgré ce qu'ils veulent que tu penses, les voyants ne sont pas omniscients. S'ils l'étaient, le libre arbitre ne serait plus qu'un souvenir distant. Garde en tête qu'en travaillant pour moi, mes pouvoirs vont déteindre sur toi… c'est pour cela que tu n'es pas aussi morte que tes 'amours'.

— La mort ne me fait pas peur.

Beatrice regarde autour d'elle comme si la morgue était son salon.

— C'est le seul véritable mystère qui reste dans le monde.

— Ah bon ? Eh bien, je peux t'aider à percer ce mystère si tu continues à échouer de cette façon.

— Et si au lieu de me menacer, tu me virais encore cinq cent mille ?

Elle montre ses dents en souriant.

— Plus les frais, bien sûr.

— Autre chose ? demande-t-il d'un ton sarcastique. Une clé pour une maison close pleine de vierges ? Une soupe aux chatons ?

— Il y a autre chose, dit-elle, imperturbable. Si je meurs pendant ce travail, j'ai besoin que l'on s'occupe de mon corps. Je veux qu'il soit transformé en engrais. J'enverrai les instructions exactes par e-mail.

Beatrice essuie son couteau sur la peau du corps le plus proche avant de le plier et de le ranger dans son sac.

— C'est le recyclage ultime. Quand je pense à la quantité de nutriments piégés dans le sol au lieu de retourner dans…

— Je n'ai pas beaucoup de temps.

La voix semble à nouveau un musée, mais l'ordre implicite est clair.

— Ce que tu veux, tu l'auras. Mais. Fais. Le. Job.

Au lieu de répondre, Beatrice se tient plus droite et lève les bras vers le plafond, comme si elle priait pour que les extincteurs anti incendie se déclenchent.

Des éclairs multicolores illuminent la pièce en s'élançant depuis les doigts de Beatrice dans les deux cadavres.

Les éclairs s'étalent dans les corps qui convulsent comme les cuisses de grenouilles dans les expériences électriques de Galvani. Les symboles qu'elle a gravés sur les corps s'éclairent de l'intérieur, comme si elle avait implanté des lumières LED très vives sous la peau.

Au bout d'un moment, les corps s'immobilisent, mais les marques continuent à briller.

— Je sais que je vais regretter ma question, mais

pourquoi ne se lèvent-ils pas ? demande la voix au téléphone.

Bien que je ne puisse pas voir son visage, je sais qu'il affiche un sourire de satisfaction.

— Ces symboles servent à programmer un léger délai.

Elle indique un des symboles gravés lumineux.

— Je le fais lorsque je peux me permettre le luxe.

— Pourquoi ?

C'est étrange d'entendre un homme adulte parler comme un garçon de cinq ans qui cherche à embêter quelqu'un.

— Ne veux-tu pas être présente quand tes amours se réveillent ? Je croyais que tu voulais consommer la relation quand ils se lèvent. Non, attends, je pensais à une autre forme de nécro.

— Cette conversation est manifestement terminée.

Beatrice jette son sac par-dessus son épaule, attrape son téléphone et raccroche sans dire au revoir.

Elle regarde alors les deux corps avec une expression indéchiffrable et quitte la pièce.

Je flotte encore une autre seconde jusqu'à ce que je constate quelque chose qui aurait dû me paraître évident au début de cet étrange épisode.

Il doit s'agir d'un rêve.

Dès que je pense au mot 'rêve', je me réveille.

CHAPITRE SIX

QUEL ÉTRANGE CAUCHEMAR !

Assise dans mon lit, je frotte mes yeux irrités et je me demande si j'ai dormi sans enlever mon mascara.

À mesure que le rêve s'échappe de mon esprit groggy, je me souviens des événements bien plus étranges qui les ont précédés. Les détails de mon spectacle d'hier soir me reviennent lentement, et je suis certaine que la majorité devait être un rêve ou une hallucination.

La question clé est : dans quelle mesure ?

Le spectacle lui-même a-t-il eu lieu ?

J'attrape mon téléphone et je découvre qu'il est à plat… j'étais trop perturbée pour le mettre en charge.

Mon réveil affiche 5 h 20 lundi matin, dix minutes avant la sonnerie du réveil et neuf minutes avant l'heure de mon cauchemar à la morgue.

Je me lève, je branche mon téléphone sur le chargeur et j'ouvre les rideaux.

En m'examinant dans le miroir, je confirme que je porte beaucoup de maquillage, ce qui prouve que je me trouvais au studio télé et que je suis rentrée à la maison en étant trop bouleversée pour me laver le visage.

Même si je meurs d'envie d'allumer l'ordinateur afin d'obtenir des réponses, j'enfile ma robe de chambre et je me rends à la salle de bains pour me rafraîchir. Une fois que je me sens à moitié humaine, je retourne vite dans ma chambre et je m'habille pour le travail.

En boutonnant mon chemisier, j'ouvre mon ordinateur portable et j'affiche la page YouTube.

Une soirée avec Kacie a déjà mis en ligne l'émission d'hier soir et lorsque je vois les quatre millions de vues rassemblées en une seule nuit, je frissonne.

Je parcours fébrilement les commentaires sous la vidéo. Bien que quelques trolls aient fait des remarques déplacées sur mon apparence, la plupart des gens ont été stupéfaits par ma performance.

Les commentaires font toute la gamme depuis 'la médium était incroyable' à 'quel superbe spectacle de magie' à 'elle a juste eu de la chance'... et tout un tas de choses en espagnol.

Mes pieds nus sont froids, alors je les cale sous mes fesses en faisant avancer la vidéo.

— Le jour, Sasha travaille pour l'infâme Nero Gorin à son fonds spéculatif, dit Kacie à l'écran avant de faire un discours au sujet de mon petit boulot complémentaire au restaurant.

Nero, le patron de mon travail principal sera peut-être énervé d'être traité d'infâme, mais le management du restaurant sera ravi d'être mentionné à la télé.

Je me regarde effectuer le tour de la Reine de Cœur suivi par la Prédiction de la Une avec un œil critique. C'est incroyable de voir à quel point je semble calme sur cette vidéo, étant donné ma panique à ce moment-là. Est-ce à cause du valium d'Ariel ou de toutes mes répétitions acharnées ?

Je ne suis pas étonnée de ne pas revenir à l'antenne après la Prédiction de la Une. À la place, un reporter nommé Juan prend l'antenne avec la couverture du tremblement de terre mexicain. Il dit que je suis médium et affirme que j'ai averti les autorités mexicaines au sujet du tremblement de terre… ce qui ne pourrait pas être plus loin de la vérité et qui explique probablement une partie des commentaires YouTube en espagnol.

Cependant, les conneries dites par Juan me semblent familières. C'est ce que Darian a dit dans ce que j'espérais être la partie rêvée des événements de la veille… la partie qui est toujours floue.

Si ce n'était pas un rêve, existe-t-il une autre explication à certaines des choses que j'ai vues hier soir ?

Cela avait commencé par des sensations agréables, puis je m'étais évanouie, ce qui, si cela arrivait dans la réalité, pourrait être expliqué par un problème cervical comme un AVC.

En me mordant la lèvre, je tape 'AVC' et 'plaisir' dans Google et je ne trouve pas beaucoup de résultats.

Malgré tout, en me disant que ce n'est pas un mal d'être proactive, je navigue sur le site Internet de l'hôpital universitaire de New York et je demande un rendez-vous avec mon médecin. Si quelque chose ne va pas avec mon cerveau, je veux que ce soit vérifié aussi vite que possible. Et si le problème est une psychose, mon médecin pourra sans doute également m'envoyer chez le bon spécialiste.

Penser au docteur me donne une idée de ce qui pourrait expliquer le flou de la nuit précédente et les souvenirs étranges.

Le valium.

Cette explication serait nettement préférable à un AVC ou à la folie.

Je tape fiévreusement quelques mots clés dans la barre de recherche en espérant une confirmation.

Lorsque les résultats de ma recherche s'affichent, je suis à la fois soulagée et terrifiée. Les effets secondaires du médicament comprennent, en effet, hallucinations, psychoses, délires et cauchemars… c'est bien ma veine d'avoir tout à la fois. En continuant mes recherches, j'apprends aussi quelque chose dont Ariel aurait dû m'avertir : il faut éviter le pamplemousse avec les benzodiazépines comme le valium. Apparemment, le pamplemousse bloque une enzyme appelée CYP3A4, augmentant ainsi à la fois le taux de médicament dans le sang et la sévérité des effets secondaires associés. Et le plus effrayant, c'est que l'on ne doit pas du tout mélanger le médicament à l'alcool, car cela augmente les effets les plus dangereux des deux substances.

J'aurais vraiment dû refuser le Sea Breeze que Darian m'a offert.

En fait, puisque j'en suis à réécrire le passé, je n'aurais jamais dû être tentée par le valium. Peu importe à quel point je veux être une magicienne de télé, utiliser un médicament qui perturbe mes neurotransmetteurs n'est pas une bonne façon de le faire. Je vais devoir être une grande fille et surmonter ma stupide peur de parler en public. D'une façon ou d'une autre.

En outre, et cela pourrait être un projet à plus long terme, je dois découvrir une façon de convaincre Ariel de ne plus prendre ce poison. Quand elle a fait son service au Moyen-Orient, ma colocataire a vu des choses dont elle ne parle jamais. Je ne suis pas psy, mais je la soupçonne de souffrir de stress post-traumatique – ce qu'elle nie avec véhémence. Elle prétend que ses crises d'angoisse sont causées par le stress de l'École de Médecine et qu'elles n'ont aucun rapport avec l'armée.

Comme je suis déjà sur l'ordinateur, je soumets quelques prédictions au Good Judgment Project. La première fois que j'en ai entendu parler, c'est dans un de mes livres ne traitant pas de la magie préférée, *Superforecasting*. L'objectif du projet est 'd'exploiter la sagesse de la foule pour prédire les événements mondiaux'.

L'idée n'est pas très différente de ce que je fais pour Nero, sauf que ses prédictions peuvent apporter quelque chose de positif dans le monde, au lieu de se contenter de rendre mon patron et ses clients affreusement riches encore plus riches. Tous les prévisionnistes participants lisent les informations disponibles au public et font des déductions logiques au sujet d'un événement futur, tel que qui va gagner une élection, ou si tel ou tel pays va développer le nucléaire avant telle ou telle date. Je suis une des meilleures prévisionnistes de ce projet et je suis aussi douée pour cela que je le suis pour les prévisions du marché pour Nero. Dans l'ensemble, les meilleurs prévisionnistes du projet sont apparemment '30 % plus précis que les agents du renseignement ayant accès à des informations classifiées'.

En tant que New-Yorkaise vivant près de l'endroit où se tenaient autrefois les Twin Towers, je trouve cela extrêmement effrayant.

Je constate qu'Internet me fait perdre le fil et que j'utilise le temps de mon petit-déjeuner pour faire ce dont je pourrais m'occuper au bureau, alors je ferme mon ordinateur et mon estomac se met à gargouiller en pensant à la nourriture. Le peu de nourriture que j'ai pu supporter de manger hier soir, je l'ai vomi dans les toilettes du studio avant de me faire maquiller.

Cependant, je dois d'abord nourrir la créature que je préfère au monde : mon chinchilla domestique, Fluffster.

Maintenant que j'y pense, c'est surprenant qu'il ne m'ait pas salué quand je me suis réveillée. Il est peut-être fâché parce que je n'ai pas passé le dimanche soir avec lui. Ou bien il joue à cache-cache.

En supposant la deuxième possibilité, je me lève et

je regarde autour de moi. Ma chambre est relativement grande pour New York, ce qui signifie qu'une créature de vingt-huit centimètres de haut (sans la queue) pesant cinq cents grammes peut s'y cacher, au moins pendant un petit moment.

Un poster de Houdini me regarde avec des yeux qui semblent mépriser la personne jouant à cache-cache avec son animal domestique, particulièrement si cet animal est un rongeur.

Je m'avance vers la bibliothèque pour voir si Fluffster se cache au même endroit que la dernière fois et je sors un livre – *Traité de prestidigitation des pièces de monnaie* de Bobo. Mais le seul signe de mon chinchilla est le coin qu'il a rongé ce jour-là quand il s'ennuyait.

Je regarde derrière *The 13 Steps to Mentalism* de Corinda, suivi par *L'Expert aux cartes* d'Erdnase, avec la même absence de résultats.

Ensuite, je regarde derrière la plante de clavier puisque Fluffster en a parfois mangé, mais il n'y a pas de chinchilla.

La plante de clavier est un projet que je prépare pour le moment où mon colocataire Felix partira en vacances. Il utilise un clavier mécanique sophistiqué pour la programmation, alors j'ai obtenu une version cassée du même clavier sur eBay et j'ai planté des graines de chia dans les interstices entre les touches. Depuis que l'herbe a poussé, chaque fois que j'ai besoin d'un sourire, j'imagine le visage de Felix lorsqu'il rentrera de ses vacances et qu'il verra son clavier couvert de verdure sur son bureau.

L'odeur de café et de pancakes me parvient depuis la cuisine et mon estomac fait un autre tour sur lui-même.

— Fluffster, ma puce, j'ai trop faim pour jouer, dis-je d'un ton suppliant. Je te donnerai trois raisins si tu sors tout de suite.

Le chinchilla ne se montre pas, mais j'entends un pépiement excité sous mon lit.

Je tends la main en haut de la bibliothèque et j'attrape une petite maison en plastique remplie de poudre blanche.

— Je vais juste poser ce bain de poussière ici, dis-je en plaçant l'objet préféré de tout chinchilla au pied du lit. Il ne restera là que jusqu'à cinq. Un.

Fluffster aime tant son bain de poussière que l'on pourrait penser qu'il est rempli de cocaïne – et ça y ressemble – et non pas de pierre ponce en poudre.

Une grande oreille apparaît sous le lit, puis des moustaches. Enfin, le reste de Fluffster passe comme une torpille et saute dans la maison en plastique, puis se roule dans la poudre blanche en faisant des mouvements bien réglés pour être aussi adorable que c'est chinchillament possible.

Originaires des régions élevées des montagnes des Andes, les chinchillas ressemblent à des lapins croisés avec des écureuils et des kangourous, mais ils sont plus duveteux que les trois combinés. La seule créature avec une fourrure plus dense est la loutre, mais les chinchillas les battent par leur côté plus mignon. À mon avis, qui est peut-être biaisé, ils sont aussi plus mignons que les chatons, les chiots, Leonardo DiCaprio jeune, et les bébés. Toucher un chinchilla est une expérience presque spirituelle, car leur fourrure est plus douce que les nuages – une caractéristique qui leur coûte parfois la vie, car des personnages de type Cruella de Vil en font des manteaux coûteux.

Au bout d'une minute, le nez de Fluffster sort de son bain de poussière et son visage semble dire : 'Tu as parlé de raisins'.

— Tu n'es pas sorti quand je te l'ai dit, alors tu n'en auras que deux, et seulement si tu promets de manger tes granulés et du foin, dis-je d'un ton sévère. Et puis, frotte tes dents sur la craie que je t'ai achetée.

Fluffster sort du bain, court vers son bol et le regarde d'un air appuyé, prêt pour les granulés.

Je sais que les propriétaires d'animaux domestiques anthropomorphisent toujours leurs bébés à fourrure et pensent que ce sont les plus intelligents au monde, mais dans mon cas, cela doit être vrai. Fluffster est un génie de chinchilla, plus intelligent que n'importe quel chien – et que certaines personnes – que j'ai pu rencontrer. Il est propre, et il comprend au moins plusieurs milliers de mots. Il sait qu'il ne doit pas se baigner dans les toilettes – l'humidité peut leur donner des champignons à cause de leur pelage très épais – et qu'il ne faut pas ronger les fils électriques. Du moins, il le sait maintenant. Il sait également qu'il ne doit pas quitter l'appartement sans surveillance, ce qu'il a appris en rencontrant un chat dans le couloir, et qu'il faut éviter les rats new-yorkais si jamais il y en avait encore un qui décidait d'envahir notre appartement. Il a essayé de se frotter contre le premier qu'il a rencontré, et disons simplement que les rats de NYC vivent selon les règles de la prison.

Une fois que Fluffster a assez mangé, je me rends à la cuisine.

Ariel est assise à table dans son tee-shirt usé de Batman. Elle vient clairement de se réveiller, pourtant elle est magnifique. Je dois admettre éprouver une certaine jalousie, particulièrement par rapport à l'assurance inébranlable d'Ariel concernant son apparence. Quand j'étais ado, j'étais un véritable tas de complexes contradictoires, depuis 'Oh non, où sont mes seins ?' jusqu'à 'Oh, non, tout le monde regarde mes nouveaux seins'. Ariel au contraire, semble toujours avoir été bien dans sa peau. Quel que soit le costume qu'elle porte pour Halloween, elle obtient toujours le suffixe 'sexy', même l'année où elle a choisi d'être un grille-pain.

Nous nous sommes rencontrées à la fac, nous étions en binôme au labo de biologie. Elle a eu son diplôme la première et elle a trouvé Felix sur Craigslist. J'espère que c'était sous immobilier>chambres/colocataires et pas sous rencontres>commentaires & critiques. Elle a déniché une perle : non seulement il nous nourrit tous les matins, mais nous sommes tous les trois devenus très bons amis.

Felix est occupé à la cuisinière, mettant les touches finales à ses pancakes. Il fait une tête de plus qu'Ariel, mais à peu près le même poids et de dos, il ressemble à l'image 'avant' d'une publicité pour salle de sport.

— *Matrix* est un meilleur film que *Batman Begins*, dit-il à Ariel par-dessus son épaule en ressassant une vieille dispute entre eux. Il a une note de 73 sur Metacritic alors que *Batman Begins* n'a que 70, et il est mieux noté sur IMDb et Rotten Tomatoes.

— Ces notes sont gonflées parce que les gens qui font des critiques de films en ligne ont plus de chances de préférer *Matrix*.

Ariel attache ses cheveux en queue de cheval.

— Peux-tu au moins être d'accord avec le fait que la réalisation et le jeu des acteurs dans *Batman Begins* étaient meilleurs ? C'était le chef-d'œuvre de Christopher Nolan et la meilleure performance de la carrière de Christian Bale.

— Bonjour, dis-je depuis la porte.

Je veux poser des questions à Ariel au sujet d'hier soir, mais je ne sais pas trop comment aborder le sujet, alors je dis à la place :

— Puis-je régler ce débat cinématographique une fois pour toutes ?

— Ah, te voilà, dit Felix sans se retourner. J'ai fait des pancakes à la banane juste pour toi.

Je marche jusqu'au frigo et j'attrape une brique de jus d'orange. En regardant le dos de Felix, je dis :

— Le meilleur film qui ait jamais été fait est en réalité *L'Illusioniste*, et peu importe ses notes sur Internet.

Je jette un regard provocateur à Ariel.

— Et le *véritable* chef-d'œuvre de Christopher Nolan était *Le Prestige,* qui est également le film où j'ai vu la *véritable* meilleure performance de la carrière de Christian Bale.

— Tu es focalisée sur ces films parce qu'il y a des magiciens de scène dedans.

Ariel secoue la tête lorsque je lui propose le jus d'orange.

— C'est comme de dire que Felix aime *Matrix* parce que c'est un programmeur/hacker, tout comme Neo dans le film.

Je me verse un verre de jus de fruits et je me laisse tomber sur une chaise. Ariel me fait un grand sourire.

— Exactement. Mon addiction à Batman, en revanche, est pure.

— Si le désir pour Ben Affleck, George Clooney, Val Kilmer et Michael Keaton peut être considéré comme pur.

Je bois mon jus et la montée de calories du sucre frappe les centres du plaisir de mon cerveau.

— N'oublie pas les vieilles versions avec Adam West, Robert Lowrey et Lewis G Wilson, dit Felix. Et puis, elle désire chaque Robin également, ainsi que peut-être quelques-uns des méchants.

— Pour quel genre de fille facile me fais-tu passer ? dit Ariel en feignant l'horreur. Je ne désire pas George Clooney… même *moi,* je n'ai pas aimé *Batman & Robin.*

— Même si l'on ne compte pas les films avec des magiciens, l'opinion cinématographique de Sasha ne devrait pas compter.

Felix renverse la poêle pleine de pancakes sur une grande assiette.

— Elle prévoit toujours tous les rebondissements, alors elle ne peut pas en profiter au même niveau que tous les autres.

— Je suis là, pas besoin de parler de moi à la troisième personne.

Ce qu'il dit est en fait assez vrai. Je préfère les films et les livres documentaires, car lorsqu'une histoire contient des rebondissements, ce qui est le cas de la plus grande partie de la fiction, je les vois souvent venir. Sur la défensive, j'ajoute :

— La plupart des gens qui ont lu et regardé beaucoup de choses peuvent prédire ce qui arrive dans un film, d'ailleurs, vous devriez accorder de la valeur à leurs opinions pleines de sagesse au lieu de les rejeter.

— La sagesse. Bien sûr.

Felix attrape la grande assiette et la porte à la table.

Les parents de Felix ont quitté l'Union soviétique au moment où celle-ci était démantelée. Leur pays natal, l'Ouzbékistan, est comme le dit son père avec son fort accent : 'un pays riche de nombreuses ethnies'. Le visage de Felix est une moyenne mathématique de toutes ces ethnies. Il a des pommettes slaves, le look bronzé d'Ariel sans jamais aller au soleil, un monosourcil brun et – ceci n'a rien à voir avec son origine – des annulaires effroyablement longs. Il semble vaguement venir du Moyen-Orient quand il fronce les sourcils, ce qui est rare, et asiatique lorsqu'il sourit, ce qu'il fait souvent, y compris maintenant.

— T'es le meilleur colocataire au monde, dis-je lorsque Felix pose quelques pancakes à la banane sur mon assiette. Merci beaucoup.

Felix hoche la tête et j'attaque le premier pancake avec la férocité que Fluffster déploie sur les raisins secs.

— Comment te sens-tu aujourd'hui? me demande Ariel avec précaution en posant sa fourchette. Tu sembles avoir eu une nuit bien remplie.

Je hoche la tête, contente qu'elle aborde le sujet d'elle-même.

— Oui, à ce sujet… les choses sont encore un peu floues dans ma tête.

En réfléchissant à ce que je dois dire ensuite, je couvre mes pancakes d'une épaisse couche de miel miraculeux que les grands-parents de Felix lui envoient régulièrement depuis l'Ouzbékistan.

— Est-ce un garde de sécurité qui m'a ramenée à la maison hier soir? Je crois que tu as ouvert la porte, mais…

Ariel reprend sa fourchette.

— Oui, tu as été raccompagnée.

En entendant parler d'un homme, Felix fronce les sourcils, et je me demande encore une fois si ses sentiments pour moi sont aussi platoniques que les miens pour lui.

— Promets-moi que tu éviteras ce type à l'avenir, dit Ariel en poignardant violemment un pancake et Felix hoche la tête presque imperceptiblement.

— Ça devrait être facile, car je n'ai aucune idée de

son identité. Son prénom était peut-être Gaius, mais c'est tout ce que...

Les yeux sombres d'Ariel m'évaluent avec inquiétude.

— Est-ce qu'il t'a dit ou fait quelque chose ?

— Je ne crois pas, mais je n'en suis pas certaine.

J'avale un petit bout de pancake couvert de miel lorsque le visage d'Ariel affiche son soulagement.

— Ton valium m'a bien attaqué. J'ai eu des hallucinations et des cauchemars à cause de ce poison. Je crois que, quelles que soient les circonstances, tu ne devrais jamais en prendre.

Elle fronce les sourcils et elle remplit sa bouche avec un pancake entier... c'est sans doute sa façon de ne pas répondre à ma demande.

— Tu devrais essayer les champignons pour ton anxiété, lui dit Felix avec la bouche pleine.

— Bonne idée, dis-je d'un ton sarcastique. La psilocybine est un excellent remplacement du valium. De cette façon, tu verras volontairement des choses au lieu de le subir accidentellement.

— Il y a des études qui ont utilisé des champignons pour traiter les syndromes post-traumatiques, dit Felix.

En voyant Ariel froncer encore plus les sourcils lorsqu'elle entend mentionner le trouble qu'elle nie avoir, il ajoute vite :

— C'est utile pour bien d'autres choses aussi, et contrairement au valium, les champignons sont naturels.

— L'uranium est naturel aussi, dis-je.

Et pour Ariel, j'ajoute :

— Tant que la FDA n'a pas approuvé quelque chose en tant que médicament, je l'éviterais, particulièrement si c'est recommandé par Docteur Felix.

Elle s'agite sur sa chaise.

— En fait, j'essaie des traitements alternatifs. J'ai un rendez-vous pour du Reiki la semaine prochaine.

Felix me donne un coup de pied sous la table, mais je n'ai pas besoin de ce rappel pour rester silencieuse. Même si je suis profondément sceptique à l'idée du massage sans contact du Reiki, je garde mon opinion pour moi-même. En tant qu'étudiante en médecine, Ariel sait tout au sujet des études contrôlées, alors qui suis-je pour lui retirer un placebo sans danger comme celui-ci ? Que quelqu'un agite les mains autour de son corps si cela signifie qu'elle ne prendra pas un autre valium.

— C'est une très bonne idée.

Felix se lève, attrape la cafetière et la pose au milieu de la table.

— Les champignons peuvent te faire faire un *bad trip*, mais pas ça.

— Au fait, ton spectacle était incroyable, me dit Ariel en essayant de changer de sujet. Est-ce que ça signifie que tu auras l'émission de télé que tu veux tellement ?

Je souris.

— Pas encore, mais c'est un bon début.

Ariel soupire.

— Je ne comprends toujours pas pourquoi tu veux

tellement être magicienne à la télé. Tu es très douée pour la magie, ce n'est pas le problème, mais tu as une carrière tellement prometteuse dans la finance, et tu es tout aussi douée pour cela.

Une partie de mon enthousiasme s'estompe. Quelle qu'en soit la raison, mes colocataires ne soutiennent pas vraiment mes ambitions de carrière à la télé. Ils ne le montrent pas autant que ma mère, mais j'ai toujours perçu un sous-courant subtil de désapprobation de leur part chaque fois que je parle de vouloir devenir une magicienne célèbre. Je ne le comprends pas, car ce sont mes meilleurs amis, mais cela a toujours été ainsi. Si l'un d'entre eux était passé à la télé comme je l'ai fait hier soir, cela aurait été la première question que je leur pose, mais ils agissent comme si ce n'est qu'un matin comme les autres, comme s'ils aimeraient oublier que le plus grand tournant de ma carrière dans le spectacle est arrivé la nuit dernière.

— Tu sais que je déteste travailler pour Nero, dis-je à Ariel en me rappelant que mon téléphone charge encore dans ma chambre.

Mon téléphone sonne à ce moment précis, comme s'il attendait que je me souvienne de lui pour le faire. Je réprime l'envie instinctive de courir décrocher et j'indique ma chambre.

— Vous voyez ? Ce n'est pas encore assez que je dois être au travail à sept heures du matin, ils m'appellent déjà... et quelqu'un m'a même appelé hier soir, un dimanche.

— Mais c'est juste parce que ton patron est un enfoiré, dit Felix.

Il connaît Nero personnellement, car il a travaillé quelques fois en free-lance pour notre fonds d'investissement.

— Ce qu'Ariel veut dire, c'est pourquoi ne pas travailler ailleurs, dans une banque ou un autre fonds d'investissement ?

Je fais la grimace.

— Travailler dans la finance me donne l'impression d'être un rouage dans une machine complètement inutile à la société humaine.

Je me verse une tasse de café et j'ajoute du sucre.

— Quand je fais un spectacle, j'ai l'impression d'améliorer la vie des gens, même si c'est minime.

Felix souffle sur son café.

— Et alors ? Tu pourrais le faire sans passer à la télé. Tu as ton restaurant et…

— Laisse-moi te poser une question. Cite-moi aussi vite que possible quelques magiciens de la télé.

— David Blaine. Copperfield, répond Felix sans hésitation.

Il frotte son menton à fossettes et ajoute :

— Et aussi les deux Allemands avec les tigres blancs, cet Anglais dont tu m'as parlé, et ton préféré, Criss Angel.

— Tu vois ? Tu n'as pas nommé une seule femme. En fait, si tu tapes 'magiciens célèbres' dans Google, tu auras une longue liste de noms et d'images, mais aucune femme.

Ariel soupire encore.

— Alors tu veux être la première magicienne célèbre.

— Je ne serais pas vraiment la première.

Je bois un peu plus de café avant de continuer.

— Il existe déjà quelques magiciennes semi-célèbres, mais je veux être la première à devenir connue partout, comme les types mentionnés par Felix. Je veux inspirer d'autres filles à faire de la magie. C'est quand même fou que de nos jours, une femme puisse être candidate à la présidence et diriger de grosses sociétés, sans qu'aucune soit devenue célèbre dans le domaine de la magie. Quoi qu'il en soit, tout ne concerne pas mon ego. J'adore l'admiration sur les visages des gens et…

Felix glousse.

— Et c'est une façon pour elle de canaliser en toute sécurité son désir incessant de faire des farces et des pièges. Sasha et la magie sont faits l'un pour l'autre.

Ariel utilise le couteau à beurre pour découper un autre pancake.

— Je comprends tout ça, je suppose. C'est juste que si je pouvais battre le marché comme elle, je trahirais tous mes principes et je travaillerais immédiatement pour la finance.

— Personne ne peut battre le marché, dis-je. Tous ceux qui semblent battre le marché sont chanceux, moi y compris. Sais-tu à quel point c'est effrayant d'avoir un travail dans lequel on pense toujours que notre chance finira par tourner ?

— Dans ton cas, je ne crois pas que ce soit de la chance, disent Ariel et Felix tous les deux, presque en chœur.

Ils se regardent et se mettent à rire.

Felix fait un geste pour laisser parler Ariel, alors elle dit :

— D'ailleurs, comment as-tu su pour le tremblement de terre au Mexique ? As-tu vraiment averti le gouvernement mexicain à ce sujet ?

— Je crois savoir comment elle l'a fait, dit Felix.

— Et tu ne diras rien.

J'agite mon couteau devant lui en faisant semblant de le menacer.

En réalité, c'est effrayant de voir à quel point Felix est doué pour deviner les méthodes derrière mes effets. Il prétend pouvoir le faire parce qu'en tant que programmeur, il est très logique, mais je crois qu'il regarde secrètement les enfants de douze ans qui exposent les méthodes magiques sur YouTube, juste pour pouvoir crâner de temps en temps devant nous.

— Mais je veux vraiment le savoir.

Ariel fait la moue et nous regarde avec de grands yeux de chien battu sous l'influence desquels n'importe quel magicien masculin aurait répondu.

— Tu dois me révéler tes combines.

— Les combines, c'est pour les escrocs, moi je fais des tours.

Ariel lève les yeux au ciel.

— D'accord. Alors peux-tu m'expliquer quelques 'tours' ?

Je fourre le dernier morceau de pancake dans ma bouche et j'hésite à faire l'effet que j'ai préparé pour cette occasion précise. Je me lève.

— Je te propose un marché. Je vais te montrer quelque chose, et si tu devines comment c'est fait, je l'admettrai.

— Et moi ? demande Felix. Puis-je deviner, moi aussi ?

— Non.

Je pose mon assiette dans le lave-vaisselle.

— Seulement Ariel.

Felix essuie ses mains sur son jogging.

— Alors il me suffira de deviner comment tu as fait ta prédiction télévisée. Et je devinerai devant Ariel.

Je rince mes propres mains à l'évier et je les essuie démonstrativement avec des serviettes en papier.

— C'est du chantage. Mais d'accord. Si Felix devine comment j'ai fait, je l'avouerai également. Cependant, il faut que vous ayez raison du premier coup. Si un seul détail est faux, le marché est annulé.

Ariel enfourne le reste de sa nourriture dans sa bouche et mâche rapidement.

— C'est tellement excitant.

— Je vais chercher les cartes dans ma chambre, dis-je en sortant de la cuisine. Felix, peux-tu débarrasser la table, s'il te plaît ? Ariel, peux-tu attraper ton couteau M9 ?

Ariel saute sur ses pieds.

— Ooh, une combine avec mon couteau. Je veux dire, un tour.

Dans ma chambre, j'attrape mon téléphone et ce dont j'ai besoin pour la démonstration avant de retourner à la cuisine.

Je tends un paquet de cartes à Felix et je lui ordonne de les battre.

Il mélange automatiquement les cartes en les faisant passer d'une main à l'autre.

— Je l'ai, dit Ariel en revenant dans la cuisine.

Elle présente le gros couteau de l'armée comme si elle voulait le vendre à la télé.

— S'il te plaît, dis-moi que ce truc implique de poignarder Felix. Ou alors je troue sa main et tu fais disparaître la blessure ?

— Il faudra que je trouve une méthode pour le faire.

Ce qu'Ariel vient de suggérer serait en effet un tour fabuleux, peut-être même meilleur que celui que je suis sur le point de montrer. Repoussant cette idée pour plus tard, je dis :

— Cela aura un rapport avec les cartes dans les mains, pour l'instant intactes, de Felix. Comme l'a dit un jour Hofzinser, un des grands magiciens du dix-neuvième siècle : 'Les cartes sont la poésie de la magie'.

Felix continue à battre les cartes et nous le regardons toutes les deux avec sévérité. Ariel commence à lever les yeux au ciel.

— Laisse Ariel les mélanger, dis-je quand il est clair qu'il continuera à le faire jusqu'au déjeuner si on lui en laisse la possibilité.

Felix passe à contrecœur le paquet à Ariel et elle pose le couteau sur la table afin de pouvoir effeuiller les cartes à l'américaine comme elle l'a appris d'un ex à l'armée.

— Maintenant.

Je tourne mon dos vers elle afin que Felix ne puisse pas m'accuser de lire des marques secrètes sur les cartes ou les reflets dans ses yeux.

— Choisis-en une.

Dans ma vision périphérique, je vois le monosourcil broussailleux de Felix se lever. Il sait que ce processus de sélection est bien plus juste que si je tenais les cartes dans mes propres mains, comme le font généralement les autres magiciens.

— J'en ai une, dit Ariel avec enthousiasme.

— Mémorise-la.

Je me surprends à tendre la main vers le couteau, mais je m'arrête juste à temps, ne voulant pas que Felix m'accuse d'avoir trafiqué l'arme.

— C'est mémorisé, dit-elle.

— Remets-la dans le paquet et mélange encore, dis-je sans me tourner. Même toi, tu ne dois pas savoir où elle se trouve.

J'entends le bruit des cartes plusieurs fois avant qu'Ariel dise :

— C'est bon.

Je me retourne et j'indique le centre de la table.

— Pose le paquet à cet endroit.

Ariel obéit.

— Maintenant, prends le couteau, dis-je d'un ton autoritaire.

Ariel regarde Felix et chuchote :

— Pas possible.

Elle ramasse le couteau et me fixe des yeux, le regard déjà plein d'admiration.

— Poignarde le paquet.

J'imite le mouvement rendu célèbre par les films d'horreur.

— Utilise toutes tes forces. Laisse le couteau traverser autant de cartes que possible.

D'un geste ferme, mais avec les yeux qui brillent d'excitation, Ariel lève le bras et redescend le couteau sur le paquet avec tant de force que la table manque se renverser.

Ses longs cils papillonnent de surprise en voyant son travail.

Le couteau a seulement pénétré environ la moitié du paquet.

Elle fronce les sourcils, puis elle regarde le couteau toujours dans sa main.

— Je croyais que j'allais transpercer tout et abîmer la table.

— Même toi, tu n'as pas assez de force pour ça.

J'hésite à lui parler de la recherche que j'ai faite sur le sujet – comme le fait que l'on peut arrêter une balle de neuf millimètres avec un peu moins de dix paquets de cartes –, mais je décide de ne pas le faire.

— Retire le couteau, s'il te plaît.

C'est ce qu'elle fait.

— Trouve la première carte qui ne contient pas de marque de couteau et pose-la ici la face cachée.

J'indique nonchalamment le même endroit où se trouvait le paquet : le centre de la table.

Ariel ouvre les cartes en éventail dans sa main, localise la carte en question et la pose sur la table.

Sans dire un mot, je tends la main et elle y place le reste du paquet.

— Quelle carte as-tu mémorisée ?

Instinctivement, j'aligne les cartes du paquet qui se trouvent maintenant dans mes mains.

Les yeux d'Ariel transpercent la carte sur la table.

— Le sept de cœur.

— S'il te plaît, retourne cette carte, dis-je, mes muscles se raidissant d'anticipation.

Felix et Ariel se penchent tous les deux par-dessus la table et Ariel fait ce que je demande pendant que je profite de leur distraction.

Lorsque la carte sur la table est révélée comme étant le sept de cœur, Ariel pousse un cri d'adolescente à un concert de Justin Bieber.

— Et bien sûr – j'étale le paquet sur la table –, tu as transpercé environ vingt cartes ici. Si c'était une carte de plus ou de moins, cela n'aurait pas marché.

Ariel regarde les cartes et secoue lentement la tête.

— Je sais comment tu as fait ça, dit Felix quand Ariel s'est calmée. Le paquet qu'Ariel a manipulé contenait cinquante-deux copies du sept de cœur.

J'attrape un verre d'eau et je bois lentement. De cette façon, ça ne sera pas évident si je ne commente pas ce que dit Felix.

— Elles sont là et elles sont toutes différentes, dit

Ariel en montrant les cartes sur la table. La moitié sont transpercés, l'autre moitié entière.

— Elle a échangé les paquets, dit-il. Pendant que nous étions distraits par la carte sur la table, je parie qu'elle a mis la main dans sa poche pour ranger un paquet et en sortir un autre.

Je bois encore.

— Mais les cartes poignardées…

— Déjà préparées avant de commencer le tour.

Felix essaie d'imiter mon mouvement du coup de couteau, mais cela ressemble plutôt à de la masturbation dans les airs.

— Elle a dû estimer combien de cartes tu pourrais transpercer, ou elle a demandé à un type costaud de la salle de sport de le faire pour elle afin d'imiter ta force effrayante.

Ariel prend son couteau et le place dans le trou de l'une des cartes sur la table. La carte et le couteau correspondent parfaitement.

— Elle a dû se faufiler dans ta chambre et emprunter ton couteau M9, poursuit Felix. Souviens-toi, elle n'a pas juste dit 'Prends n'importe quel couteau'. Elle a spécifiquement demandé celui-là.

Je bois une plus grande gorgée.

— A-t-il raison ?

Ariel semble déjà déçue, ce qui est une des principales raisons pour laquelle la méthodologie des effets doit *toujours* rester secrète.

Je montre l'eau dans ma bouche et je hausse les épaules.

— Si ce n'est pas ainsi que tu l'as fait, pourquoi ne laisserais-tu pas l'un d'entre nous fouiller tes poches ? dit Felix en rougissant… sans doute à l'idée de me fouiller.

Ariel se gratte la tête.

— Tu as vraiment fait tous ces efforts juste pour une combine ?

Je bois une autre gorgée plus petite et j'espère assez neutre, et je résiste à l'envie de la gronder pour avoir utilisé encore une fois le mot 'combine'.

— Je crois que tu ferais mieux d'aller en boîte avec moi vendredi, dit Ariel en gloussant. Tu as désespérément besoin de baiser.

Un ricanement bruyant essaie de s'échapper de ma bouche, mais il fait gicler l'eau qui restait pendant qu'une autre partie monte douloureusement dans mon nez.

Je commence à tousser et à rire de ma propre réaction, mais aussi de l'expression écarlate du visage de Felix. Je ne croyais pas que c'était possible, mais il est environ cinquante nuances plus rouge qu'avant. Ma théorie est qu'il vient de penser à m'aider avec le problème de 'baiser'… mais si c'était le cas, je ne sais pas pourquoi son sang a coulé dans la mauvaise direction.

Quand je me sens à peu près normale, je jette un regard noir à Ariel qui essaie de signifier : 'on peut plaisanter, mais ce n'est pas cool de parler de ma vie sexuelle inexistante devant Felix'.

Elle me regarde en remuant les sourcils et je sais

qu'elle veut répondre : 'Tu es juste de mauvaise humeur parce que cela fait deux ans que tu n'as rien fait'.

Et c'est vrai. La dernière fois que j'ai couché avec quelqu'un, c'était avec mon ex petit-ami de l'université et cela me semble si lointain que je m'inquiète parfois que les choses s'atrophient en bas. Révéler cela à Ariel a clairement été une grosse erreur, et pas seulement parce que coucher est tellement facile pour elle qu'elle ne comprend pas mes problèmes. Je parie qu'il lui suffit de faire un signe de l'index à n'importe quel gars, peu importe à quel point il est canon.

Ne voyant aucune sortie digne de cette situation, je sors mon téléphone de ma poche.

— Oh non, dis-je en regardant mon écran d'un air appuyé. Quelqu'un du travail essaie désespérément de me contacter.

Malheureusement, je dis la vérité. Un texto de Nero Gorin lui-même me nargue… et il ne me contacte presque jamais directement à la maison, laissant ses assistants faire le sale boulot.

Appelle-moi MAINTENANT, dit le texto.

— Alors, a-t-elle aussi fait l'échange de cette prédiction à la télé ? demande Ariel à Felix, toujours rouge.

Ses paroles me parviennent comme de très loin.

Je l'ignore, mon pouls s'accélérant lorsque je regarde le nombre record d'appels et de textos manqués. Quelque chose d'important se passe au bureau et je vais sans doute avoir des problèmes.

Pendant que je lis frénétiquement le premier texto, j'entends vaguement Felix dire :

— Elle n'a pas touché à l'enveloppe. C'est Kacie qui l'a ouverte.

M. Gorin va présenter à la conférence One Alpha lundi matin. Il a besoin que tu le renseignes sur RANR.

— Est-ce qu'elle t'a demandé de pirater le *New York Times* pour obtenir la une ? demande Ariel pendant que je lis mes autres messages.

— Elle a posté cette prédiction il y a des semaines, dit Felix, mais je ne l'écoute plus, mon esprit n'étant plus à la magie, pour une fois.

Les assistants de Gorin voulaient que je vienne au travail dimanche pour renseigner Nero au sujet d'un stock sur lequel nous faisons des recherches. C'est pour sa présentation de huit heures à la conférence Alpha One, un rassemblement de centaines de gros boss des fonds d'investissement les plus importants. Quand ils n'ont pas réussi à me joindre dimanche, ils ont demandé à ce que je vienne au travail à six heures ce matin. Puis six heures trente... impossible, puisqu'il est déjà six heures trente-sept sur mon téléphone et qu'il me faut une demi-heure de trajet.

Je suis en retard pour mon heure de travail normale, alors il est impossible que j'arrive en avance.

— Comment as-tu donc fait cela, Sasha ? demande Ariel lorsque je glisse le téléphone dans ma poche et que je cours pour attraper mon sac et mes clés.

— Très bien, je l'espère, dis-je automatiquement en utilisant ma réponse répétée.

Mentalement, je cherche la route la plus rapide jusqu'au bureau et j'essaie de trouver des excuses pour avoir raté les communications précédentes.

— Je suis vraiment désolée, mais je dois sérieusement courir au travail, dis-je en ouvrant la porte. À plus tard.

Ce que je ne dis pas, c'est qu'ils pourraient bien me voir plus tôt que prévu : si Nero me vire par téléphone dans les minutes qui suivent. Et même si j'aimerais un jour quitter ce travail, ce jour n'est pas encore arrivé.

J'en ai encore besoin pour payer la part du lion de notre loyer obscène.

CHAPITRE SEPT

PENDANT QUE J'APPUIE plusieurs fois sur le bouton de l'ascenseur, j'hésite à appeler Nero maintenant ou à affronter sa colère lorsque j'arriverai au bureau.

Les portes de l'ascenseur s'ouvrent, remettant ma décision à plus tard.

Il n'y a pas de réseau dans la boîte en métal.

J'ai un pied dans l'ascenseur lorsque mon téléphone signale un texto.

Je vérifie instantanément le message.

À mon grand soulagement, le texto vient de Darian.

Merveilleux travail hier soir, est-il écrit.

Merci, réponds-je rapidement. *J'aimerais beaucoup revenir si Kacie accepte.*

— Sasha, dit une voix joviale derrière moi. Je suis si contente de te trouver. J'ai besoin de ton aide pour une urgence *terrible*.

Il s'agit de Rose, une dame âgée avec laquelle j'ai sympathisé lorsque je l'ai aidé à retrouver son chat perdu : une créature sournoise qui avait fini sur un des yachts à la marina de Battery Park.

Fichu Darian et son texto. Une seconde de plus et Rose m'aurait manquée. Mais maintenant que j'entends l'inquiétude de sa voix, je ne peux pas simplement partir, alors je me tourne.

Comme d'habitude, le maquillage de Rose est aussi épais qu'il est appliqué avec soin, ses cheveux sont colorés de façon experte et ses bijoux sont choisis de façon à déguiser à la fois son âge, que j'estime à plus de quatre-vingts ans, et sa fragilité. Cependant, je ne suis pas trompée par son vernis de vitalité. Rose a de bons et de mauvais jours : parfois, elle est active comme une jeune fille, et d'autres jours, elle a des difficultés à marcher. À en juger par sa canne, il ne s'agit pas d'un de ses bons jours. En fait, même si elle affiche d'habitude un sourire mystérieux, aujourd'hui elle semble si troublée que des rides apparaissent sur son front… alors que j'aurais pu jurer qu'elle l'avait rempli de Botox depuis longtemps.

Elle se tient au mur, comme pour rétablir son équilibre, et je me précipite vers elle, inquiète.

— Qu'est-ce qui ne va pas ?

— C'est Luci, dit-elle en pleurant presque. Elle est mourante.

Bien sûr, c'est encore ce fichu chat. Elle ne fait que lui causer des problèmes, raison pour laquelle j'ai mentalement rebaptisé cette chose Lucifer. Bon, à cause de ça, et parce qu'elle avait presque mangé Fluffster lorsqu'ils s'étaient croisés dans le couloir lors de cette terrible journée. La seule raison pour laquelle mon petit ami a survécu, c'est parce que je suis sortie en courant de l'appartement juste à temps. Avant que je surprenne ce monstre diabolique, sa tête semblait dire : 'Et voici un noble festin à la hauteur de notre majesté'.

Lucifer est une chatte persane à l'apparence trompeusement mignonne. Ses yeux vert brillant et sa tête angélique ressemblent au chat qui orne la gamme Gourmet de nourriture pour chats. D'après ses papiers – oui, ce chat a des papiers – sa classification de couleur est chinchilla/ombré, c'est sans doute pour cela qu'elle a pensé que Fluffster était destiné à être sa proie.

— Où est-elle ? dis-je à contrecœur. Qu'a-t-elle fait maintenant ?

— Elle est là.

Rose me guide jusqu'à son appartement, et lorsque j'entre, je remarque que le parfum Chanel habituel de l'endroit est gâché par une légère touche d'acide gastrique félin.

— Elle a eu la diarrhée dimanche soir et elle a vomi toute la nuit, explique Rose. Elle vocalisait plus tôt, mais maintenant elle est catatonique.

Au milieu du salon, le chat est allongé et roulé en boule.

— Luci, appelle Rose, mais le tas de fourrure ne répond pas.

— Salut toi, dis-je d'un ton apaisant en examinant la petite créature.

Le chat ne répond pas.

Je sais qu'elle ne peut pas faire semblant d'être malade, mais juste au cas où, je teste un truc qui m'en assurera une fois pour toutes en disant :

— Nous devons la conduire chez le vétérinaire.

Lucifer ne doit pas faire semblant, car le mot 'vétérinaire' la met généralement dans un état de frénésie psychotique. J'ai appris cela à la dure lorsque j'ai aidé Rose à placer la bête dans son panier spécial pour sa visite annuelle. Maintenant, nous ne prononçons jamais le mot en v, quelles que soient les circonstances, tout comme nous ne disons jamais 'c'est l'heure de ton bain'.

Son dernier bain a causé les cicatrices que j'ai couvertes par le tatouage de la reine de cœur.

Je m'agenouille avec précaution et je pose la main sur le dos du chat. Même si sa fourrure n'est pas aussi douce que celle d'un véritable chinchilla, ce doit être la plus douce que les gènes d'un chat soient capables de produire. La pauvre chose est humide et fiévreuse et de si près, j'entends une sorte de sanglot miaulé très faible qui me déchire de pitié.

— Quand est-ce que cela a commencé ? dis-je en chuchotant.

— Hier soir, quand je te regardais à la télé – c'était incroyable, je voulais te le dire. Les choses ont empiré plus tard dans la nuit.

Rose semble encore sur le point de pleurer.

— Peux-tu la conduire chez le Dr Katz, s'il te plaît ?

L'état du chat me donne un tel cafard que les compliments de Rose et l'humour du nom du vétérinaire passent complètement inaperçus. Je suis aussi inquiète pour Rose que je le suis pour le chat : s'il arrive quelque chose à Lucifer, je ne suis pas sûre que Rose soit capable de le gérer.

Je dois courir au travail si je veux sauvegarder mon emploi, mais je ne peux pas abandonner Rose dans cette situation. Le chat doit aller chez le vétérinaire, j'en suis certaine, et je ne peux pas demander à Felix ou Ariel d'y aller à ma place, car ils ont leurs propres responsabilités du lundi matin. Ce serait injuste de leur causer des problèmes. En outre, Rose ne les connaît pas assez bien pour leur confier son bébé. Cela ne laisse que Rose elle-même, mais elle doit être incapable d'y aller, sinon elle y serait déjà.

— Je ne trouve pas la clé de ma porte, dit Rose, comme si elle lisait dans mes pensées.

Il est clair qu'elle utilisera n'importe quelle excuse plutôt que d'admettre qu'elle ne se sent pas bien.

— Ce n'est pas un problème, Rose.

J'attrape le panier du chat.

— Je vais l'y emmener maintenant.

La chatte miaule pathétiquement quand je la place doucement dans l'espèce de cage et que je la porte hors de l'appartement, Rose me suivant avec inquiétude.

— Merci beaucoup, Sasha, dit-elle lorsque je monte dans l'ascenseur. Appelle-moi dès que tu sais ce qu'il se passe.

— Je le ferai, dis-je en appuyant sur le bouton du parking.

En général, je prends un taxi pour le travail, mais

cette fois je décide de prendre ma vespa afin d'éviter les embouteillages et d'amener le chat chez le vétérinaire avant qu'il soit trop tard. Le trajet sera peut-être un peu plus mouvementé, mais je suis une excellente conductrice... une des meilleures de la ville, dans mon opinion pas très modeste.

Je place mon téléphone dans un support spécial attaché au volant et j'attache le panier du chat à l'arrière. La pauvre Luci semble encore plus mal en point.

— On est presque arrivé, dis-je en chantonnant. S'il te plaît, ne meurs pas.

Je m'assure que mon casque audio compatible avec le casque de sécurité est bien connecté à mon téléphone, j'enfile le casque et je démarre la vespa.

Je dépasse la limite de vitesse et je file à travers le parking avant de voler sur la route.

L'Oculus – la célèbre gare à quatre milliards du centre-ville – surgit à quelques pâtés de maisons à ma droite. Depuis cet angle de vue, on dirait une carcasse de dinosaure, mais à travers les fenêtres de notre appartement, cela ressemble à la tourterelle aux ailes ouvertes qu'elle est censée représenter.

J'évite un taxi jaune tueur et quelques piétons suicidaires en tournant à droite. Depuis aussi longtemps que je me souvienne, j'ai la capacité étrange de savoir anticiper le comportement de la circulation et de m'y adapter. Comme un certain nombre de mes autres capacités similaires, j'imagine que c'est juste un talent bien affûté qui a commencé à me paraître instinctif… un peu comme ce que Malcolm Gladwell décrit dans *La Force de l'intuition : Prendre la bonne décision en deux secondes*. Avec un peu de chance, mon instinct à la Spider Man maintiendra le chat et moi en sécurité.

En laissant passer une horde de piétons insistants, je réfléchis au chemin le plus rapide jusqu'au vétérinaire, qui est situé sur Canal Street, juste à l'entrée de Chinatown. Lorsque le flot de piétons s'estompe, je repars.

Ignorant tout ce que j'ai lu au sujet de l'utilisation des téléphones en conduisant, je me prépare à demander à l'IA du téléphone d'appeler Nero.

Cependant, avant que j'aie le temps de dire quoi que ce soit, mon téléphone s'illumine à cause d'un appel vidéo entrant.

Il s'agit de Makenzie Ballard, ou 'Maman' pour moi. Il me faut un moment supplémentaire pour me rendre compte que c'est elle, car je ne suis toujours pas habituée à son nom de jeune fille, en dehors des questions de sécurité de carte de crédit. Ma mère a commencé à parler de changer son nom de famille d'Urban – le nom de mon père – pour reprendre son nom de famille dès que mes parents ont divorcé, mais il lui a fallu plus d'une décennie pour le faire enfin légalement.

Cinq minutes après son changement officiel de nom, ma mère a commencé à me harceler pour faire la même chose, et elle refuse de comprendre que je garde le vieux nom de famille à cause de l'inertie et de la paresse, pas comme un moyen subtil de favoriser papa. Je pourrais lui dire que cela fait une éternité que je ne lui ai pas parlé et que j'ignore ses tentatives de me joindre, mais pour une raison ou pour une autre, je n'ai rien dit. En partie parce que je ne veux pas qu'elle se fasse des illusions en pensant que je le fais pour elle.

Je laisse l'appel passer sur le répondeur et je prie pour que ma mère m'ait appelé accidentellement.

Pas de chance.

Le téléphone sonne encore, affichant le nom de ma mère.

Si je ne décroche pas avant d'appeler Nero, maman appellera encore, encore et encore et encore. Mon téléphone fera un bruit irritant chaque fois et je finirai sans doute par avoir un accident en tendant la main pour refuser son appel pour la centième fois. C'est sûrement plus facile de décrocher et d'écouter ce qu'elle veut, alors j'accepte l'appel vidéo.

En gardant les yeux sur la route, j'observe l'écran avec ma vision périphérique : c'est un talent que je pratique pour le mentalisme, afin de toujours pouvoir jeter un coup d'œil à tout. Maman porte ses lunettes à écailles marron aujourd'hui, et ses cheveux gris discrètement colorés de blond sont soigneusement passés derrière ses oreilles. Comme d'habitude, elle donne une impression aristocratique, ce qui est logique. Sa famille vient d'une très vieille famille fortunée – chose qu'elle rappelle à tout le monde, même si l'argent a été épuisé des années avant qu'elle rencontre et épouse mon père – qui avait une *nouvelle* fortune.

— Sasha.

Malgré mon casque audio, je l'entends à peine à cause du vacarme des rues de New York autour de moi.

— Pourquoi as-tu mis si longtemps à décrocher ?

— Peux-tu voir autour de moi, maman ?

Je m'arrête à un feu rouge.

— Je suis sur ma vespa.

Elle lève les yeux vers ma tête couverte du casque.

— Cela explique le bruit abominable.

— Est-ce urgent ? dis-je impatiemment. Je risque d'avoir une amende pour téléphone au volant.

Aucun flic ne saurait que je suis au téléphone, grâce à mon casque audio, mais maman n'a pas besoin de le savoir.

— Tu te souviens de mon amie Zamantha, avec un Z ?

Je ne suis pas surprise qu'elle ignore mon allusion au fait de ne pas pouvoir lui parler tout de suite.

— Zam Durand ?

Comment pourrais-je l'oublier ? Comme je l'ai un jour écrit dans mon journal quand j'étais petite : 'Zam est une des zamies les plus prétentieuzes de Maman'.

— Je me souviens d'elle, dis-je en me demandant si ma mère admettra au moins que mon spectacle télé d'hier soir a eu lieu, même si elle ne me fait pas de compliment.

— Zam m'a invitée dans son château parisien, dit-elle et même avec ma vision périphérique, je vois ses joues rougir d'une excitation qui apparaît en général seulement lorsqu'elle achète des bijoux coûteux. Je voudrais savoir si ça ne te dérange pas que j'y aille.

Traduction : 'ça ne te dérange pas que j'y aille' signifie 'ça ne te dérange pas de me payer le voyage en France'. Elle ne me demande jamais d'argent directement, sauf si elle est vraiment désespérée, mais nous savons toutes les deux de quoi il retourne.

Dès que j'ai eu mon diplôme de Colombia et que j'ai quitté la maison bourgeoise de maman sur le Upper West Side, papa a arrêté d'envoyer des chèques. Même si c'est un peu déraisonnable, étant donné depuis combien de temps ils sont divorcés, je continue à être fâchée contre lui à ce sujet. En tant que propriétaire d'une entreprise de technologie florissante, il est en bien meilleure posture pour jeter de l'argent à maman que moi.

— D'autres vacances ? dis-je avec précaution. Ne viens-tu pas de te rendre à ta retraite de yoga ?

Traduction : 'Ne viens-je pas de te payer ta retraite de yoga ?'

— C'était il y a deux mois, dit ma mère, impassible. J'étais terriblement stressée. Je le suis toujours. Le château de Zam est exactement ce dont j'ai besoin. Ne te souviens-tu pas à quel point c'était paisible ? Je t'ai emmenée là-bas l'année après… tu sais…

Sympa. Il fallait *vraiment* qu'elle me rappelle que j'étais effectivement allée en France avec elle et papa l'année suivant mon adoption.

Elle aurait tout aussi bien pu stimuler le centre de la culpabilité de mon cerveau avec un fil électrique.

— Combien coûte le billet ? dis-je en supposant que je peux sauter un mois de contribution à mon 'Fonds pour Quitter Nero'.

— Douze, dit maman avec dégoût.

Pour quelqu'un qui dépense tant d'argent, elle n'aime vraiment pas en parler.

— Douze quoi ?

Je manque écraser un vieil homme qui a décidé de traverser n'importe où sur Broadway.

— Douze mille dollars américains ?

Elle me regarde avec un air indéchiffrable et elle hoche la tête.

— Est-ce que cela coûte autant parce que tu y vas à la dernière minute, ou en première classe ?

Papa avait une expression au sujet de maman du genre 'En cas de doute, boude'. Et c'est exactement ce qu'elle fait en disant :

— Enfin, bien sûr que c'est pour la première classe. Tu ne voudrais pas que je prenne l'avion avec les…

— Je t'enverrai un chèque de deux mille.

Je prends une voix aussi ferme que possible.

— Tu devrais pouvoir obtenir un ticket de classe affaires pour ça. Sinon, tu peux voler en économique, comme la grande majorité de l'humanité.

J'hésite à lui dire que cette conversation augmente précisément la chance que je perde mon travail et qu'elle perdra sa tirelire en forme de Sasha, mais je décide de ne pas provoquer son hystérie. À la place, je lui dis d'un ton suppliant :

— Je ne suis pas faite d'argent, maman.

— D'accord.

Maman semble toujours contrariée, mais elle accepte sa défaite avec grâce.

— Mais s'il te plaît, ne dis à personne que je vole en classe affaires, ajoute-t-elle en chuchotant.

— Marché conclu.

Je m'arrête à un panneau-stop et je me demande avec qui je pourrais partager une rumeur aussi terrible. Ayant besoin de terminer la conversation, je dis :

— Je dois vraiment raccrocher, maman.

— Aucun souci, ma chérie, dit maman. Je vais devoir appeler ma voyagiste et voir ce qu'elle peut me bricoler.

Je soupire. Naturellement, maman n'utilise pas Expedia, ou Orbitz, ou Priceline ou n'importe lequel des millions de sites de voyage à bas coût. Elle risquerait d'économiser de l'argent si elle utilisait de tels moyens prolétaires.

— Au revoir, maman.

— Au revoir, dit-elle avant de raccrocher.

J'entame enfin une discussion vidéo avec Nero et à ma grande surprise, mon patron décroche personnellement… je m'attendais à devoir passer par au moins une assistante.

Il se tient à côté du tableau blanc de son énorme bureau, prenant des notes avec un marqueur effaçable. Son dos est tourné vers la caméra et assez éloigné pour que je puisse voir sa silhouette musclée aux épaules larges. Ses cheveux châtains sont très courts – il vient sûrement tout juste de les couper – et même si je ne peux pas voir son visage, j'imagine facilement son menton fort et ses pommettes saillantes.

— Eh bien, notre employée très occupée daigne enfin nous accorder son attention, dit-il d'une voix grave qui fait ovuler ses assistantes… alors qu'à mon avis, on dirait un mélange entre le rugissement d'un dinosaure et le grognement d'un ours. Tu passes à la télé une fois et ça y est ? Est-ce que tu appelles pour me dire que tu démissionnes ?

— Non, dis-je en faisant de mon mieux pour ne pas lui donner la satisfaction de paraître sur la défensive. Il y a eu une urgence.

Il se retourne et son visage emplit l'écran presque instantanément. Il me regarde droit dans les yeux et je ne peux m'empêcher de remarquer que malgré la conférence à venir, sa barbe naissante nonchalante typique orne toujours son visage.

— Quelle urgence ? demande-t-il et j'aurais presque pu croire voir de l'inquiétude dans ses yeux bleu-gris, mais je rejette ce genre d'idée folle. Nero ne s'inquiéterait que si la société perdait quelques milliards en une nuit, ce qui n'arrivera jamais, étant donné la perspicacité avec laquelle il gère l'entreprise.

J'envisage d'inventer quelque chose de mieux que la vérité, mais Nero est connu pour ses capacités à détecter les mensonges. Il paraît que tout ce qu'il a besoin de faire, c'est d'entendre un PDG au cours d'une téléconférence trimestrielle pour savoir comment s'en sort vraiment l'entreprise. Et surtout, Nero déteste les mensonges à un tel degré que le risque de se faire virer est toujours plus bas si on lui dit l'une des pires vérités.

S'il vous surprend à mentir, vous n'existez plus pour lui.

— Ma voisine âgée a eu une grosse urgence, dis-je.

C'est la vérité, mais seulement la moitié de l'histoire. J'espère qu'il n'ira pas plus loin.

— Qu'est-il arrivé ?

Il n'y a aucune empathie dans sa question, juste une légère curiosité.

— C'est son chat.

Je m'arrête à un feu orange afin de pouvoir me pencher sur le côté et lui montrer le panier derrière moi.

— Il est malade.

— Le *chat* est malade.

Nero donne l'impression que la question est une affirmation, mais je hoche la tête malgré tout.

Il me fixe pendant un moment. Son anneau cornéo-limbique – le cercle autour de l'iris de son œil – est étrangement sombre et épais, faisant paraître le blanc de ses yeux plus blanc et le gris bleu plus profond. Je remarque seulement cela à cause de la fascination des magiciens pour les illusions visuelles, bien sûr... pas parce que j'aime regarder ses yeux, et certainement pas parce que j'ai l'impression d'être un lapin surpris par le regard d'un serpent.

— Tu laisses les gens profiter de toi.

Je sors de mon hébétement lorsque le feu passe au vert.

Je grince des dents et je détourne les yeux de mon téléphone en faisant vrombir le moteur.

J'ai toujours su qu'il était froid, mais ceci ne fait que le souligner. Évidemment qu'il considère que le fait d'aider une gentille dame âgée revient à se faire exploiter.

— Puis-je t'informer sur le RANR par téléphone ? dis-je en ignorant son commentaire précédent.

Il regarde sa montre Patek Philippe à un million de dollars et fronce les sourcils.

— Nous n'avons pas vraiment le choix, n'est-ce pas ?

Je suis sur le point de me lancer dans un discours sur l'entreprise à laquelle je me suis intéressée, à commencer par leur nouveau produit révolutionnaire, lorsque ma conscience automobile crie de panique.

Même si je ne sais pas encore quel est le danger, je sais que je n'ai jamais ressenti un avertissement aussi fort auparavant.

Ignorant momentanément Nero, je me concentre intensément sur ce qui m'entoure, espérant pouvoir prévenir ce qui déclenche mes alarmes.

La dernière chose que je veux, c'est de me tuer avec le chat dans un terrible accident de voiture.

CHAPITRE HUIT

BIEN QUE L'INTERSECTION soit remplie de véhicules et de personnes, deux cibles sortent du lot dans ma conscience exacerbée des environs.

Un bus et une ancienne Ford Crown Victoria.

L'énorme bus fonce vers moi sur la voie opposée, le chauffeur étant clairement très pressé de passer au feu vert pendant que les piétons attendent le changement de feu sur le trottoir.

La Crown Vic cabossée se trouve dans une voie perpendiculaire à la mienne, roulant si vite qu'elle va forcément écraser quelques personnes au feu rouge avant de foncer sur ma vespa.

Sans comprendre totalement ce que je fais, je tire sur le guidon en mettant les gaz.

Lorsque mon scooter tourne, j'aperçois le chauffeur de la Crown Vic. Il s'agit d'un homme à la cinquantaine, à la peau étrangement grise et teintée de pourpre. Quelque chose dans son visage m'évoque un souvenir distant, mais je le perds vite de vue, le bus occupant tout mon champ de vision.

Le chauffeur de bus ne sait pas encore qu'il doit ralentir.

Si mon cerveau paniqué a mal calculé ma manœuvre ne serait-ce que d'une minuscule fraction de seconde, dans un instant il y aura une tortilla en forme de Vespa/Sasha/Lucifer sur l'avant du bus. Une tortilla que la Crown Vic viendra racler et transformer en burrito métallique fourré à l'humain et au chat.

Dans ma hâte, je ne fais pas attention aux obstacles sur le trottoir, et je ne me rends compte qu'après coup que j'ai roulé sur une plaque d'égout.

Comme un taureau dans un rodéo, le scooter essaie de me jeter de son dos.

Mon cœur essaie de sauter de la vespa sans moi.

J'agrippe le guidon de toutes mes forces et je serre les cuisses jusqu'à en avoir des crampes. Lorsque je reste assise, je me promets d'acheter une autre année d'abonnement à la salle de gym pour Ariel parce qu'elle m'a forcé à utiliser cette machine inspirée par la chaise d'examen gynécologique.

Heureusement, le panier avec le chat reste accroché, mais mon téléphone n'a pas cette chance : il vole hors du support et atterrit quelque part derrière moi.

De plus, je ne sais pas du tout si la bosse m'a suffisamment ralenti pour ne pas frapper le bus.

Une seconde plus tard, je dépasse le bus de la

largeur d'une bulle de savon, mais avant de pouvoir soupirer de soulagement, il y a un crissement de métal et de plastique.

La Crown Victoria vient de frapper le bus.

Si je n'avais pas agi aussi vite que je l'ai fait, je serais maintenant en sandwich entre les deux.

Je ralentis et je me demande ce que je dois moralement et légalement faire dans cette situation. L'idiot de la Crown Vic est probablement mort, mais les gens dans le bus devraient s'en sortir en n'étant que légèrement dérangés. Quelqu'un devrait appeler le 911, mais mon téléphone est en morceaux sous le bus.

En voyant au moins une douzaine de personnes utiliser leur portable et gesticulant en direction de l'accident, je suppose que les véhicules d'urgence ont été appelés. Si je veux sauver Lucifer, je dois continuer… elle vient de se faire secouer en plus de ce qui ne va pas, et il est encore plus urgent d'atteindre le cabinet vétérinaire.

J'accélère et le reste de mon chemin jusqu'au cabinet de Dr Katz est heureusement dénué d'autres collisions.

L'avantage du scooter, c'est qu'il est plus facile à garer. Je laisse ma vespa entre deux voitures garées et je décroche le panier, ignorant une étrange odeur de poisson venant d'une flaque géante près de là.

— On est presque arrivé, dis-je doucement au chat qui ne réagit pas. Accroche-toi, s'il te plaît.

Le trajet en ascenseur et dans les couloirs se fait dans le flou le plus total.

En entrant dans le cabinet vétérinaire, je cours vers la réceptionniste et je débite :

— Je m'appelle Sasha, et j'ai la chatte de Rose ici. Elle est en train de mourir. Vous devez m'aider. S'il vous plaît.

La fille réagit immédiatement. Peu de temps après, le grand et dégingandé Dr Katz me demande les symptômes de la chatte et emporte le panier en promettant de me faire savoir ce qu'il se passe après avoir fait quelques tests.

Je pousse un soupir de soulagement. Ce cabinet est assez impressionnant. Ils ont mieux réagi à l'urgence que certains endroits qui s'occupent des humains.

— Puis-je utiliser votre téléphone ? m'enquis-je auprès de la réceptionniste.

— Bien sûr, dit la fille. Venez là.

Je m'avance vers son bureau et je me rends compte que je ne sais pas du tout quel est le numéro de téléphone de Nero.

— Je suis désolée, pouvez-vous faire une recherche sur votre ordinateur pour moi ? J'ai besoin du numéro principal du Fonds Gorin.

La fille me donne le numéro dont j'ai besoin et j'appelle. J'apprends alors que demander à l'opératrice de téléphone la plus modeste de me connecter avec le directeur du fonds n'est pas une tâche si facile.

D'abord, j'ai une assistante d'une assistante, qui est l'assistante de l'une des assistantes les moins importantes de Nero. À partir de là, on me fait tourner en rond et j'ai monté deux niveaux d'assistants lorsque le Dr Katz apparaît, alors je demande à l'assistant grognon avec lequel je parle de patienter un instant.

Cet enfoiré raccroche.

— C'est un corps étranger gastrique, me dit le médecin en agitant la radio en noir et blanc dans sa main. Cela correspond aux symptômes que vous avez décrits.

— Un quoi ?

— Regardez.

Il lève la radio à la lumière.

Je vois la silhouette fantomatique d'un chat... avec un objet en forme de clé dans le ventre.

— Sans rire, dis-je. Elle a avalé la clé de la porte de Rose ?

— Nous voyons souvent cela avec des chiens... et un grand éventail d'objets.

Dr Katz baisse la radio.

— Mais cela arrive également aux chats.

Il est difficile d'imaginer quelque chose ou quelqu'un en train de manger une clé, mais si je devais nommer un chat qui pouvait le faire, Lucifer se trouverait en haut de ma liste. Le reste de la liste serait composée de chats ressemblant à Hitler.

— Que faisons-nous maintenant ?

Je sens un froid dans mes entrailles, comme si j'avais moi-même un objet en métal là-dedans.

— Allez-vous devoir l'opérer ?

— Non, rien d'aussi sérieux, dit le Dr Katz, un sourire en coin s'étalant sur son visage étroit. Nous la sortirons par endoscopie.

Quand j'étais plus jeune, mon père avait eu une endoscopie pour diagnostiquer un ulcère, mais je ne savais pas que cela pouvait être fait à un chat.

— Elle devra être anesthésiée, dit le Dr Katz lorsqu'il voit que je me détends. Il existe des risques.

— Y a-t-il une autre solution ? Peut-elle juste l'expulser naturellement ?

Le vétérinaire fronce les sourcils.

— Je recommande fortement l'endoscopie.

— D'accord, dis-je. Je suis convaincue, mais c'est à Rose de prendre la décision.

— En fait, elle a rempli l'autorisation de soins d'urgence de son animal de compagnie à votre nom, dit la réceptionniste en montrant un papier sorti de son bureau.

— C'est seulement si nous ne pouvons pas la joindre, explique le vétérinaire. Nous devons essayer.

Heureusement, ils ont le numéro de Rose dans le carnet de santé de Lucifer… oui, les chats ont des carnets de santé et bien sûr, ce chat en a un très épais.

Il suffit de quelques secondes d'explications afin que Rose accepte la procédure.

— Je savais que je n'avais pas simplement perdu cette clé, dit Rose dans le haut-parleur lorsque le Dr Katz est parti préparer le chat.

— Combien de temps allez-vous garder Luci ici ? dis-je à la réceptionniste pendant que nous avons encore Rose en ligne.

— Chaque patient est différent, dit la fille. Mais

nous allons sûrement garder un œil sur elle pendant quelques heures après l'anesthésie.

— Elle rentrera bien aujourd'hui ? demande Rose d'une voix étranglée.

— Oui. Nous vous tiendrons toutes deux au courant.

— J'ai tué mon téléphone en venant, dis-je à toutes les deux. Appelez mon numéro au bureau si vous avez besoin de me joindre, et je vais récupérer un nouveau portable dès que possible.

— Très bien, dit la réceptionniste en me tendant une carte de visite avec le numéro du cabinet.

J'écris le numéro de Rose au dos de la carte pendant que Rose elle-même pose quelques questions supplémentaires.

Lorsque nous raccrochons, je m'excuse et je me précipite vers mon scooter. Il y a une minuscule chance de pouvoir arriver au bureau avant la présentation de huit heures et je suis bien déterminée à essayer d'y parvenir.

Lorsque je sors du bâtiment des vétérinaires, il me faut un moment pour me souvenir où j'ai laissé ma vespa, mais ensuite, je cours et je saute dessus... au moment exact où un taxi jaune roule sur la flaque qui sent le poisson et m'asperge de la substance malodorante.

Mon pantalon et mon chemisier sont couverts de taches sombres qui sentent mauvais.

N'importe quel autre jour, je serais rentrée chez

moi pour me changer et je serais arrivée en retard au travail, mais cette fois, je n'ai pas ce luxe.

Avec un peu de chance, cela séchera et sera moins dégoûtant pendant que je roule.

Le reste du trajet jusqu'au bureau ressemble à une scène de *Fast and Furious*, mais sur un scooter avec une vitesse maximale de soixante à l'heure.

Mes vêtements ne semblent plus sentir, mais les taches sont toujours là. Si j'arrive à mon bureau, je pourrais au moins couvrir mon chemisier avec la veste que je garde pour les jours où l'airco déraille. Sauf qu'il est maintenant 7 h 43 et que Nero a besoin de moi pour le renseigner sur le stock avant huit heures.

Je pique un sprint à travers le vestibule et je continue à courir jusqu'à atteindre le bureau de Nero.

Venessa, une des assistantes de Nero, me dévisage de haut en bas sans prendre la peine de cacher son mépris écrasant.

— Te voilà, dit-elle d'un ton que de nombreuses femmes méchantes utilisent en pensant paraître aimables alors que vraiment, c'est l'opposé. M. Gorin a laissé des instructions au cas peu probable où tu arriverais.

Je regarde Venessa, dans l'expectative, en essayant de reprendre mon souffle.

— Comme tu n'as plus le temps de le préparer, tu vas devoir personnellement présenter les choses à One Alpha.

Venessa me tend l'ordinateur portable et comme je

suis trop stupéfaite pour réfléchir, je serre l'ordinateur contre moi comme une bouée de secours.

— Sers-toi de ça pour préparer ce dont tu as besoin en route vers l'auditorium.

Je suis tentée d'utiliser l'ordinateur pour faire d'autres recherches sur le valium et les cauchemars qu'il peut causer, car on dirait que je suis tombée dans un de mes pires cauchemars.

L'auditorium du bâtiment peut accueillir trois cents personnes et les rassemblements One Alpha sont toujours remplis d'huiles de la finance… ainsi que des membres des médias qui doivent généralement rester debout.

Venessa marche vers l'ascenseur.

Je reste figée sur place, les pieds remplis de plomb. En dehors de mon apparence ébouriffée, je ne suis simplement pas prête à parler de ces actions. J'ai répété mon passage à la télé pendant au moins cinquante heures, et il ne s'agissait que de quelques phrases. Non pas qu'une préparation aurait pu m'aider. La simple idée de parler devant tous ces gens…

— Pourquoi restes-tu plantée là ? aboie Venessa en se tournant pour me regarder tout en appuyant sur le bouton de l'ascenseur. Vas-tu faire ton travail, ou pas ?

Je traîne mes pieds lourds jusqu'à l'ascenseur qui s'ouvre.

J'entre et les surfaces réfléchissantes confirment que mes vêtements sont toujours couverts de taches.

Les portes se referment.

Venessa fronce le nez.

— Tu sens le poisson ?

— Je dois me préparer, dis-je en ouvrant l'ordinateur, cachant mon visage en lançant frénétiquement PowerPoint et en réfléchissant à ce que je vais dire si je ne me fige pas lorsque le moment sera venu... ce que je risque de faire quand même.

RANR fait référence à Rapid Rabbit Biotech LLC, ou – et c'est une bonne plaisanterie à faire pendant la présentation – Rabid Rabbits, les Lapins Enragés, comme les initiés les ont surnommés. RANR annoncera bientôt un nouveau produit appelé Focusall, une substance qui fera passer l'Adderall comme un sédatif en comparaison. J'ai analysé de nombreuses données sur le médicament, interviewé des sujets de test et même réussi à obtenir un échantillon. C'était sous l'influence du médicament que j'ai décidé que nous devions définitivement, absolument obtenir autant d'actions RANR que possible, que leurs cotes soient élevées ou pas. Avec le Focusall, j'ai terminé mes analyses habituelles en une fraction du temps qu'il me faut normalement, puis j'ai travaillé sur et terminé une douzaine d'autres projets, tout en restant aussi concentrée qu'un moine zen, et heureuse comme tout.

C'était si bon, en fait, qu'au lieu de jeter le reste de l'échantillon dans les toilettes, j'ai gardé les pilules pour un jour de nécessité. Dès que le médicament sera sur le marché, je trouverai une façon d'en obtenir plus... sauf si je découvre des effets secondaires, qui jusqu'ici semblent être très légers ou non existants.

Le fait que nos traders aient acheté en masse les

actions de RANR dès que je l'ai recommandé et sans que je donne de détails témoigne du respect que voue Nero à mes capacités analytiques. Maintenant, il s'agit de l'un de nos plus gros investissements et une fois que j'aurais fait – ou plutôt, *si* je fais – ma présentation, les actions dépasseront des sommets. C'est probablement pour cela que Nero a décidé d'inclure ceci dans sa présentation à la dernière minute : car une partie de l'intérêt de ces conférences, c'est de créer une sorte de prophétie autoréalisatrice. Si l'on convainc d'autres gestionnaires de fonds de placement malins, ils sautent sur les actions et ils font monter les prix, ce qui augmente encore la valeur de votre investissement.

Bien sûr, la raison principale de la conférence est de crier : 'regardez comme nous sommes forts ici au fonds Gorin. Investissez avec nous. Travaillez pour nous. Ne cherchez pas à nous réguler. Toute résistance est inutile'.

Venessa me traîne hors de l'ascenseur et dans les couloirs, pendant que j'ai le nez collé contre l'ordinateur.

Quand nous arrivons dans les coulisses de l'auditorium, j'ai eu le temps de préparer quelques diapositives et surtout, j'ai une idée rudimentaire de ce que je vais dire. Cependant, rien de tout cela ne fait taire les battements incessants de mon cœur dans mes oreilles et cela ne ralentit pas non plus ma respiration haletante. Le monde revêt une teinte surréaliste.

Nero parle déjà sur scène. Il me présente avec

quelques mots élogieux et sa voix profonde semble être si amplifiée dans ma tête que mon cerveau menace d'exploser à travers mes tympans.

— Vas-y.

Venessa me pousse sur la scène et lorsque je marche jusqu'au podium avec des jambes chancelantes, les applaudissements peu enthousiastes me paraissent assourdissants.

— Tu vas t'en sortir, chuchote Nero en laissant la place sur le podium.

Il doit voir quelque chose qui ne lui plaît pas sur mon visage, car il retire l'ordinateur portable de mes mains engourdies et il le branche pour moi.

Le côté hilarant de Nero Gorin servant de technicien audio/vidéo ne diminue pas mes craintes : je peux seulement me concentrer sur la conviction paralysante d'être sur le point d'avoir une crise cardiaque.

Je prends ma place derrière le podium et j'essaie de me tenir droite. À travers le brouillard de panique, je me rends compte que Nero se tient encore à côté de moi… et même si je suis trop gonflée d'adrénaline pour en être certaine, je crois que son bras musclé me tient discrètement debout.

Je vendrais mon âme pour un valium maintenant. La peur que j'ai ressentie à la télé n'est qu'un écho distant de ce qu'il m'arrive maintenant.

— B-bonjour, balbutié-je dans le micro en regardant la foule.

Trois cents paires d'yeux affamés me fixent depuis l'abysse au-delà de la scène.

Les murs de l'auditorium se rétrécissent, me faisant suffoquer.

L'obscurité m'enveloppe.

CHAPITRE NEUF

JE ME RÉVEILLE dans les airs.

Suis-je en train de voler ?

En ouvrant les yeux, je me rends compte que je suis encore une fois portée comme une jeune mariée. Cette fois, les bras forts appartiennent à Nero, et avant que je puisse vraiment comprendre ce qu'il m'arrive, il me dépose sur un canapé en cuir gris dans les coulisses.

S'agit-il d'un autre rêve inapproprié au sujet de mon patron ? Jusqu'ici, il y a seulement eu celui du baiser... mais ceci ressemble à un véritable rêve érotique.

Manifestement, mon abstinence me joue des tours.

Il sort un téléphone et compose un numéro.

— Nous avons besoin d'une ambulance au...

Ne l'écoutant plus, je rassemble mes pensées. Ceci n'est *pas* un rêve. J'étais sur scène et je me suis évanouie. Il appelle le 911, mais je suis certaine que je n'ai eu qu'une crise de panique, pas une réelle urgence médicale.

— Ça va maintenant, dis-je faiblement en essayant de m'asseoir.

— Non, dit Nero en raccrochant. Attends.

Il compose un autre numéro et dit :

— Lucretia, rejoins-moi dans les coulisses.

Il marque une pause, écoutant une réponse, puis il ajoute :

— Très bien. Parlons en marchant, s'il te plaît, ceci est urgent.

Il explique alors ce qui m'est arrivé et il est clair qu'il pense lui aussi que j'ai eu une crise de panique.

Lucretia Rossi est une psy et son travail dans notre entreprise – tel que je le vois – est d'aider les traders à avoir plus d'assurance. Cela équivaut un peu à apprendre des talents de survie à des cafards. Les analystes la voient rarement ou pas du tout alors, la seule raison pour laquelle je connais son existence, c'est parce que certaines personnes m'ont dit que je lui ressemblais. Je le prends comme un compliment, puisque Lucretia est plutôt belle et admirée pour son intellect. Personnellement toutefois, je ne vois aucune ressemblance physique entre nous, en dehors de la couleur des yeux et des cheveux, et peut-être la pâleur de notre peau.

— Lucretia est presque là.

Nero me dévisage attentivement.

— On dirait que ça va, pour le moment au moins. Je vais aller sauver ta présentation.

Avant que je puisse répondre, il retourne sur scène, s'avance sur le podium, jette un coup d'œil aux diapositives sur l'ordinateur portable devant lui et dit :

— Comme le suggère cette diapositive, et comme beaucoup d'entre vous le savent déjà, nous avons une position importante dans RANR.

Toujours hébété, j'écoute Nero parler et je me sens pleine d'envie. Si je ne savais pas que Nero improvise ce discours à partir des diapositives que je viens de créer, je ne l'aurais jamais deviné. Si je pouvais être aussi à l'aise devant une foule, tout serait possible dans ma carrière d'illusionniste.

Comment puis-je obtenir ce niveau de confiance en moi ?

Comment puis-je apprendre à affronter une si grande foule ?

— Sasha, chuchote une voix féminine à ma droite. Je ne vous ai pas fait peur, n'est-ce pas ?

Apparemment, les talents de ninja font partie des outils des psychologues. C'est ça, ou bien Lucretia est meilleure magicienne que moi, car elle vient de réussir l'illusion de la psy qui sort de nulle part.

— Bonjour, dis-je en espérant que la perte de conscience du temps et les hallucinations visuelles ne sont pas impliquées dans ce qu'il m'arrive.

Ses lèvres rouges forment un sourire plein de dents.

— Pardonnez-moi de sauter les politesses, mais Nero m'a informée et j'aimerais passer directement à la thérapie, si cela ne vous ennuie pas.

Je hoche la tête, médusée, prise dans une vague relaxante en entendant la cadence légèrement étrange de sa voix. C'est aussi apaisant pour mes oreilles que la fourrure de Fluffster l'est pour mes mains.

— Quelle sensation ressentez-vous dans votre corps maintenant ? demande-t-elle en m'examinant d'un air énigmatique.

Bon sang. Les légendes au sujet de cette femme doivent être vraies : elle est extrêmement douée. Je ressens une envie profonde de faire exactement ce que dit Lucretia, aussi, après un moment d'introspection, je lui dis :

— Mon cœur bat de façon irrégulière et j'ai l'impression d'être essoufflée.

— Splendide, dit-elle. Videz votre esprit et écoutez à l'intérieur de vous. Énumérez autant de sensations que possible.

— Je transpire, dis-je doucement, stupéfaite d'être aussi à l'aise en disant quelque chose de si gênant à une femme avec laquelle je parle pour la première fois. J'avais mal à la poitrine tout à l'heure, mais ça va mieux maintenant.

— C'est une bonne chose que vous vous souveniez des sensations de votre poitrine, dit-elle et je me rends compte qu'elle a une sorte d'accent léger. Pouvez-vous énumérer autre chose ?

— J'ai pensé que je devenais folle, dis-je, et elle hoche la tête d'un air encourageant. J'ai aussi pensé être malade.

— Qu'en est-il de votre musculature ?

— Le bas de mon dos est raide, dis-je en réalisant à

ce moment-là que c'est le cas. Dans l'ensemble, je me sens très tendue.

— Concentrez-vous sur ces sensations.

Les cheveux très bruns de Lucretia couvrent son œil droit, alors elle cache la mèche derrière son oreille pâle et non percée.

— Étudiez-les. Mémorisez-les. La conscience de ces changements dans votre corps vous aidera à maintenir le contrôle. Cela vous indique que vous ne perdez pas la raison et que vous ne faites pas une crise cardiaque. Vous faites simplement l'expérience de symptômes que vous pouvez apprendre à diminuer.

Je m'assois en silence et je suis ses instructions. En dehors des sensations que j'ai déjà décrites, je suis fatiguée et j'ai un peu la tête qui tourne, ce que je lui dis également.

— Maintenant, je veux vous montrer.

Elle pose une main sur sa poitrine et une autre sur son ventre.

— Placez vos mains de cette façon.

Je fais ce qu'elle dit.

— Pas tout à fait.

Lucretia se décale vers moi sur le canapé jusqu'à ce que nous nous touchions presque. Elle prend ma main droite et la rapproche de mon nombril. D'habitude, le contact avec une personne inconnue me dérange, mais avec elle, cela semble parfaitement naturel... ses doigts gelés sont en fait agréablement frais sur ma peau.

— Fermez les yeux afin de pouvoir vous concentrer sur votre respiration et sur le mouvement de votre ventre sous la paume de votre main gauche. Votre main droite devrait bientôt devenir immobile, murmure-t-elle presque dans mon oreille d'une voix hypnotique. Vous respirez par le bas du ventre. Cela s'appelle la respiration diaphragmatique.

En fermant les yeux, je fais ce qu'elle dit. Certains de mes symptômes, particulièrement la respiration haletante, s'améliorent.

Ralentissez doucement votre respiration, dit-elle d'une voix encore plus douce et plus mélodieuse. Comptez mentalement jusqu'à cinq en inspirant et jusqu'à cinq en soufflant.

Je suis ses instructions, surprise par leur efficacité. Les marmonnements de la présentation de Nero et les applaudissements de la foule semblent à présent très éloignés, tout comme ma peur.

— Nous allons maintenant travailler sur vos muscles, dit Lucretia. Recourbez les orteils en inspirant, détendez-les en expirant.

Ceci me rappelle la méditation de visualisation qu'une animatrice hippie nous faisait faire en camp de vacances. La ressemblance se renforce lorsque Lucretia nomme d'autres muscles dans mon corps que je dois contracter et détendre.

Lorsqu'elle me fait détendre les muscles du front, je suis aussi calme qu'un lac souterrain.

La sérénité dure quelques minutes avant que je recommence à me sentir agitée à force de rester simplement assise à respirer, et je me demande comment elle fait pour ne pas déjà s'ennuyer.

— C'est très bien, dis-je au bout de quelques minutes supplémentaires, quand je ne peux plus rester immobile.

J'ouvre les yeux et je demande :

— Que faisons-nous ensuite ?

— Afin de bénéficier de la confidentialité nécessaire, il serait préférable que nous nous rendions à mon bureau, dit Lucretia. Pouvez-vous marcher ?

Je hoche la tête.

Elle se lève.

— Bien. Essayez de respirer lentement en marchant. Considérez cela comme un exercice.

Je suis son conseil en me levant. Plutôt que de les traiter comme un exercice, chose que j'associe à la douleur, je l'aborde de la même façon que lorsque j'apprends de nouvelles techniques de prestidigitation. Chaque fois que j'ai besoin d'une nouvelle manœuvre de passe-passe, je la répète encore et encore jusqu'à ce que cela devienne une seconde nature et que je puisse le faire dans mon sommeil. Dans ce cas précis, cela pourrait bien être littéralement vrai : si je m'entraîne à respirer plus lentement pendant assez longtemps, ma respiration pourrait bien diminuer en règle générale, même au cours de mon sommeil.

Respirer lentement en parlant est cependant extrêmement difficile, et lorsque je me laisse tomber sur un fauteuil en cuir marron dans le bureau de Lucretia, je prends un grand plaisir à ignorer complètement ma respiration et à examiner mes environs à la place.

Contrairement au reste du bâtiment qui est ultramoderne, le bureau de Lucretia dégage une atmosphère de siècle dernier. En face de moi se trouve une bibliothèque à l'air antique remplie de livres en papier. Au lieu d'avoir des stores, ce sont des rideaux ornés qui couvrent les parois en verre du bureau.

Lucretia ferme ses rideaux, créant une ambiance de théâtre, et elle s'assoit gracieusement sur son grand fauteuil en forme de trône.

— Tout ce que vous me direz est protégé par la confidentialité entre un docteur et son patient, commence-t-elle, puis elle explique mes privilèges en détail, l'important étant que personne – pas même Nero – ne peut lui demander de révéler ce que je dirai.

— Compris, dis-je en me demandant quel genre de secret elle s'attend à apprendre de moi.

— Splendide.

Elle joint le bout de ses doigts et me regarde comme si j'étais la personne la plus intéressante au monde.

— En ce cas, j'aimerais que vous me disiez pourquoi vous pensez vous sentir aussi angoissée.

Comme avant, je suis submergée par une aisance presque surnaturelle en sa présence. Même si je sais intellectuellement que les gens sont censés se confier à leur thérapeute, je n'ai jamais cru être aussi avide de le faire. Je me sens presque forcée à partager mes secrets les plus profonds et les plus sombres avec elle… des choses auxquelles je n'ai même pas pensé, et donc surtout pas dites à voix haute.

— Mon souvenir le plus ancien se passe à

l'aéroport JFK, dis-je en écoutant avec surprise les paroles qui sortent de ma bouche. J'étais perdue. Effrayée. Il fallait que je demande de l'aide à quelqu'un, n'importe qui, mais j'avais trop peur de le faire. Il y avait trop de monde. Ils étaient si grands. Ils parlaient si vite.

Je marque une pause et je me rends compte que mon pouls élevé et quelques autres symptômes troublants sont de retour, alors je ralentis ma respiration comme elle me l'a appris.

La compassion sur le visage de Lucretia est si sincère qu'il est facile d'oublier qu'il s'agit seulement de son travail.

— Pourquoi étiez-vous perdue ?

— Je ne sais pas. Mes parents – mes parents adoptifs, je veux dire – pensent que mes parents biologiques m'ont perdue à l'aéroport ce jour-là, mais je ne peux pas en être sûre.

— Qu'est-il arrivé alors ? demande-t-elle.

Encore une fois, quelque chose dans son regard perçant me donne envie de partager ceci avec elle, alors que je n'en ai encore jamais parlé avec qui que ce soit, pas même Felix et Ariel.

— J'étais submergée. Je me suis roulée en boule dans un des terminaux, dis-je et ma respiration s'accélère malgré ma tentative de la contrôler. Maman – la femme qui a fini par m'adopter – m'a vue. Elle et papa partaient en vacances. Elle m'a parlé, m'a calmée et a lancé les recherches.

Lucretia reste complètement immobile, comme si

elle pensait que respirer suffirait à me faire peur... et c'est peut-être vrai.

— Ma mère a convaincu mon père, son mari d'alors, d'annuler leur voyage pour Fidji et de m'aider. Au début, tout le monde pensait que mes parents biologiques prenaient un avion pour quelque part... après tout, c'était un aéroport. Cependant, personne n'a réussi à découvrir qui ils étaient. Chaque couple voyageant avec un enfant de mon âge était accompagné de ses enfants et personne n'a signalé ma disparition. Plus tard, lorsque la police a été impliquée, ils n'ont pas non plus pu découvrir qui j'étais. J'avais sans doute trois ans, parce que j'ai montré trois doigts quand quelqu'un a demandé mon âge, et la seule autre chose que je savais, c'était que je m'appelais Sasha. Je ne connaissais pas mon nom de famille ni l'endroit où je vivais. Mes parents ne savent même pas si je suis américaine. Le nom Sasha est plus populaire en Europe de l'Est, et je prononçais les mots anglais avec beaucoup de précision en parlant. Mais d'un autre côté, beaucoup d'enfants parlent de façon étrange...

Un téléphone sonne, me sortant de mon étrange état de transe.

Il s'agit du téléphone du bureau de Lucretia et elle lui jette un regard si critique que je suis étonnée que l'objet ne fonde pas sur place.

Je m'agite sur mon siège et je pratique encore une fois la respiration lente en essayant de comprendre pourquoi j'ai dit tant de choses à cette psy. Je suppose que me faire dire la vérité fait partie de son travail, pourtant je n'arrive pas à croire que j'ai autant bavardé. L'incident à l'aéroport pourrait-il vraiment être la cause de ma peur de parler en public ? C'est la première chose qui m'est passée par la tête quand elle a abordé le sujet, mais si c'est le cas, est-ce que cela signifie que ce constat m'aidera finalement à parler – et surtout, à faire des spectacles – devant de grands groupes de gens ?

Le téléphone continue à sonner, alors Lucretia décroche.

— C'est l'ambulance, me dit-elle et à la façon dont elle le dit, on dirait qu'elle omet tout juste un gros mot.

— Oh, je ne crois plus en avoir besoin, dis-je en rougissant quand je me souviens de mon embarras.

— Je suis d'accord, mais Nero insiste.

— Très bien, dis-je en me levant.

— Avant que vous partiez…

Elle se lève et me regarde intensément.

— Vous devriez revenir me voir, afin que nous puissions terminer cette séance. Et s'il vous plaît, envisagez de venir me voir régulièrement à partir de maintenant.

— Je croyais que vous ne vous occupiez que des traders.

— Mes services sont disponibles pour tous les employés de Nero, dit-elle en levant ses sourcils bien définis. Je suis là pour m'assurer que tout le monde fonctionne de façon optimale… particulièrement les personnes pour lesquelles il montre de l'intérêt.

— D'accord.

Je regarde dans les profondeurs des yeux lapis-lazuli de Lucretia et je souhaite que nous nous ressemblions vraiment.

Le téléphone sonne encore et d'après le regard qu'elle lui jette, je m'attends à ce qu'elle l'arrache de son bureau.

— Il vaut mieux que j'y aille, dis-je en faisant attention à ne pas m'engager à revenir.

Il faut que je réfléchisse longuement pour savoir si je suis à l'aise en venant voir une psy de façon régulière, particulièrement dans un travail que je considère comme éphémère.

— J'espère vous voir bientôt, dit-elle à la place d'un au revoir.

Elle a dû déceler ma réticence.

Troublée, je descends au rez-de-chaussée avant que les gens de l'ambulance ne montent. J'espère pouvoir les faire partir avant que toute l'entreprise apprenne les détails de mon incident gênant.

Nero est en bas, il discute avec l'ambulancier. Je surprends le regard de Nero et j'aurais pu jurer qu'il semble momentanément soulagé. Puis son air arrogant habituel revient et je décide que j'ai dû l'imaginer.

— Je ne veux pas aller à l'hôpital, dis-je en faisant de mon mieux pour ne pas ressembler à un enfant grognon.

— Tu t'es évanouie devant la moitié de Wall Street, dit Nero. Si je ne t'envoie pas faire un examen, mes avocats ne me lâcheront plus.

— Eh bien, pourquoi ne l'as-tu pas dit plus tôt ?

Faire plaisir aux avocats, c'est l'ambition de ma vie. Cela fait des mois que je leur donne du Zoloft, mais s'ils veulent que j'aille à l'hôpital aussi…

L'ambulancier glousse et Nero lui jette un regard sévère.

Je ne sais pas très bien pourquoi j'argumente avec Nero. Même partir à l'hôpital est plus intéressant que ma journée habituelle ici au travail… et voilà mon patron, qui m'ordonne plus ou moins de tirer au flanc. Puis je me souviens de la raison pour laquelle je dois me trouver à mon bureau.

— J'ai détruit mon téléphone plus tôt, quand j'ai essayé de t'informer en venant ici, dis-je à Nero.

— Comment puis-je l'oublier ? dit-il d'un regard bien plus sombre. Au début, j'ai cru que tu avais eu un accident, puis j'ai compris ce qui était vraiment arrivé.

— Eh bien, le vétérinaire pourrait appeler le numéro de mon bureau et…

— D'accord. Le chat.

On dirait un inquisiteur qui m'accuse d'hérésie.

Je fronce les sourcils.

— Oui, le chat. Tu es allergique, ou quoi ?

— Je suis allergique aux absurdités.

Nero passe la main dans sa poche, sort un téléphone comme celui que je viens de casser, le tripote pendant une minute et me le tend finalement.

Je prends le téléphone à contrecœur. C'est le même modèle Android que tout le monde obtient lors de son premier jour de travail ici… dans le but de sécuriser nos correspondances ou quelque chose de ce genre.

Comme tout le monde, j'utilise le mien pour mes appels en dehors du travail, afin d'éviter de porter plusieurs téléphones.

— Mais c'est le tien, dis-je à Nero en regardant l'ambulancier pour avoir son soutien, en vain.

Nero balaye mes objections de la main, comme si les deux mille dollars que coûtent ces téléphones ne représentent qu'un centime pour lui.

— Je demanderai à Venessa de m'en donner un autre. Elle enverra également tous les appels de ton bureau vers ce numéro.

— On dirait bien que je vais à l'hôpital, dans ce cas, dis-je en jetant discrètement un coup d'œil pour savoir s'il a laissé des e-mails ou des textos sur son téléphone. Malheureusement, l'appareil a été réinitialisé, ce que Nero a dû faire quand il le bricolait.

— Tiens.

Il me tend une liasse de billets.

— Les hôpitaux, ça coûte cher.

Je regarde l'argent, bouche bée.

— J'ai une assurance.

— Il y a une déduction fiscale, dit Nero en fronçant les sourcils. Prends l'argent.

Je fourre l'argent dans ma poche, je marmonne un remerciement et je sors du bâtiment, l'ambulancier me suivant de près.

Avant que quelqu'un puisse suggérer que je monte sur un brancard ou autre chose de tout aussi humiliant, je fonce vers l'ambulance, je saute dedans, je m'assois sur un lit et je m'entraîne à la technique de respiration que Lucretia vient de m'apprendre.

————

LE TRAJET jusqu'à l'hôpital est aussi inutile que je m'y attendais. Mon cœur et mon cerveau sont scannés de différentes façons et le verdict est que je suis en aussi bonne santé qu'un cheval nourri à l'herbe, élevé en plein air, bio et sans OGM.

Pendant mon retour en taxi jusqu'au bureau, je personnalise le nouveau téléphone en configurant tous les comptes pour ma messagerie et d'autres détails. J'appelle ensuite le vétérinaire et j'apprends que la clé est sortie de l'estomac de Lucifer et qu'elle se remet maintenant de l'anesthésie. Ils me promettent de m'appeler quand je pourrai venir chercher le chat après le travail.

De retour au travail, je cours à la cafétéria et j'attrape une salade géante pour le déjeuner, afin de pouvoir la manger à mon bureau tout en faisant des recherches sur quelques entreprises pharmaceutiques que nous pensons ajouter à notre portefeuille.

L'appel du vétérinaire arrive à vingt heures trente, alors que je mange un burrito aux haricots rouges pour dîner.

Lucifer est enfin prête à être récupérée.

J'avale rapidement ma nourriture et je me dirige vers l'ascenseur, ignorant les regards à moitié envieux et à moitié hostiles de mes collègues. Ils vont sans doute travailler encore quelques heures de plus, mais d'un autre côté, ils se soucient de leur carrière, ce qui n'est pas mon cas.

Obéissant aux limites de vitesse et aux feux rouges, je file vers Chinatown sur ma vespa. Je me trouve à quelques minutes de ma destination lorsque mon sens à la Spider Man émet une nouvelle alarme.

Ma respiration redevient rapide, mais je ne me sers pas des techniques apaisantes de Lucretia… si je suis sur le point d'avoir un accident, je veux être en pleine possession de mes moyens pour pouvoir l'éviter.

Le problème, c'est que je ne vois aucun scénario dangereux devant moi.

Je conduis avec beaucoup de précautions pendant quelques battements de cœur frénétiques avant de comprendre ce qu'il se passe.

Le danger se trouve derrière moi.

Une Dodge Charger argentée me suit de beaucoup trop près.

CHAPITRE DIX

SI JE DEVAIS PARIER ma vie dessus, ce qui est plus ou moins le cas maintenant, je dirais que le conducteur de la Charger essaie de me rattraper pour pouvoir m'écrabouiller.

Espérant être paranoïaque, je change de voie.

La Charger passe sur ma voie.

En me disant qu'un détour ne serait qu'un petit prix à payer pour semer cet idiot, je tourne brusquement à droite.

Dans mon rétroviseur, je vois la Charger apparaître.

Pourrait-il encore s'agir d'une étrange coïncidence ?

J'accélère et mon burrito me fait l'effet d'un morceau de granite froid dans l'estomac.

La voiture derrière moi fait vrombir son moteur.

Je tourne à gauche.

La Charger me suit.

En ignorant le feu rouge, je retourne sur Broadway,

espérant que la route plus large me fournira des moyens de perdre mon poursuivant.

Avec un crissement de pneus, la Charger retourne sur Broadway, anéantissant tout doute quant au fait qu'elle me suit.

En accélérant à fond, je coupe la route à un taxi jaune, ignorant les klaxons furieux.

Mon poursuivant change de voie et vient vite se placer à côté de moi.

J'aperçois le visage du chauffeur. Il s'agit d'un homme à la quarantaine, à la peau grise et maladive. Il me paraît vaguement familier, mais je n'ai pas le temps de m'attarder sur comment et pourquoi je pourrais bien le connaître.

Il s'agit peut-être de mon imagination, mais je pourrais jurer que le type est sur le point de faire une embardée vers moi.

Pour éviter la collision possible, je décide de faire une manœuvre désespérée. Il y a un minuscule espace entre un SUV et une Lexus à ma droite, alors je tourne le guidon et j'accélère, espérant que le conducteur de la Lexus sera assez vif pour ne pas m'écrabouiller.

L'odeur de caoutchouc brûlé imprègne mes narines lorsque le chauffeur de la Lexus pile en criant des obscénités. Mais comme je l'avais espéré, l'espace entre le SUV et lui est bien trop réduit afin que mon poursuivant puisse passer, je perds donc la Charger de vue… et avec un peu de chance, cela signifie que son chauffeur me perd aussi de vue.

Profitant de ce court répit, je fais une embardée sur

le trottoir et je zigzague entre des piétons perturbés et irrités en criant 'excusez-moi' de façon répétée.

Si c'était l'heure de pointe, j'aurais déjà écrasé le pied de quelqu'un, mais même là, je ne peux pas aller très loin de cette façon.

Je remarque un grand chêne près de là et je tourne dans sa direction. En parvenant à l'arbre, je m'arrête complètement et je saute en laissant le scooter contre le tronc avant de courir jusqu'à la pharmacie Duane Reade qui se trouve à quelques mètres.

Le type à la caisse doit être particulièrement lent, car il y a une longue queue. Je me faufile jusqu'à me trouver loin au fond du magasin, puis je regarde la route à travers l'immense vitrine.

C'est alors que je vois quelque chose qui passera sans doute au journal du soir.

Ignorant les voitures et les piétons sur sa route, la Dodge Charger fonce vers mon scooter garé.

Les cheveux se dressent sur ma tête quand je vois la voiture frapper un grand homme… qui vole par-dessus le capot et roule sur le côté en atterrissant sur le trottoir.

La grille du Charger frappe la roue arrière de mon scooter avec un crissement d'ongles sur le tableau noir.

Les piétons s'éparpillent lorsque le scooter vole vers la vitre à travers laquelle je suis en train de regarder. Cependant, la Charger ne ralentit pas… pas avant d'avoir frappé la pauvre Vespa en pleine rotation et de l'avoir collée contre la vitre comme un papillon.

Des morceaux de vespa tombent en pluie sur le

trottoir et le verre se fracasse en une multitude de morceaux.

Le sort du type à la peau grise est une leçon sur l'importance d'attacher sa ceinture. Comme un mannequin de crash test, il passe à travers son pare-brise cassé et il tombe sur l'étagère Hallmark devant nous, comme s'il s'agissait d'un château de cartes. Un morceau de verre dentelé sort de son orbite. Il est certain que c'est un homme mort.

Une femme crie à ma droite.

Je perds mon burrito du dîner sur le sol. Lorsque j'arrête de vomir, je me dirige vers la sortie en agissant étrangement sur pilote automatique. Je me faufile entre les curieux en jouant des coudes. L'idée de quitter la pharmacie doit également venir à l'esprit de tous les autres, car avant d'être à moitié sortie, je suis prise dans une bousculade qui me porte jusque dans la rue et qui m'éloigne de l'accident.

J'entends déjà des sirènes au loin, alors je ne prends pas la peine d'appeler le 911.

En l'absence de plan précis, je traverse la rue et je sprinte vers Canal Street sans jeter un coup d'œil en arrière.

Deux pâtés de maisons plus tard, je me rends compte que je ne suis pas assez endurante pour continuer à ce rythme jusque chez le vétérinaire, alors je vole un taxi à un type en costard.

Lorsque le chauffeur de taxi essaie de faire une remarque désobligeante, je lui donne un beau billet de cent de la liasse que Nero m'a donnée et je lui dis :

— Gardez la monnaie si vous arrivez à me conduire jusqu'à Canal Street en quatre minutes.

Je n'ai pas le temps de reprendre mon souffle, en partie parce que le taxi parvient à ma destination en trois minutes... il s'agit clairement d'un perfectionniste.

— Attendez-moi, s'il vous plaît, dis-je en claquant la portière derrière moi.

J'imagine que c'est ce qu'il fera, espérant obtenir un autre gros pourboire.

Lorsque je monte les marches du cabinet vétérinaire quatre à quatre, je me laisse le temps de repenser à ce qui est arrivé.

Un type m'a suivi et je crois qu'il voulait me foncer dessus.

Pourquoi quelqu'un voudrait-il faire cela ?

Il s'agit peut-être d'une méprise sur mon identité. Ce type pourrait-il détester une femme qui conduit une vespa, quelqu'un à qui je ressemblerais ?

Avec le casque, c'est à moitié plausible.

Non, ça ne me paraît pas exact. Et puis j'ai eu l'impression d'avoir déjà vu son visage… et maintenant que je ne suis plus au milieu d'une course-poursuite, je sais même où.

C'était un des corps dans le cauchemar sur la morgue.

C'est insensé, bien sûr, mais il pourrait y avoir une explication logique. Peut-être que ce type est un tueur en série qui aime tuer dans des accidents de voiture à la *Boulevard de la mort* de Tarantino. Il m'a choisie en tant que victime pour une raison ou pour une autre, peut-être à cause de ma vespa, et il m'a suivie pendant des jours. Je l'ai peut-être vu quelques fois du coin de l'œil et mon rêve était un avertissement que mon subconscient avait décidé d'envoyer à mon esprit conscient.

Je constate autre chose. Le chauffeur pâle qui a failli me rentrer dedans ce matin semblait lui aussi très proche d'un corps dans mon cauchemar de la morgue.

Est-ce que cela implique une équipe de tueurs en série ? Cela leur arrive-t-il de travailler en équipe ?

Quelle que soit leur raison, l'un d'entre eux est assurément mort… ce morceau de verre dans son orbite me hantera pour toujours. L'autre devrait au moins être blessé, et peut-être mort également. Cela dépend de sa ceinture de sécurité et si sa vieille Crown Vic avait des airbags. Malgré tout, je devrais appeler la police et expliquer ce qui m'est arrivé au cas où le premier aurait survécu, si l'équipe hypothétique de tueurs en série comprend plus de deux membres. Mais si j'appelle les flics, vais-je avoir des problèmes pour avoir fui la scène de ces accidents ?

Je vais devoir me renseigner en rentrant chez moi, et peut-être appeler un avocat.

J'ouvre la porte du cabinet vétérinaire et je salue la réceptionniste.

Quelques minutes plus tard, Dr Katz me tend un panier avec Lucifer. Le chat est toujours sous anesthésie, mais semble un million de fois plus en forme que ce matin. 'Notre Majesté est lasse' semble-t-elle dire avec ses yeux verts. 'Vite, serviteur, ramenez-nous à la maison et peut-être éviterez-vous un coup de griffe'.

— Tenez.

Le vétérinaire me donne un petit sac plastique avec la clé à l'intérieur.

Je prends le sachet du bout des doigts et sans trop y réfléchir, je le range dans ma poche.

— Merci de l'avoir sauvée.

— Avec plaisir, répond Dr Katz. J'ai déjà expliqué à Rose comment prendre soin de Luci, alors vous pouvez y aller.

Je quitte le bâtiment et je découvre que le chauffeur de taxi m'a effectivement attendue.

Lorsque nous arrivons à Battery Park, je lui donne un beau pourboire, mais pas aussi exubérant qu'avant.

En montant dans l'ascenseur, je ne peux m'empêcher de repenser aux attaques contre moi. J'avais rejeté mon vague souvenir de l'attaque du studio télé comme étant une hallucination ou un cauchemar causé par le valium… mais si une partie au moins était basée sur la réalité ? Quelque chose chez cet attaquant ressemblait aux types de la Crown Vic et de la Dodge Charger. De plus, à supposer que j'aie rêvé l'attaque au studio, ce rêve pourrait-il avoir été créé par mon subconscient pour essayer de me dire qu'il y a un troisième homme dans le club hypothétique des tueurs en série ?

Je décide d'appeler la police dès que j'aurai rendu le

chat à son propriétaire, et tant pis pour les conséquences. J'appellerai également Darian et je lui demanderai ce qui est arrivé hier soir. Il pensera sans doute que je suis folle et ne pourrais plus compter sur son aide, mais j'ai besoin de le savoir.

Quoi qu'il en soit, Darian aurait-il tort de penser que je suis folle ? Je me sens bien, mais les gens souffrant de maladies mentales n'en ont pas toujours conscience. Il est vrai que les scans de mon cerveau ont été exemplaires, mais je ne crois pas que la plupart des maladies mentales se voient ainsi. Oui, j'ai également parlé à une psy aujourd'hui… mais je ne lui ai parlé que des symptômes liés à ma peur de parler en public. Il faudrait qu'elle soit médium pour faire un diagnostic avec le peu dont elle dispose.

Finalement, tout se résume à ceci : si je suis folle au point d'avoir imaginé ces accidents avec autant de précision, je suis déjà trop atteinte. Au point où j'en suis, autant que j'agisse comme si j'étais normale jusqu'à me réveiller dans une cellule capitonnée.

C'est un peu comme le libre arbitre et la conscience. En tant qu'illusionniste, je trouve l'idée selon laquelle le libre arbitre est une illusion – ce que postulent certains scientifiques et philosophes – très intéressante. Il existe beaucoup d'exemples mineurs comme ce matin, quand Ariel pensait avoir le choix, mais ne pouvait sélectionner que le sept de cœur. Plus largement, les lois de la physique prédéterminent l'état de mon cerveau à n'importe quel moment, et un super ordinateur quantique assez puissant pourrait en théorie prédire dans quel état se trouve mon cerveau. Pourtant, je crois que nous devrions agir comme si nous disposions du libre arbitre... comme dans le scénario où je suis folle, c'est la seule façon d'exister qui ait un sens.

De la même façon, certains scientifiques affirment que la conscience est une autre illusion. Ils pensent que notre cerveau est un ordinateur chimique et que ce que nous concevons comme la conscience est en fait l'impression donnée par un ordinateur de chair faisant ses calculs. D'un autre côté, dans la vie de tous les jours, la seule façon logique de se comporter, c'est de supposer que la conscience est réelle.

L'ascenseur sonne et me tire de mes rêveries d'*Introduction à la philosophie*. Je prends le panier et je marche jusqu'à la porte de Rose en me rendant compte que je ne suis encore jamais passée chez elle après le travail. Et si elle se couchait à vingt et une heures, comme ma mère ? Mais non. Même si elle se couche d'habitude de bonne heure, aujourd'hui elle attendra certainement le retour de son chat.

J'appuie sur la sonnette.

Il n'y a pas de réponse pendant presque une minute. J'avais peut-être raison avec ma théorie du coucher ?

La porte s'ouvre.

Rose ne se tient pas derrière. À la place, c'est un homme.

Un homme comme on peut en voir sur les couvertures de magazines, pas dans l'appartement de mon amie âgée.

Il possède un front impressionnant et son visage pâle est extrêmement symétrique, comme s'il était sculpté dans l'ivoire. Rien d'aussi mathématiquement parfait ne peut être biologique, si ? Ses cheveux bruns, brillants tombent en ondulant jusqu'à ses épaules, évoquant les posters dans les salons de coiffure, et ses yeux sont si sombres qu'ils semblent absorber la lumière du couloir, comme des trous noirs. Ses lèvres attirantes sont pincées de façon désapprobatrice lorsqu'il me fixe. C'est comme si la nature avait voulu s'entraîner en créant ce regard sombre et troublant sur son visage et qu'elle était arrivée tout près de la perfection.

Je racle ma gorge, soudain devenue sèche.

— Je suis venue voir Rose.

Je lève le panier du chat pour explication.

— Qui êtes-vous ?

— Sasha, dit Rose par-dessus l'épaule large de l'inconnu. Je croyais que tu sortais tout juste du travail maintenant.

Le bel inconnu se tourne afin que Rose puisse me voir.

— Je suis partie dès que j'ai reçu l'appel du vétérinaire, dis-je.

Lorsque je croise son regard, je jette un coup d'œil appuyé vers le visage taillé au biseau qui devrait être le principal sujet de notre conversation.

— Oh, où sont mes manières ?

Rose prend le panier et elle y jette un coup d'œil inquiet avant de lever la tête vers nous.

— Vlad, voici Sasha. Sasha, voici Vlad.

— Bonjour, Vlad, dis-je en lui faisant le sourire charmant que j'utilise pour mettre les spectateurs à l'aise avant de les stupéfier par un effet particulièrement sournois.

— Bonjour, Sasha. Ravi de te rencontrer.

Il prononce mon nom avec le même 'sh' dur que les parents de Felix. D'après eux, c'est la façon russe, pas ouzbek de le dire. Malgré cela et son nom apparemment russe, il ne possède pas d'accent détectable.

— Rose m'a beaucoup parlé de toi, poursuit-il.

Je suis tentée de dire 'Elle ne m'a jamais parlé de toi', mais en fonction de qui il représente pour elle, cela pourrait être impoli.

— Vlad est mon neveu, dit Rose en voyant mon incompréhension. Il va chez Whole Foods pour moi.

Jusque-là, je croyais qu'elle utilisait un service de livraison des courses en ligne, comme mes colocataires et moi. Whole Foods – ou 'La Ruine' comme Felix insiste pour l'appeler – correspond effectivement mieux au style de Rose, alors je suis contente qu'elle ait un neveu secret pour l'aider. Mais s'il l'aide, où était-il ce matin, quand le chat avait besoin d'aller chez le vétérinaire ?

Rose s'éloigne de Vlad et fait sortir la chatte de son panier. Lucifer sort en trébuchant, siffle vicieusement contre Vlad et se dirige vers la cuisine.

D'accord, Rose n'a peut-être pas demandé à Vlad de l'aider parce que le chat le déteste ? D'un autre côté, je ne crois pas non plus que ce chat soit un très grand fan de moi.

— Tu devrais te joindre à nous pour dîner, dit Rose avant que je puisse rentrer chez moi. J'ai déjà mis la table.

Une nouvelle théorie me vient. Rose joue-t-elle les entremetteuses ?

Elle m'a déjà posé des questions sur ma vie amoureuse dans le passé, et elle est peut-être déçue par mon absence de relations. Elle a donc décidé de prendre les choses en main. Si c'est ce qu'il se passe, je dois admettre que Vlad est un spécimen impressionnant. Cependant, Rose aurait dû comprendre qu'un type aussi beau ne se contenterait pas de moi qui ne suis pas mannequin.

Est-ce pour cela qu'il est si morose ? Parce qu'il est déçu par moi ?

Je suis sur le point de refuser poliment l'offre à dîner, lorsque mon estomac me trahit un gargouillant si bruyamment que le chat revient pour me jeter un regard noir.

Bon. Mon burrito s'est échappé avant que je puisse le digérer, alors même si je n'ai pas particulièrement faim, je devrais sûrement me forcer… ou risquer de me réveiller pour fouiller le frigo au milieu de la nuit.

Lorsque nous entrons dans la cuisine, la table est mise avec des bougies et un vase rempli de fleurs fraîches : une ambiance romantique qui confirme ma théorie. À la gauche de Rose se trouve un tabouret de bar et Lucifer y est assise. Une minuscule coupelle avec du Gourmet indique qu'il s'agit de la place attitrée de Sa Majesté.

Rose me fait asseoir à gauche du chat, avec Vlad à sa droite. Me trouver si loin de Vlad ne confirme pas ma théorie, mais Rose a peut-être une raison.

Elle pose un tas de quelque chose sur mon assiette, sans demander mon avis.

— C'est du sarrasin avec un assortiment de champignons, explique-t-elle en se servant. Les herbes viennent de mon mini jardin.

Elle ne donne pas de nourriture à Vlad et lorsqu'elle remarque mon coup d'œil en direction de l'espace vide devant lui, elle frotte son collier de perles et dit :

— Vlad a déjà mangé.

Vlad pousse un grognement désapprobateur. Est-ce parce que ses habitudes alimentaires sont un secret d'état ?

— Aimes-tu l'histoire ? me demande Rose. Vlad était justement en train de me raconter des histoires fascinantes au sujet de la Grande Catherine.

Elle jette un regard adorateur à son neveu.

— Il adore l'histoire russe et il en parle si bien… comme s'il était là-bas.

Elle glousse, sûrement à cause d'une plaisanterie entre eux. De son côté, il semble encore plus sombre.

— Oui, j'aime bien.

Je goûte une cuillerée de grains et je profite des saveurs qui explosent sur ma langue.

Vlad pose sa main pâle sur la table devant lui,

regardant fermement le visage de Rose, comme si je n'étais pas dans la pièce.

— Au début, elle parlait très mal le russe.

— Il faut que tu donnes le contexte à Sasha, mon chéri.

Rose pose la main sur celle de Vlad et me regarde.

— Au cas où tu ne le savais pas, Catherine n'était pas russe : elle est née sous le nom de Sophie von Anhalt-Zerbst.

— Et elle permettait à ses proches de l'appeler par ce nom, dit Vlad d'un air distant. C'était une des nombreuses récompenses qu'elle accordait à ses amants.

Rose fronce les sourcils au mot 'amants', mais Vlad continue sur sa lancée et explique que la Grande Catherine a un jour donné un millier de serfs à un ex chanceux… ce qui conduit à une leçon d'histoire sur les serfs russes de cette époque qui étaient traités comme des esclaves et donnés entre nobles.

En écoutant, j'avale le sarrasin avec un enthousiasme qui manque de dignité, mon appétit étant revenu d'un coup. J'observe également l'étrange schéma de comportement qui devient de plus en plus évident au fur et à mesure de la leçon d'histoire.

Rose et Vlad agissent de façon bien trop incestueuse pour une tante et son neveu.

Elle touche souvent sa main et il lui sourit – ce qui semble déplacé sur ce visage beau, mais sombre – et il y a une alchimie entre eux qui n'est pas du tout platonique. Ai-je mal compris la situation parce que je prenais mes désirs de rendez-vous arrangés pour une réalité ?

Se pourrait-il qu'ils soient ensemble ?

Malgré les preuves, j'ai du mal à accepter l'idée. Leur différence d'âge est énorme. Il semble être vers la fin de la vingtaine ou le début de la trentaine, ce qui fait que Rose est assez âgée pour être sa grand-mère. En outre – et je sais que cette logique est un peu superficielle –, Rose est belle, mais pas au point de Vlad. D'après les photos sur ses murs, elle était à son niveau quand elle était jeune, mais même si elle a bien pris soin d'elle – et c'est clairement une de ses obsessions – il arrive un moment où les décennies s'accumulent et l'entropie nous rattrape.

Je pense brièvement qu'il pourrait s'agir d'une liaison fétichiste pour Vlad, mais je rejette cette idée en les examinant de plus près. Ils se comportent comme de meilleurs amis, m'évoquant un vieux couple marié qui a vécu heureux pendant des années. Est-ce que cela signifie qu'ils sont ensemble depuis longtemps ?

Rose l'a-t-elle séduit quand il était au lycée ?

Je commence à me sentir comme une voyeuse au milieu de cette relation que Rose garde manifestement secrète. Je finis donc mon assiette, je cherche une pause au milieu de la leçon d'histoire russe et je dis :

— C'était délicieux, Rose, mais j'espère que tu ne m'en veux pas si je pars. J'ai eu une journée assez folle et je veux être couchée quand le coma après repas me frappera.

— Bien sûr, dit Rose, d'un air si surpris que je me

demande si elle n'a pas oublié ma présence pendant un moment.

— C'était bon de te rencontrer, dit Vlad du ton le plus amical qu'il a utilisé avec moi ce soir.

Apparemment, il adore l'idée de me voir partir.

— Merci d'avoir amené Luci chez le vétérinaire.

— Aucun souci, et merci pour le repas, dis-je. Et pour le divertissement.

— Dors bien, me dit Rose quand je sors de l'appartement. On se voit bientôt.

En sortant dans le couloir, je marche d'un pas lent jusqu'à mon appartement, les jambes lourdes à cause du coup de barre après repas et de la baisse d'adrénaline.

Lorsque je passe devant les portes de l'ascenseur, la lumière s'illumine en indiquant une arrivée.

Je m'arrête pour regarder la porte, car cela pourrait être Ariel – elle arrive vers cette heure-ci généralement. Cela pourrait aussi être Felix, bien que ce soit un peu tôt pour lui.

Les portes commencent à s'ouvrir, et une odeur putride frappe mes narines. Elle est si forte que je perds presque mon deuxième dîner.

Les portes s'écartent encore et je regarde bouche bée les arrivants.

Le conducteur à la peau grise de ce matin, celui qui était au volant de la Crown Victoria, se trouve à l'intérieur… et il n'est pas seul.

Le conducteur de la Dodge Charger, le deuxième type ayant essayé de me tuer, se trouve là avec lui.

Le morceau de verre sort toujours de l'œil gauche de Monsieur Charger, alors que son œil droit me fixe d'un air dénué d'émotion.

Je trébuche en arrière.

Les deux hommes bondissent.

CHAPITRE ONZE

UNE MULTITUDE de pensées lutte pour avoir mon attention.

Comment le type avec le morceau de verre dans son œil peut-il être en vie ?

Comment se fait-il que personne ne l'ait arrêté sur son trajet ? Ont-ils cru qu'Halloween tombait plus tôt cette année ?

Comment peuvent-ils tous les deux marcher après ce qu'ils ont traversé ?

Et pourquoi ressemblent-ils exactement aux types de mon rêve sur la morgue ?

Refoulant pour l'instant ces questions mystérieuses, je place ma survie en priorité et je tourne les talons, enfonçant ma main dans ma poche pour attraper les clés de mon appartement.

Des pas traînants résonnent dans le couloir derrière moi.

Le couloir devient un tunnel lorsque ma vue se

concentre désespérément sur la porte de mon appartement.

Sans essayer de rendre ma respiration plus régulière, je me mets à sprinter.

Je parviens à la porte en deux bonds, mais mes mains tremblent lorsque j'essaie d'insérer la clé.

La puanteur terrible s'intensifie et tous mes muscles se raidissent lorsque quelque chose frôle mon épaule.

Je m'accroupis en me tournant, la clé bien serrée dans mon poing.

La main de Monsieur Crown Vic passe à côté de mon épaule lorsque je frappe le corps de mon attaquant avec ma clé.

Le minuscule morceau de métal n'érafle même pas sa chemise.

Avant que je puisse redresser mes jambes, Monsieur Charger se place à ma droite.

Je frappe sa jambe.

La clé ne perce pas son pantalon, mais cela devrait au moins lui faire un peu mal. D'un autre côté, nous parlons d'un homme qui n'a pas l'air d'avoir conscience du morceau de verre qui sort de son œil.

Au lieu de réagir aux minuscules coups de clé, Monsieur Charger attrape mon cou avec sa main gauche. Je remarque vaguement que son bras droit pend mollement sur le côté, comme s'il était cassé.

Ce type doit être haltérophile, car sa prise sur mon cou est plus forte que lorsque je tombe aux mains d'Ariel. Je griffe sa main de toutes mes forces, mais peu importe à quel point j'essaie de retirer ses doigts, il continue à serrer ma gorge de plus en plus fort.

Mes pieds glissent sur le sol lorsqu'il me traîne jusqu'au mur opposé.

À travers les battements de cœur qui tambourinent dans mes oreilles, j'entends claquer une porte. Un voisin a peut-être vu ce qu'il se passait et appelé les flics? Même si c'était le cas, si mon attaquant continue à m'étrangler de cette façon, je ne vivrais pas assez longtemps pour être sauvée par la police.

Il me soulève en me frappant contre le mur.

Mes pieds quittent le sol.

Je lui donne furieusement un coup de pied dans l'entrejambe.

Il ne semble pas enregistrer mon coup et continue à me lever plus haut jusqu'à ce que son visage gris se trouve à la hauteur de mon épaule.

Des taches blanches gênent ma vue par privation d'oxygène.

Je vois quelque chose dans ma vision périphérique, mais je ne peux pas distinguer ce qu'il se passe. Avec la chance que j'ai, c'est sûrement Monsieur Crown Vic qui rejoint son pote.

Ce qu'il y a de pire dans les symptômes du stress causé par la suffocation, c'est que l'on ne peut pas faire d'exercices de respiration pour se calmer. Après un certain nombre de secondes sans air, j'approche du point de non-retour.

Quelque chose en moi se brise et la part plus

primitive, plus reptilienne de mon cerveau prend le relais.

Je serre si fort la main qui contient la clé que les bords escarpés percent ma peau, et sans la moindre hésitation, je frappe le visage de mon attaquant.

La clé entre dans l'œil restant de mon ennemi, comme une cuillère dans la gelée.

Je ressors la clé du trou dégoûtant.

De façon incompréhensible, il continue à serrer ma nuque, impassible.

Je lui donne un autre coup de pied, mais c'est comme si je frappais un mur. Je m'agite plus violemment, mon corps gaspillant la force qu'il lui reste par des convulsions inutiles.

Ma conscience s'échappe plus vite.

Il s'agit peut-être d'une conséquence de toutes les taches blanches qui brouillent ma vue, mais je crois voir des mains blanches attraper mon assaillant par le cou.

Avec un craquement horrible, la tête de mon attaquant se sépare de son corps, et je vois Vlad... le propriétaire des mains blanches.

Bien que mon ennemi n'ait plus de tête, sa prise sur ma gorge ne se relâche pas.

Vlad agrippe le poignet et le coude de mon attaquant et tire violemment.

Le bras qui me tenait est arraché en deux morceaux, un os sortant de l'endroit où se trouvait le coude. Il ne reste plus que la main accrochée à mon cou, comme la Chose dans *La Famille Addams*.

Vlad arrache la main de mon cou, la jette sur le sol et l'écrase du pied d'un geste vicieux que les arachnophobes réservent aux araignées.

Je glisse le long du mur en cherchant désespérément à reprendre mon souffle.

Vlad piétine tout. Son pied tombe lourdement sur le morceau de verre qui sort de la tête détachée, enfonçant la pointe dans le crâne, puis il piétine encore, les os se mettant à craquer et les morceaux de corps explosant tout autour de nous.

Je me traîne jusqu'à la porte de mon appartement.

Mon sauveteur pourrait être plus dangereux que mes attaquants.

En tout cas, il est plus sauvage qu'eux.

En me jetant vers la porte, je prépare la clé pour l'insérer rapidement.

Les bruits d'os cessent, ce qui signifie que Vlad a dû trouver une raison pour interrompre sa tâche atroce.

J'enfonce la clé dans la serrure et je tourne si fort que j'arrache un peu de peau de mes doigts.

La porte se déverrouille et je l'ouvre entièrement, mais avant que je puisse entrer, un bras puissant bloque mon chemin.

— Qui les contrôlait ?

Le visage de Vlad est un tel masque de fureur horrible que je n'arrive pas à croire que je l'ai trouvé attirant quelques minutes plus tôt.

— Laisse-moi partir, parviens-je à articuler, en plongeant sous son bras.

Il veut agripper mon épaule, mais attrape mon chemisier.

Le tissu se déchire lorsqu'il me fait tourner pour lui faire face.

Ses yeux sont des miroirs… comme les yeux des hommes qui portaient tous du noir dans mon peut-être-pas-cauchemar du studio télé.

— Qui les contrôlait ? demande-t-il encore, et cette fois, sa voix semble remplir l'univers.

— Je ne sais pas.

D'une façon ou d'une autre, je parviens à trouver la force de m'écarter, laissant un morceau de mon chemisier dans sa main lorsque je fais un pas en arrière, trébuchant presque sur le seuil.

Ses narines se dilatent, mais il n'essaie pas de me suivre.

— Invite-moi à entrer, ordonne-t-il en serrant les dents.

Mon reflet dans ses yeux est si pâle et translucide que l'on peut presque voir le salon derrière moi.

Sa demande est totalement déraisonnable, pourtant quelque chose en moi me donne envie d'obéir.

L'esprit embrumé, je lutte contre cette compulsion lorsqu'un mouvement flou sur le sol attire mon attention.

Fluffster se tient entre Vlad et moi.

À ma grande surprise, le chinchilla fait un bruit ressemblant au mélange du pépiement d'un oiseau en colère et du sifflement d'un serpent.

Vlad baisse la tête, écarquille les yeux et estompe ainsi l'effet du miroir.

— Domovoi ?

Fluffster se lève sur ses pattes arrière et piaille encore.

Je m'attends à ce que Vlad donne un coup de pied à mon ami poilu, et s'il le fait, je lui crèverai l'œil – apparemment, j'en suis capable.

Je suis surprise de voir Vlad reculer. Avant qu'il change d'avis, je claque la porte et je la verrouille rapidement.

L'appartement étant sécurisé, je me laisse glisser le long de la porte en haletant et en frottant ma gorge douloureuse.

Fluffster abandonne son comportement agressif et saute sur mes genoux.

Caresser sa fourrure merveilleuse me calme instantanément, alors je mets les bouchées doubles sur la relaxation et j'inspire et j'expire en cinq secondes, comme je l'ai appris plus tôt dans la journée.

Sur une échelle de panique d'un à dix, je passe à quinze seulement. Bizarrement, ce qui m'ennuie le plus c'est que je ne me suis pas évanouie pendant tout cet incident, alors que ça m'est arrivé en parlant à des patrons de fonds d'investissement ce matin.

Qu'est-ce qui ne va pas avec mes priorités de danger ?

Lorsque je parviens à nouveau à peu près à réfléchir, je sors mon téléphone pour composer le 911 et je remarque ce faisant que mes doigts tremblent encore.

— Sasha, dit Ariel depuis le centre du salon. Tu vas bien ?

Les cheveux d'Ariel sont mouillés et elle est couverte d'une serviette de bain, alors avec un effort épique de bricolage mental, je comprends qu'elle doit sortir de la douche.

Je suis si loin d'aller bien 'qu'aller bien' pourrait se trouver en Australie, ai-je envie de dire, mais tout ce que je parviens à sortir de mes lèvres sèches est :

— Ils ont essayé de me tuer.

— Quoi ?

Agrippant sa serviette, Ariel se précipite vers moi et s'accroupit.

— Qu'est-il arrivé ?

— Des morceaux de corps, dis-je alors que le souvenir rend encore une fois ma respiration irrégulière. Le couloir. Vlad. Deux types me foncent dessus avec leur voiture.

— Ralentis, dit-elle en posant la main sur mon épaule. Tu es en état de choc.

Je caresse encore une fois Fluffster, je respire profondément et j'attends cinq secondes avant de souffler. Un peu plus calme, je raconte une version entrecoupée des événements à Ariel, à commencer par l'attaque du type à la peau grise au studio télé et en terminant par les types à la peau grise sortant de l'ascenseur… et comment Vlad les a transformés en tas de chair.

Ariel écoute en écarquillant les yeux de surprise, mais sans manifester l'incrédulité appropriée. Quand j'ai terminé, elle me dit avec urgence :

— N'appelle pas la police.

— De quoi parles-tu ?

Je la regarde pour voir si elle plaisante, mais elle est aussi grave qu'un cancer du foie.

— Il y a des morceaux de corps dans le couloir. Comment pourrais-je ne pas les appeler ?

Elle se lève, ôte Fluffster de mes mains et le pose sur le sol. Puis elle me relève et m'écarte de la porte.

— Attends, dis-je, mais elle a déjà passé la tête dans l'entrebâillement de la porte. Il pourrait se cacher là, finis-je faiblement.

Ignorant mon avertissement, Ariel quitte la sécurité de l'appartement. Je trébuche derrière elle, les jambes tremblantes, et lorsque je touche l'encadrement de la porte, je l'entends murmurer à elle-même :

— Waouh. Ces corps ont été embaumés à un moment donné.

— Qu'as-tu dit ?

Elle m'ignore et traîne le torse écrabouillé d'un homme depuis le couloir jusqu'au milieu de notre salon.

Je le fixe, incapable de croire qu'un morceau de viande humaine est posé là. La puanteur parvient à mes narines et j'ai un haut-le-cœur.

Je tousse et je remonte ma chemise pour couvrir mon nez et ma bouche.

— Tu as dit que ces types étaient déjà morts depuis un moment ?

— J'ai dit n'importe quoi, dit-elle en me faisant un faux sourire. C'était le choc en voyant ce massacre.

Je ne suis pas aussi douée que Nero pour détecter les mensonges, mais quand il s'agit d'Ariel, je le vois facilement quand elle ment.

Avant que je puisse la confronter, elle retourne dans le couloir et revient avec un autre torse sans membres – et sans tête – qui sent mauvais.

Le fait que je ne vomisse pas est un symptôme de mon état de choc. Ou alors, je me trouve dans un état de conscience altérée à cause du stress. À travers les lambeaux de la chemise de cet homme, je peux voir les entailles faites par Beatrice – la femme de mon rêve – sur sa peau.

En essayant de ne pas respirer l'air nauséabond, je m'approche prudemment du corps et je remonte la chemise du bout de ma chaussure, afin de pouvoir examiner le centre de son torse.

Il y a effectivement un certain nombre de cicatrices d'embaumement.

En observant l'autre torse, je trouve là aussi les marques et les cicatrices... ainsi que le support pour téléphone portable que Beatrice avait fait avec son couteau.

Si je voulais une explication logique pour le mouvement d'un corps embaumé, je partirais sur l'hypothèse d'un squelette de robot métallique sous toute la chair morte. Un peu comme Terminator, mais avec une enveloppe putréfiée. Cependant, je ne vois pas de métal briller sous les moignons où se trouvaient les bras, les jambes et la tête.

— Éloigne-toi d'eux, dit Ariel en ramenant deux jambes. Tu pourrais attraper une infection.

L'idée d'une infection me tire de mon engourdissement stupéfait. Mon estomac se retourne violemment et je manque trébucher sur Fluffster en courant jusqu'à la salle de bains, où je me penche au-dessus des toilettes pour perdre mon deuxième dîner de la journée.

Je me sens un tout petit peu mieux après… comme si ce n'était qu'un empoisonnement à l'alcool, pas une situation impossible. Une fois que je me suis lavé les mains et le visage et que je me suis soigneusement brossé les dents, je me sens presque humaine.

De retour dans le salon, le tas de morceaux de corps est maintenant complet avec les têtes et les membres… mais Fluffster et Ariel ont disparu.

Avant que je puisse paniquer, Ariel revient de sa chambre, ayant enfilé un jean et un tee-shirt.

Elle marche d'un pas déterminé vers la cuisine et elle revient avec un rouleau de sacs-poubelle.

— Que vas-tu faire ? dis-je, alors qu'il est évident qu'elle a prévu de remplir les sacs-poubelle avec les restes humains.

— Nous devons nous débarrasser de ceci avant que Felix rentre à la maison.

Elle déroule un sac et le sépare des autres.

— Il va piquer une crise.

Je glousse de façon hystérique en entendant cet euphémisme. Felix a si peur du sang qu'il s'est un jour évanoui en voyant un tampon usagé dans la salle de bains, et nous les couvrons de papier toilette depuis. Il a également interdit à Ariel de raconter des histoires de son École de Médecine, car il s'est presque évanoui après en avoir entendu une.

— S'il voit ça, il va développer un défaut d'élocution.

J'agite la main pour montrer tout le bazar nauséabond devant nous.

— Je ne comprends pas pourquoi je ne tombe pas moi-même dans les pommes.

— Tu peux t'évanouir s'il le faut. Je gère.

Ariel se penche et ramasse un petit morceau de chair devant représenter les restes de la main qui était attachée autour de mon cou.

— Mais quel est ton plan ? dis-je en essayant de ne pas vomir encore, tout en me couvrant le nez avec ma chemise. Tu ne peux pas simplement jeter des sacs-poubelle avec des morceaux de corps aux ordures. Ou bien as-tu prévu de les jeter dans le Hudson avec tous les touristes qui nous filment ? Tu peux te prendre une amende rien qu'en y jetant des poubelles normales, tu sais. Et puis que vas-tu faire pour la puanteur et toutes les tâches dans le couloir ?

Je nous imagine nous faire prendre par la police avec des sacs remplis de cadavres et je frissonne.

— Je n'en ai aucune idée, mais je le découvrirai.

Ariel place son trophée dégoûtant dans un sac et elle ramasse la tête sans yeux de Monsieur Charger.

Ce n'est pas la première fois que je suis frappée par son calme dans cette situation. Je sais qu'elle a vu des choses dans l'armée, et elle fait partie de la profession médicale, mais comme moi, elle devrait se demander ce qu'il se passe avec des corps embaumés qui me harcèlent et le petit ami/neveu de Rose qui joue à Jack l'Éventreur.

Et pourquoi n'appelons-nous pas les flics, exactement ? Je pose les mains sur mes hanches.

— Ariel… tu sembles savoir ce qu'il se passe. Crache le morceau.

Sans dire un mot, elle place la tête dans le sac et elle ramasse une jambe.

— Je suis sérieuse, Ariel. Si tu sais quelque chose, dis-le-moi. Que se passe-t-il ?

La sonnette retentit.

Nous échangeons des regards terrifiés.

— Felix a peut-être perdu ses clés ? dis-je faiblement.

Ariel repose le sac et la jambe, s'approche de la porte et regarde à travers le judas.

— Ce n'est pas Felix, dit-elle par-dessus son épaule et à mon grand étonnement, elle déverrouille la porte.

Un homme petit d'une quarantaine d'années et vêtu d'une veste en cuir se tient sur le seuil. Il me paraît familier. Je crois l'avoir déjà vu promener son chien à Battery Park, mais je ne le jurerais pas, étant donné mon état actuel.

Ses yeux gris examinent Ariel, puis moi, puis se posent avidement sur le tas de membres des corps au milieu de la pièce.

— Salutations, dit-il à Ariel. Vlad m'a contacté. Je m'appelle Pada, me dit-il comme si Ariel le savait déjà.

Fluffster se précipite hors de ma chambre et s'arrête devant moi, comme pour me défendre contre ce nouveau venu.

— Vlad a mentionné le domovoi, dit Pada en regardant le chinchilla avec inquiétude. Pouvez-vous lui demander de ne rien faire ?

— Fluffster, mon chéri, va dans ma chambre, dis-je afin de l'éloigner de tout danger potentiel.

À l'inconnu, je dis :

— Que voulez-vous ?

Ce que je veux vraiment savoir, c'est pourquoi Ariel n'a pas déjà claqué la porte au nez de cet homme… c'est un autre mystère dans la liste qui grandit à vue d'œil.

— Vlad s'est occupé des voisins curieux, mais il vous reste le problème du traitement des déchets.

Ses yeux parcourent le tas de chair.

— Le traitement des déchets est ma spécialité.

— Entrez.

Ariel tient poliment la porte, comme si l'étranger avait simplement proposé de réparer notre plomberie.

Pada entre en traînant deux grandes valises à roulettes derrière lui. S'arrêtant devant le monticule, il pose les valises à plat et il en ouvre une.

À l'intérieur se trouvent des outils à désosser et des instruments qui feraient tomber Felix dans les pommes s'il les voyait. Il y a également des produits de nettoyage et des sacs-poubelle qui semblent plus solides que les nôtres.

— Aimeriez-vous un peu de thé ? demande Ariel à Pada avec la politesse que j'attendrais de la part de la royauté britannique.

— Oui, merci, dit-il d'un ton bourru en plaçant le sac-poubelle préparé par Ariel à l'intérieur de son sac plus solide.

— Du thé vert, si vous en avez.

Ariel me jette un coup d'œil puis elle regarde la cuisine d'un air appuyé. Elle s'y rend ensuite, sans doute pour faire le thé, et je la suis sur pilote automatique.

Je m'assois à la table et elle lance le blender sans rien mettre à l'intérieur. Je crois que son objectif est de couvrir les bruits désagréables qui pourraient venir du salon. Si c'est le cas, je lui en suis reconnaissante.

— Que se passe-t-il ? dis-je en levant la voix au-dessus du bruit.

Ariel m'ignore et verse de l'eau dans la bouilloire électrique.

En ouvrant le tiroir à côté du frigo, elle sort un bloc-notes et un crayon et elle s'assoit à table à côté de moi.

— Redis-moi ce que Beatrice – la femme dans ton rêve – a dit à l'homme mystère au téléphone, dit-elle dans mon oreille d'un ton urgent.

En fouillant dans ma mémoire, je lui dis ce dont je peux me souvenir, et elle écrit tout dans le carnet, mot pour mot. Chaque fois que je mentionne quelques-unes des choses vraiment folles de mon rêve – les vampires et les loups-garous, par exemple – Ariel semble frissonner, comme si je l'avais frappée avec mes mots.

— C'est maintenant la partie où tu m'expliques ce que je veux savoir ? dis-je lorsqu'elle arrête d'écrire.

La bouilloire siffle. Ariel bondit sur ses pieds et attrape trois tasses.

— Tiens.

Elle me tend une tasse de thé à la camomille, mon thé du soir préféré.

— Combien de temps penses-tu pouvoir ignorer mes questions ?

Je souffle sur mon thé avec frustration, faisant tomber quelques gouttes sur la table.

— Que se passe-t-il ?

On entend un coup sur le mur, alors Ariel arrête le blender et prend la tasse de thé vert.

Pada entre dans la cuisine en faisant un demi-sourire grognon à Ariel.

— J'ai terminé. Vlad a fait la plus grande partie du travail pour moi.

Ariel lui donne son thé.

Il l'avale comme s'il s'agissait d'une eau de source fraîche par une journée brûlante et non pas d'un liquide bouillant.

Ariel contourne l'homme plus âgé et se rend dans le salon. Curieuse, je la suis.

La pièce sent comme une usine Febreze après un acte terroriste… mais c'est nettement mieux que la puanteur horrible qu'il y avait quelques minutes avant. Tout signe des morceaux de corps a disparu.

— Je n'arrive pas à croire qu'il s'agit de la même pièce, dit Ariel en résumant mon sentiment.

Pada jette avec regret un coup d'œil à sa tasse maintenant vide.

— Je me suis aussi chargé du couloir.

— Combien vous devons-nous ?

Ariel ouvre la fenêtre… sans doute pour aérer et chasser le nuage de Febreze.

Pada pose la tasse sur la table basse.

— Vlad s'est occupé de ma paie ce soir.

— Alors merci, et bonne nuit.

Ariel marche vers la porte d'entrée et elle l'ouvre d'un geste poli, mais insistant.

Pada ignore la porte, passe la main dans sa poche et en sort une carte de visite. En me la donnant, il dit :

— Au cas où vous auriez besoin de mes services à l'avenir.

— Elle n'aura pas besoin de vos services, marmonne Ariel en le regardant marcher vers la porte. Pas si j'ai mon mot à dire.

— Merci, dis-je en examinant la carte.

Je ne vois que son nom, Pada L'Shick, et un numéro de téléphone en 212.

Ariel claque la porte derrière lui avec tant de force que de la poussière et du plâtre s'envolent.

En sortant mon téléphone, j'entre le numéro et le nom de l'homme étrange dans mes contacts Google –

juste au cas où – et puis je retourne à la cuisine pour jeter la carte.

Ariel me rejoint et elle s'assoit à la table de la cuisine, attrape sa propre tasse de thé et la tient dans ses mains comme pour les réchauffer.

J'attrape un glaçon du frigo et je le noie avec colère dans mon thé.

— Tu dois me dire ce que tu sais. Je ne vais pas arrêter de poser des questions, même si tu fais semblant de ne pas m'entendre.

Elle pose sa tasse, fronçant les sourcils comme si elle cherchait quoi dire.

— Tu penses me protéger de quelque chose ?

Je me lève, surplombant Ariel comme si c'était moi qui étais forte. Imprégnant ma voix d'autant d'autorité que possible, j'exige :

— Dis-moi ce qu'il se passe.

Je ne crois pas l'avoir déjà vue aussi mal : pire même qu'après sa dernière rupture. Je ressens une pointe de culpabilité illogique, mais je l'ignore. En rendant ma voix plus glaciale, j'ajoute :

— Si notre amitié signifie quelque chose pour toi, parle. Maintenant.

— Je ne peux pas.

Choquée, je regarde tout son corps se mettre à convulser.

La tasse glisse entre ses doigts tremblants et se fracasse sur le sol.

Paralysée d'horreur, je vois du sang s'écouler du nez, des yeux et des oreilles d'Ariel.

CHAPITRE DOUZE

ARIEL POSE les mains sur sa tête comme si elle essayait de l'empêcher d'exploser et si ça se trouve, c'est peut-être ce qu'il va se passer.

— Je suis désolée, marmonne-t-elle. Je ne peux pas. Je ne peux pas.

En panique, j'attrape une serviette en papier et je la lui tends.

— Que se passe-t-il ? Tu es blessée ? Veux-tu que j'appelle le 911 ?

Elle secoue la tête en prenant la serviette et en l'appuyant contre le sang qui coule de son visage.

— Non, arrête, parvient-elle à dire lorsque je sors mon téléphone, sur le point d'appeler une ambulance.

Je m'arrête, me sentant complètement impuissante. Pour la première fois, je regrette de ne pas avoir de formation médicale, comme Ariel, car je saurais alors quoi faire.

À la place, je peux seulement regarder Ariel

tamponner le sang, qui semble heureusement s'écouler plus lentement.

Au bout d'une minute ou deux, mais peut-être une heure de silence, Ariel est suffisamment remise pour se baisser et essayer de ramasser les morceaux de la tasse qu'elle a laissés tomber.

— Laisse ça, dis-je afin de pouvoir faire quelque chose.

J'attrape un balai et une serpillière et je nettoie méthodiquement le bazar en me triturant les méninges à deux cents à l'heure sans trouver d'explication.

Ariel renifle en me regardant.

— Oh, mince, va-t-elle pleurer ? Ce serait plus dur que d'entendre ma mère pleurer quand j'étais petite. Ma mère était une telle pleureuse que tout le monde avait fini par ne plus être sensible à ses caprices, alors qu'Ariel n'a jamais pleuré depuis que nous nous connaissons. En fait, si quelqu'un me posait la question, je dirais qu'Ariel pleurerait seulement à l'enterrement de ses parents et au mien... mais il se pourrait bien que je me trompe pour le deuxième cas. Elle pourrait également laisser échapper une petite larme à l'enterrement de Felix, mais cela dépendrait sans doute de la nature de son décès.

En rangeant la serpillière, je m'approche d'Ariel.

— Je crois que j'ai compris, dis-je. Tu ne peux pas en parler. Quoi que ce soit.

Elle hoche la tête et elle essuie une nouvelle goutte de sang de son nez. Il y a clairement une corrélation entre le sang et ses tentatives de communiquer avec moi sur le sujet.

— Je suis désolée d'avoir insisté, dis-je en ayant l'impression d'être sur le point de gagner la récompense de la plus mauvaise amie… mais en étant aussi plus perdue que jamais.

Qu'est-ce qui pouvait l'empêcher de parler ? Et de façon si violente ? Une maladie mentale peut-elle se manifester sous la forme de sang coulant des oreilles, du nez et des yeux ?

Si Ariel était magicienne, je soupçonnerais une illusion derrière ce sang, comme le coup des stigmates que j'ai fait pour Halloween il y a deux ans, qui a presque encore fait tomber Felix dans les pommes. Mais elle n'est pas magicienne, et si elle l'était, elle aurait réussi le plus grand tour qui soit : convaincre le monde qu'elle n'en est pas une.

Ariel se lève, attrape tout le rouleau d'essuie-tout, et va se nettoyer au-dessus de l'évier. Elle revient ensuite s'asseoir et elle me regarde, ses yeux étant redevenus clairs.

— J'ai ce qu'il faut pour t'aider, dit-elle en gardant sa voix calme habituelle.

Elle arrache la page du bloc-notes contenant la description de mon rêve et elle ajoute :

— Tu es encore en état de choc. Tu vois sans doute des choses. J'ai vu ce genre de situations sur le champ de bataille. Tu devrais terminer ton thé et partir te coucher.

J'ouvre la bouche pour protester, mais Ariel couvre ma main avec la sienne.

— S'il te plaît ? dit-elle doucement. Va dormir, Sasha. Vraiment, c'est ce qu'il y a de mieux pour toi maintenant.

J'attrape ma tasse et j'avale le thé d'une traite pour me laisser le temps de réfléchir. Maintenant que le danger immédiat est passé, j'ai effectivement l'impression d'être sur le point de sombrer, la baisse d'adrénaline se rajoutant aux nombreuses nuits sans sommeil à cause de mon spectacle à la télé.

— D'accord, dis-je à contrecœur. Les choses sembleront peut-être plus claires demain matin.

Ce que je ne dis pas, c'est qu'il nous faudra trouver une façon de parler de tout cela sans qu'Ariel saigne à mort.

Elle se lève et elle me serre dans ses bras. La petite quantité d'ocytocine qui en résulte me fait me sentir un peu mieux, mais pas plus proche d'avoir des réponses.

— Bonne nuit, dit-elle lorsque nous nous séparons, et je hoche la tête.

— Bonne nuit.

Je sors en chancelant de la cuisine, les jambes comme des spaghettis, j'attrape un peignoir et je pars à la douche. Pendant que j'effectue ma routine du soir, des théories plus insensées les unes que les autres tournent dans ma tête et malgré la fatigue, j'ai peur de ne pas pouvoir m'endormir une fois dans mon lit.

Mes inquiétudes n'étaient pas fondées. Je m'endors dès que je passe sous la couverture.

JE SUIS UNE CONSCIENCE DÉSINCARNÉE, mais avec des sens, et je flotte encore une fois… comme à la morgue.

Il y a une odeur aseptisée dans les airs et de l'équipement médical encombre l'espace près d'un lit d'hôpital.

Une femme chauve et émaciée d'une quarantaine d'années est allongée sur le lit et d'après le bracelet à son poignet fin, elle s'appelle Amie Descanso. En bas de son bracelet est écrit : 'Chambre 4128, Hôpital Maimonides'… ce qui signifie que non seulement j'ai perdu mon corps, mais que d'une façon ou d'une autre, j'ai également fini à Brooklyn.

Je suppose que cela aurait pu être pire. J'aurais pu perdre tous mes sens et finir dans le Queens.

Essayant de regarder autour de moi, je remarque que je le peux, ce qui est étrange puisque je n'ai pas de corps pour tourner ma tête ni de tête avec des yeux, d'ailleurs.

La télé montre le journal, mais je fais seulement attention à la date et à l'heure en bas de l'image : dix heures dix-neuf du mardi dix octobre.

La porte s'ouvre et une femme à l'air familier entre. Le visage en forme de cœur appartient à Beatrice, de l'incident de la morgue. Sauf que cette fois elle porte des vêtements d'hôpital et son badge affirme qu'elle s'appelle Bea T. Rice, Infirmière.

Contrairement à l'autre fois, Beatrice sourit. Elle

porte également un plateau avec un couvercle métallique brillant en forme de dôme. Cela lui donne l'air d'une serveuse dans un restaurant chic, ou dans un hôtel cinq étoiles.

— Bonjour, Amie, dit Beatrice d'une voix bien plus aimable que lorsqu'elle a parlé à l'homme mystère au téléphone.

— Bonjour, dit Amie d'une voix rauque, comme si elle criait depuis des jours. Je ne vous ai pas encore vue.

— Comment vous sentez-vous ?

Beatrice s'approche du lit et examine attentivement Amie, comme une critique d'art essayant d'authentifier une peinture hors de prix.

— Votre dossier mentionne une grande douleur.

— J'ai eu quelques très mauvaises journées, mais je me sens étonnamment bien aujourd'hui, dit Amie en secouant l'intraveineuse près de là. Sans compter l'injection de morphine.

Beatrice fronce les sourcils comme si cette nouvelle la décevait, mais elle retrouve vite son regard impassible.

— On m'a dit que vous n'aviez pas encore mangé votre petit-déjeuner aujourd'hui, est-ce correct ?

— Oui, c'est vrai, répond Amie. Cela fait des jours que j'ai un mauvais appétit en général.

— Je suis vraiment désolée d'entendre cela.

Beatrice semble sincèrement contrariée.

— J'espère que ceci pourra vous aider.

En ouvrant la table pliable spéciale attachée au lit, Beatrice y pose le plateau et retire le grand couvercle d'un geste théâtral qui la fait encore plus ressembler à une serveuse.

Le plateau est rempli de délicatesses comme du homard, des escargots, du filet mignon, du caviar et quelques autres choses que je ne reconnais même pas. Si j'avais une bouche, j'en baverais maintenant, et si j'avais un ventre, il gargouillerait sûrement.

Pour quelqu'un qui n'a pas d'appétit, Amie s'attaque aux mets avec un enthousiasme surprenant et Beatrice semble éprouver du plaisir par procuration en la regardant faire.

— C'était merveilleux, dit Amie en se couvrant la bouche lorsqu'elle rote. Pardon.

— Aucun problème, dit Beatrice, les yeux pétillants. Je suis ravie que cela vous ait plu.

Elle s'approche de l'intraveineuse d'Amie et elle tripote le sac.

— Que venez-vous de faire ? demande Amie avec curiosité, son visage se détendant avec un air béat.

— J'ai ajusté votre morphine, dit Beatrice. Vous devriez vous sentir encore mieux très bientôt.

Amie ferme les yeux pendant un instant, puis elle les ouvre. On dirait qu'elle essaie de lutter contre la somnolence et/ou l'extase du médicament.

— Je m'inquiète de devenir accro.

Les pupilles d'Amie deviennent si petites qu'elles sont presque invisibles.

— Je sais que c'est une inquiétude bête pour quelqu'un dans ma situation, mais…

Beatrice caresse doucement la tête d'Amie.

— Chut. Vous n'avez plus besoin de vous inquiéter de cela.

Amie se laisse retomber en fermant les yeux. Ses lèvres prennent une teinte bleutée.

L'appareil de monitoring se plaint du pouls d'Amie qui ralentit, mais Beatrice trafique quelque chose et l'engin devient silencieux. Elle bricole ensuite le reste de l'équipement et elle utilise la télécommande du lit pour placer Amie qui a perdu connaissance en position allongée.

— Je suis désolée, dit Beatrice en sortant son couteau papillon et en l'ouvrant du même geste théâtral qu'à la morgue. J'avais besoin d'un corps très frais, et je t'ai choisie parce qu'il ne te restait que quelques jours d'agonie.

Sans surprise, Amie ne répond pas... si l'overdose de morphine ne l'a pas encore tuée, cela ne saurait tarder.

— Ce poème de Dylan Thomas, *N'entre pas sans violence dans cette bonne nuit*, c'est une belle connerie, continue Beatrice en retournant Amie sur le ventre pour exposer l'ouverture de sa robe d'hôpital. Si j'étais à ta place, j'aimerais que quelqu'un fasse pour moi ce que j'ai fait pour toi aujourd'hui.

Elle détache les liens de la robe pour exposer le dos squelettique de la pauvre femme.

— Peut-être qu'une part de toi restera consciente, d'une certaine façon, une fois que je te ramènerai, dit-elle d'un ton apaisant pendant que son couteau s'enfonce dans le dos d'Amie. Il est vrai que c'est moi qui contrôlerai tout, mais…

Je n'entends pas ce qu'elle dit ensuite, car le sang se met à couler sous son couteau et je suis soudain avalée par l'obscurité.

———

JE ME RÉVEILLE avec des sueurs froides.

— C'était juste un cauchemar, me dis-je en traînant les pieds jusqu'à la salle de bains. Juste un rêve stupide.

Lorsque je retourne au lit, ma respiration ralentit et quand je m'allonge, je parviens à tomber dans un sommeil agité.

<h1 style="text-align:center">CHAPITRE TREIZE</h1>

UN RAYON de soleil me frappe le visage et je me réveille, furieuse contre moi-même.

Comme une idiote, j'ai oublié de fermer les volets hier soir.

Quelle heure est-il ? Le soleil annonce le matin, mais dans ce cas, pourquoi ai-je l'impression de n'avoir dormi que quelques heures ? Est-ce que quelqu'un se sert de la privation de sommeil comme d'une tactique pour m'interroger ? Si c'est le cas, je suis prête à cracher les secrets de sécurité nationale, tant que mes tourmenteurs veulent bien fermer ces stupides volets et me laisser dormir un peu plus longtemps.

Le soleil ne part pas, alors je jette un coup d'œil au réveil sur ma table de nuit et je grogne.

Les volets n'étaient pas la seule chose que j'ai oubliée. Je n'ai pas non plus réglé le réveil, ce qui explique pourquoi j'ai dormi jusqu'à l'heure incroyable de neuf heures sept : un luxe dont je profite rarement, même le week-end.

À moitié groggy, je me traîne jusqu'à l'ordinateur portable et j'envoie un mail au travail en leur disant que je suis très malade. Je me demande si c'est un mensonge : la somnolence et les courbatures pourraient être un signe de la grippe. Quoi qu'il en soit, après m'être évanouie la veille, ils devraient accepter mon excuse sans scepticisme, d'autant plus qu'il s'agit de ma première journée de maladie de l'année.

J'ai l'impression d'avoir le derrière collé à ma chaise et d'une certaine façon, savoir que j'ai passé un nombre respectable d'heures au lit me rend encore plus en colère au sujet de la terrible privation de sommeil que je ressens. Si ce n'est pas la grippe, alors j'ai dû tourner et me retourner pendant toutes ces heures, sans avoir le sommeil paradoxal réparateur. Maintenant que j'y pense, je me souviens vaguement de ce qui m'agitait : les théories au sujet de ce qu'il m'est arrivé hier tournaient dans ma tête. Ça, et puis le nouveau cauchemar.

Je me force à me lever et je me dirige vers la salle de bains.

La douche ne fait presque rien pour me réveiller ; me brosser les dents non plus. Ce que je vois dans le miroir empire en fait ma mauvaise humeur, car un bleu immense en forme de doigt sur mon cou m'évoque les posters tristes contre la violence domestique que je vois parfois dans le métro. Il me faudra acheter un col roulé avant de retourner au travail, sinon mes collègues vont penser qu'il y a un type que je dois mettre en prison.

J'enfile un peignoir et je cherche mes colocataires. Malheureusement ni Ariel ni Felix ne sont à la maison. En retournant dans ma chambre, j'attrape mon nouveau téléphone et je vois que la batterie est morte. Le recharger est une autre chose que j'ai oublié de faire hier.

Je branche le téléphone sur le chargeur et lorsqu'il redémarre, j'appelle mes amis, mais je tombe sur leur répondeur.

Ça m'embête vraiment, car je dois parler à Ariel. J'ai des idées sur une façon dont elle pourrait communiquer avec moi sans parler, mais je suppose que cela devra attendre.

Puisque j'ai le téléphone sur moi, et parce que Fluffster daigne enfin me saluer avec un petit bruit amical, je cherche le mot *domovoi* qui a été mentionné deux fois hier, en le désignant.

Apparemment, un domovoi est un esprit de maison protecteur dans le folklore russe et slave. Cela paraît assez logique, si je suppose que Vlad est originaire de Russie, ce que sa connaissance de l'histoire russe semble confirmer. Il a dû utiliser ce terme de façon poétique, car on aurait dit que Fluffster essayait de me protéger dans ma maison.

Si les chinchillas étaient surnaturels, ils feraient partie du folklore péruvien, pas russe.

Je nourris Fluffster et je me rends à la cuisine pour me faire du porridge avec des bananes et des amandes.

En mangeant mon petit-déjeuner, je me rends compte qu'Ariel avait tort. Dormir ne m'a *pas* aidé à comprendre ma nouvelle vie insensée. En fait, j'aurais mieux dormi si j'avais pris le temps de faire le ménage dans mes pensées la nuit précédente.

Autant que je réfléchisse maintenant. Avec un peu de chance, mon inconscient avait trouvé de bonnes théories en perturbant mon sommeil.

Fluffster saute sur la chaise à côté de moi et regarde d'un air envieux la cuillère que je suis sur le point de mettre dans ma bouche.

— Tiens.

Je le laisse manger un petit morceau de banane sur la cuillère.

— Maintenant, laisse-moi réfléchir.

Il m'est arrivé quelque chose sur la scène de la télévision et c'est sans doute un bon endroit pour commencer. Les événements étranges ont commencé lorsque j'ai ressenti un flux d'énergie agréable. Si l'hôpital ne m'avait pas dit que j'étais en bonne santé hier, j'aurais cru que quelque chose avait cassé mon cerveau. Dans le cas présent, ignorant la forte probabilité de ma folie, je dois considérer la possibilité d'une explication surnaturelle… et je déteste cela.

J'ai toujours été fascinée par les mystères, mais particulièrement quand j'étais très jeune. Petite fille, je dévorais tout ce qui parlait d'enlèvement par les extraterrestres, de fantômes, de yétis, du triangle des Bermudes, de perceptions extrasensorielles, etc. Cependant, en grandissant, une grande partie de ces entités a pris le chemin du Père Noël pour moi. Dans une certaine mesure, je me suis intéressée à la magie parce que les magiciens ont un air mystique qui semble parfois irréel… mais bien sûr, lorsque j'ai appris toutes les méthodes derrière ces mystères, j'ai vu que le moindre tour avait une explication rationnelle.

D'une certaine façon, devenir illusionniste m'a rendue encore plus sceptique, car je savais que les miracles pouvaient être mis en scène et que les pouvoirs tels que les perceptions extrasensorielles pouvaient facilement être simulés.

Si j'ai développé un pouvoir surnaturel, je suis sans doute la pire personne qui soit pour cette situation… en dehors de quelqu'un comme James Randi, 'l'Incroyable', qui s'est fait une carrière en discréditant le paranormal.

Fluffster saute sur mes genoux et je caresse sa fourrure d'un air distrait tout en buvant mon jus d'orange et en réfléchissant.

Le premier cauchemar avec un homme à la peau grise m'est arrivé sur scène à la télévision… et puis j'ai été attaquée exactement comme dans le rêve. J'ai expliqué tout cela par les effets secondaires du valium, mais si c'était vraiment arrivé ?

Cela impliquerait que Gaius et ses semblables ont une force impossible… et maintenant que j'y réfléchis, c'est aussi le cas de Vlad.

Sauf si les corps embaumés sont plus faciles à déchirer en morceaux que je ne l'imagine. Néanmoins, tous ces gens très forts ont aussi fait le coup du miroir avec leurs yeux. Normalement, je pourrais l'expliquer par des lentilles spéciales, mais leurs yeux avaient un effet sur moi qui ne pouvait pas être expliqué... sauf si c'était un placebo.

Tout ceci me fait mal à la tête, alors je me concentre sur la possibilité d'être moi-même surnaturelle : spécifiquement, sur le fait que mon deuxième rêve était de Beatrice réveillant des morts. Même si cela paraît fou, comment pourrait-il ne s'agir que d'un rêve si j'ai ensuite été attaquée par des gens qui ressemblaient exactement à ceux qu'elle a réanimés ? Et des personnes ayant été embaumées, en plus ? Ma théorie au sujet des avertissements du subconscient pourrait en expliquer une partie, mais pas tout. Je ne vois pas comment mon subconscient pourrait avoir connu les détails de l'attaque au studio télé, ni l'histoire de l'embaumement.

Je dois donc me poser une question simple. C'est une question que des inconnus m'ont souvent posée dans la vie et j'ai toujours répondu par un 'non' véhément.

Suis-je médium ?

CHAPITRE QUATORZE

FLUFFSTER SAUTE de mes genoux sur la table et vole un morceau d'amande dans mon bol pendant que je rumine cette idée impossible.

Dans mon cours de philosophie, nous avons appris la technique de *reductio ad absurdum* : pour prouver quelque chose de faux, on commence par supposer que c'est vrai, puis on utilise la logique pour suivre cette hypothèse jusqu'à une conclusion ridicule.

Et si je supposais que je pouvais 'rêver' l'avenir ?

Pour commencer, cela créerait immédiatement un petit paradoxe. Lorsque je vois l'avenir dans mon rêve, j'obtiens le pouvoir de le changer, alors je ne vois pas réellement le futur, juste une possibilité pouvant être évitée. En fait, mon tout premier 'rêve prophétique' était au sujet de me faire étrangler – ils aiment vraiment me faire ça – par ce premier cadavre sur scène. Mais quand j'ai repris mes esprits, je me suis éloignée de lui en courant… alors dans ce cas-là, je n'ai pas rêvé de l'avenir, pas dans le sens le plus strict du mot.

Peut-être vois-je les *possibilités* de l'avenir... une sorte de prédiction. C'est mieux, car cela évite les problèmes ennuyeux du destin et/ou du libre arbitre. Et puisque cela rend les prédictions du futur plus compliquées, je vais imaginer que le libre arbitre n'est pas une illusion pour cette chaîne logique.

Donc, si je suppose que je peux faire ces prévisions correctes, même s'il manque quelques données, à quelle conclusion ridicule est-ce que cela me mène ?

Il ne m'en vient pas beaucoup, mais il y a une chose de la taille d'un éléphant. Dans le rêve de la morgue, des mots comme 'vampire' et 'loup-garou' ont été jetés, par-ci et par-là. Cela m'enfonce plus loin dans le pays imaginaire, car les créatures mythiques sont bien plus incroyables que le fait de prévoir l'avenir. Après tout, la plupart des films et des livres traitant de précognition (comme *Dune* et *Minority Report*) sont considérés comme de la science-fiction, alors que les histoires de vampires (*Dracula* ou *Twilight*, par exemple) se trouvent fermement dans le domaine de la fantasy.

Et la science-fiction est plus réaliste que la fantasy, n'est-ce pas ?

Contrairement à *Alice au pays des Merveilles*, j'ai une limite sur le nombre de choses impossibles que je peux croire avant le petit-déjeuner... et pendant. Alors, pour ma propre santé mentale, je me concentre pour l'instant sur une impossibilité : les rêves prophétiques. À supposer pendant un moment que cela soit possible, cela signifie que mon dernier rêve au sujet de Beatrice pourrait avoir correctement prédit ce qu'il va arriver à une femme nommée Amie dans un hôpital de Brooklyn plus tard dans la journée.

Le porridge a soudain un goût de carton lorsque je comprends pleinement les implications de cette hypothèse. Il est neuf heures vingt-trois du matin, ce qui signifie que dans quarante-sept minutes, une femme sera tuée juste pour servir de cadavre frais à Beatrice. La nécromancie est un autre aspect de toute cette histoire sur lequel je ne veux pas m'attarder pour le moment.

Je me force à avaler la nourriture dans ma bouche et je pousse mon bol sur le côté.

Ma ligne de conduite est extrêmement claire.

Je dois me rendre à l'hôpital Maimonides et empêcher ce meurtre d'arriver.

Si je n'y vais pas et que j'apprends plus tard qu'Amie existe et qu'elle est morte, cela pèsera pour toujours sur ma conscience. Me rendre là-bas est également la meilleure chance que j'ai de valider cette théorie des prédictions. Si Amie se trouve là-bas et que Beatrice arrive dans sa chambre à la même heure que dans mon rêve, je serais plus à même d'accepter mes pouvoirs.

Il serait alors également possible de poser quelques questions précises à Beatrice.

Je jette le reste de mon petit-déjeuner à la poubelle et je cours vers mon armoire. Comme je suis pressée, j'attrape la première chose que je vois : la tenue que je porte habituellement pour mes spectacles au restaurant : un pantalon en cuir noir, un chemisier avec des poches au niveau de la poitrine et une poche intérieure cachée attachée par une épingle à nourrice, plus une veste en cuir. J'attrape également mon téléphone sur le chargeur.

Il n'est qu'à sept pour cent, mais il faudra faire avec.

En descendant par l'ascenseur, j'envisage le chemin le plus rapide pour arriver à destination. En voiture, le trajet peut prendre entre quinze minutes et plus d'une heure, en fonction de la circulation. Faire le trajet en métro est plus fiable qu'en voiture, mais cela implique des changements de ligne, alors il me faudrait quarante à cinquante minutes, ce qui signifie que je ne serais jamais là à temps. Ma vespa serait parfaite, mais elle est en miettes.

En démarrant une application d'appel de voiture avec chauffeur, je demande une voiture dès que je sors de l'ascenseur, et trois minutes plus tard, je suis assise dans une belle Honda Civic, en route vers l'hôpital.

J'envisage de soudoyer mon chauffeur comme je l'ai fait hier, mais je n'ai pas apporté l'argent de Nero. En outre, ce chauffeur n'a pas l'air sympathique, et le temps d'arrivée dépend bien plus de la circulation que de ses capacités de conduite.

Je rappelle encore Ariel et je tombe sur son répondeur, alors je laisse un message lui demandant de me rappeler immédiatement. Pour faire bonne mesure, je lui envoie la même demande par texto. Ce que je veux vraiment savoir, c'est si je peux prévenir les flics du meurtre éventuel d'Amie. Lorsqu'Ariel m'a dit de ne pas les appeler hier, était-ce une interdiction générale, ou bien était-elle spécifique au scénario des morceaux de cadavres ?

Bien sûr, si j'appelais le 911 et que je leur disais la vérité, ils me prendraient pour une folle, mais je suis assez bonne illusionniste pour inventer une histoire qui les convaincrait de jeter un coup d'œil à Amie. Par exemple, je pourrais prétendre avoir entendu des coups de feu depuis sa chambre d'hôpital, ou ses cris à l'aide.

— Fais gaffe, attardé ! crie mon chauffeur avec un accent prononcé, appuyant si fort sur le frein que je manque voler de mon siège.

Je suis presque certaine qu'il vient de couper la route au bus, plutôt que l'inverse, mais je décide de ne rien dire et je me prépare mentalement à lui laisser une mauvaise critique.

La montée d'adrénaline chasse le flou qui restait dans mon esprit et une idée évidente me vient.

Je peux appeler l'hôpital et voir s'ils ont une patiente qui s'appelle Amie Descanso.

Avant que mon esprit puisse se lancer dans une liste de pour et de contre, je cherche le numéro de l'hôpital et je le compose. Pendant que le téléphone sonne, je me force à me souvenir de tout ce que j'ai entendu au sujet des politiques hospitalières sur la vie privée… la dernière chose que je veux, c'est de m'empêtrer dans leur bureaucratie.

Le téléphone est décroché et une femme dit :
— Hôpital Maimonides.
— Bonjour, dis-je en adoptant mon rôle

d'illusionniste – c'est-à-dire, me préparant à mentir comme je respire.

— Comment puis-je vous aider ? demande la femme.

— Je suis en route pour rendre visite à ma sœur, dis-je. Elle s'appelle Amie Descanso. Je crois qu'elle se trouve dans l'unité de soins de longue durée. Pouvez-vous s'il vous plaît m'indiquer dans quelle chambre elle se trouve ?

J'attends avec trépidation que la femme se mette à taper sur son clavier.

'S'il vous plaît, dites-moi que vous n'avez pas une patiente sous ce nom' est ce que j'ai envie de dire, mais je me mords la langue. Je suis aussi un peu inquiète que le mensonge que j'ai inventé ne suffise pas et que l'opératrice ne me donne pas de réponse avant que nous passions sous le tunnel – une zone où ça ne capte pas – duquel nous nous approchons rapidement.

— Elle est dans la chambre 4128, dit la femme avant de m'expliquer comment me rendre jusqu'à la chambre.

— Merci, dis-je lorsque nous entrons dans le tunnel.

Mes pommes de mains sont moites et j'ai la tête qui tourne, mais je rassemble suffisamment mes pensées pour dire :

— En fait, j'ai aussi besoin d'aide pour autre chose…

L'appel est déconnecté et mon téléphone affiche zéro barre. Le pire est que ma batterie n'est plus qu'à un pour cent.

D'un air hébété, je fixe les lumières du tunnel qui

passent à toute vitesse. L'hôpital a donc bien une patiente sous ce nom et elle se trouve exactement dans la même chambre que dans mon rêve.

Quelles sont les chances que ce soit une coïncidence ? Mon esprit analytique me dit qu'il y en a très peu… si peu que si je l'associe à tout le reste, mon rêve n'était pas seulement un rêve.

La vie d'Amie est réellement en danger et je dois faire tout ce que je peux pour la sauver.

J'envisage énormément d'appeler la police malgré l'avertissement d'Ariel, ou au moins de rappeler l'hôpital. Il me faudra contourner la vérité, mais je trouverai quelque chose de plausible. Je peux prétendre qu'une infirmière nommée Bea T. Rice a agressé ma 'sœur' ou qu'Amie se sent très mal ou bien qu'elle est harcelée…

Mon téléphone fait un bruit d'agonie lorsque sa batterie rend l'âme… et nous ne sommes même pas encore sortis de ce stupide tunnel.

— Excusez-moi, dis-je à Raj Harry, le chauffeur dont le nom est affiché dans la voiture. Avez-vous un chargeur USB Micro B pour mon téléphone Android ?

— Désolé, répond Raj, dont la voix au fort accent est dénuée de toute trace de désolation. J'utilise un iPhone.

En effet, un iPhone affiche une application GPS sur le tableau de bord de la voiture. Notre trajet est calculé par l'application qui estime notre arrivée pour 10 h 09. Il me voit regarder son téléphone dans le rétroviseur et il l'incline vers lui afin que je ne puisse plus voir l'écran.

— Puis-je s'il vous plaît utiliser votre téléphone, dans ce cas ? dis-je en ignorant son geste impoli. Quand nous serons sortis du tunnel, je veux dire ?

— Je suis désolé, dit-il en haussant les épaules dans le rétroviseur. J'ai un abonnement T-mobile réservé à Internet.

Je trouve cela difficile à croire. Même si un tel forfait existe, je ne crois pas que l'on puisse l'avoir avec un iPhone.

— Cela devrait quand même permettre l'appel au 911, dis-je en essayant de le coincer. J'ai besoin des services d'urgence… ma sœur a des problèmes.

— Je ne peux pas appeler le 911.

Pour la première fois, je vois des émotions sur son visage. Il semble très inquiet.

A-t-il un problème avec la police ? Est-ce pour cela qu'il est si réticent ?

Est-ce qu'il a déjà été dénoncé aux flics par un autre passager ?

En chassant cette idée effrayante, je cherche désespérément d'autres solutions.

— Et si j'envoyais cent dollars par PayPal ?

Je surprends son regard dans le rétroviseur.

— Puis-je alors utiliser votre téléphone ? Je peux peut-être envoyer un mail à l'hôpital ?

— Je suis désolé, dit-il, son visage redevenant impassible. J'ai besoin de mon téléphone pour me guider. Je ne peux pas vous le donner.

Si nous étions dans une limousine, je parie que le type aurait fermé la cloison entre nous.

Nous sortons enfin du tunnel et j'hésite à lui demander de me laisser sortir de la voiture. Mais nous sommes sur l'autoroute et si je sors, je serais en retard à l'hôpital. J'envisage également de me pencher en avant et d'attraper le téléphone, mais cela entraînera encore plus probablement un délai... de plus, je pourrais me faire frapper ou me faire arrêter.

Le chauffeur coupe la route à une autre voiture en klaxonnant furieusement, et il passe à toute vitesse au péage.

— Est-ce l'hématome dans mon cou qui vous met mal à l'aise ? dis-je soudain.

— Je suis désolé, dit-il encore en inclinant son rétroviseur afin que je ne puisse plus voir son visage. Je ne comprends pas très bien.

Je croise les bras sur ma poitrine.

— Vous allez avoir une mauvaise critique, je peux vous le dire.

— Désolé, dit-il encore en me faisant penser aux services après-vente qui ressemblent à un disque rayé. Ne parlons plus. Je dois me concentrer sur la route.

— Pouvez-vous au moins me dire quelle heure il est ?

Malgré ma colère, j'essaie de paraître polie.

— Ou bien incliner le téléphone vers moi ?

Il devait être vraiment sincère quand il disait de ne pas parler, car il ne me répond pas.

Après quelques minutes de silence pesant, nous rencontrons les premiers bouchons. J'essaie de demander l'heure ou le téléphone à cause de la circulation, mais il continue son rôle de muet.

J'ai toujours l'impression que les embouteillages durent une éternité, mais cette fois, j'aurais pu jurer voir mes ongles pousser le temps que nous quittions les premiers encombrements.

Pour ne pas perdre l'esprit, je m'entraîne à faire les techniques de respiration que Lucretia m'a apprises, et j'imagine les mauvais tours que je pourrais faire pour me venger du peu serviable Raj Harry. Comme je connais son nom, Felix pourrait pirater le service des immatriculations pour moi et obtenir son adresse. Je pourrais alors me venger par la poste en lui envoyant une carte postale proposant des 'Couches pour Adultes en Promo' ou un sachet de bonbons gélifiés en forme de pénis dont j'ai enregistré le site Internet 'au cas où'.

Non, c'est trop peu. À la place, je lui enverrais un carton avec le caca de Fluffster, ou un poisson pourri accompagné par un bouquet de fleurs fanées.

La sévérité de la punition dépendra de la survie d'Amie.

Nous quittons l'autoroute et nous nous faufilons à travers les rues de Brooklyn.

Il y a une chose positive que je peux dire au sujet de Brooklyn, du moins sur cette partie, c'est que nous passons par des avenues numérotées, ce qui facilite le suivi de notre trajet sans GPS. L'hôpital se trouve sur la dixième avenue et la quarante-huitième rue, alors je commence à trépigner quand je vois la quarante-septième rue.

Au bout de quelques instants, nous atteignons la dixième avenue et nous tournons à droite. J'ai déjà la main sur la poignée de la portière.

Il s'arrête à côté de l'entrée de l'hôpital, mais il ne rompt pas le silence gêné.

— J'espère sincèrement que tu seras remplacé par un véhicule sans chauffeur, dis-je en sautant de la voiture et en claquant la porte aussi violemment que je le peux.

Ses pneus crissent lorsqu'il s'éloigne et je me précipite vers l'entrée.

Lorsque l'on se rend dans des zones en partie interdites comme les hôpitaux, il est important d'avoir l'air sûr de soi afin de s'assurer que personne ne pose de questions stupides.

L'air sûre de moi, j'entre donc et je passe vite dans les couloirs reliant les bâtiments avant de trouver celui que je veux. De là, je prends l'ascenseur jusqu'au quatrième étage. Pendant tout ce temps, j'essaie de donner l'impression de faire partie de l'hôpital et que ma précipitation est naturelle.

Ma stratégie fonctionne. Même les quelques infirmières à l'accueil du quatrième étage doivent supposer que j'ai le droit d'être là, car personne ne réagit.

J'aperçois une grande horloge au-dessus de l'accueil des infirmières et un frisson glacial me parcourt le dos.

Il est 10 h 35, bien après mon objectif de 10 h 19.

Je prends alors conscience que tout n'est pas perdu. Dans mon rêve, Beatrice n'a pas tout de suite tué

Amie… elle lui a d'abord donné son dernier repas. Je peux toujours sauver la situation, si cette partie a duré un peu. J'aurais aimé avoir vérifié l'heure de temps en temps dans mon rêve, mais ce n'était pas le cas.

Je sprinte si vite jusqu'à la chambre 4128 que mes bottes glissent sur le sol récemment lavé.

Face à la porte, je me prépare à la rencontre possible avec Beatrice. Ma respiration se fait haletante à cause de ma course et de l'adrénaline dans mes veines.

La main tremblante, j'attrape la poignée de la porte.

CHAPITRE QUINZE

AMIE EST ALLONGÉE à plat-ventre sur le lit. Elle ressemble exactement à ce qu'elle était dans mon rêve – qui n'était clairement pas seulement un rêve.

Beatrice n'est pas là.

Suis-je arrivée trop tard ?

Le matériel de l'hôpital a été trafiqué et ne m'aide pas à déterminer si elle est en vie.

Je m'approche du lit et je vérifie le pouls d'Amie sur son poignet.

Il a disparu.

En tant que mentaliste, je connais quelques méthodes pour créer l'illusion du cœur qui s'arrête. Par exemple, une balle sous l'aisselle peut donner l'impression que le pouls ralentit puis s'arrête. Je vérifie donc le cou d'Amie.

Pas de pouls non plus.

Je place l'écran de mon téléphone sans batterie sous

sa bouche pour voir s'il devient embué par sa respiration.

L'écran reste net.

Mon estomac se noue.

J'ai échoué.

Elle est morte.

J'envisage de courir vers l'accueil des infirmières afin qu'elles essaient de la ressusciter, mais je remarque alors des traces de sang sur le lit et je me souviens des marques de Beatrice. Dans le cauchemar de la morgue, leur but était de retarder la réanimation du corps jusqu'au départ de Beatrice.

Et Beatrice n'est pas là.

Je suis prise d'un fort sentiment de prémonition.

— Il vaut mieux que j'aille chercher les infirmières, dis-je à voix haute, à personne en particulier.

Lorsque je me dirige vers la porte, une idée simple et terrifiante me traverse l'esprit. Dans ma hâte, la seule possibilité sur laquelle je ne me suis pas attardée, c'est qu'Amie ne fasse pas que mourir, mais qu'elle revienne à la vie. Et si tout jusqu'à ce moment a été confirmé comme étant vrai, alors la logique – ou la chose tordue qui a remplacé la logique – veut qu'Amie devienne une mort vivante, et vite. Elle sera également supérieure aux autres cadavres d'une certaine façon, du moins c'est ce que je suppose d'après les commentaires de Beatrice au sujet de sa 'fraîcheur'.

Je suis près de la porte lorsque j'entends le froissement de la blouse d'hôpital sur les draps amidonnés derrière moi.

Elle bouge.

J'attrape la poignée de la porte, mais elle glisse dans ma paume en sueur.

Des pieds nus frappent les carrés de vinyle gris couvrant le sol.

En essuyant mes mains sur mon chemisier, j'ouvre violemment la porte, je me précipite dehors et je la claque.

En forçant sur les muscles de mes jambes, je sprinte vers le bureau des infirmières.

La porte derrière moi s'ouvre et claque bruyamment.

— Appelez la sécurité, crié-je à l'infirmière. La patiente derrière moi est en train de craquer.

Sans attendre la réponse de l'infirmière, je cours vers l'ascenseur et j'appuie sur le bouton en plastique.

J'inspire une douzaine de fois en haletant avant de décider que l'ascenseur ne fera pas l'affaire, et je me précipite vers l'escalier.

Je me trouve à mi-chemin vers le troisième étage lorsque la porte de l'escalier au-dessus de moi claque. Je grimace en entendant le bruit, mais je continue à courir vers le bas.

J'entends ensuite des pas nus sur le ciment poussiéreux, et je n'ai aucun doute sur l'identité de la personne qui me suit.

Enjambant les marches deux à deux, je manque tomber et me tordre la cheville deux fois, mais je parviens en quelques secondes seulement à atteindre le rez-de-chaussée.

Lorsque je sors en courant par l'entrée principale, j'ai un nouvel espoir. Quelqu'un arrêtera bien une patiente portant une blouse d'hôpital avant qu'elle montre son cul nu dans la rue, non ?

Lorsque j'atteins le coin de la dixième avenue et de la quarante-huitième rue, je risque un coup d'œil en arrière vers l'entrée de l'hôpital.

Soit la sécurité s'en moque, soit ils n'ont pas su gérer Amie : elle ne se trouve qu'à quelques mètres derrière moi. Je remarque qu'elle bouge effectivement bien plus vite et de façon plus fluide que les cadavres qui m'ont poursuivie plus tôt. Elle semble aussi moins 'morte' et en y repensant, elle n'avait pas d'odeur.

En passant un coin, j'accélère le pas, car je vois au loin le vert-brun des voies de métro extérieures : une mocheté bruyante datant d'une autre époque.

Les pavés de trottoir usés par les éléments deviennent flous sous mes pieds et les bâtiments en pierre rouge semblent fusionner. Les quelques passants que je croise me jettent des regards interrogateurs, mais je les ignore, courant de toutes mes forces.

Lorsque j'atteins la rue qui passe sous le métro, je tourne à droite au hasard, en me disant que je trouverais un arrêt, quel que soit le côté duquel je tourne.

Certains des commerces devant lesquels je passe sont encore fermés et des graffitis ornent leurs portails de sécurité gris très laids. Leurs stores n'ont pas été changés depuis le début de l'histoire de Brooklyn et chacun possède une de ces dangereuses entrées sur le côté qui passe par la cave avec ses doubles trappes. Je fais bien attention à éviter les caves en courant : je ne veux surtout pas tomber dedans, comme c'est arrivé à Samantha dans *Sex and the City*.

À un pâté de maison et demie, je vois l'entrée du métro et un train au loin.

Trouvant de nouvelles forces au fond de moi, je cours jusqu'aux escaliers menant à la station du train D de la cinquantième rue. Si mon prof de sport du lycée de Stuyvesant High voyait ma performance aujourd'hui, il regretterait de ne pas m'avoir laissée faire partie de l'équipe.

J'aperçois un mouvement dans la fenêtre réfléchissante d'une laverie automatique lorsque je passe en courant, et je confirme cela avec la fenêtre du commerce suivant.

Malgré ma vitesse, Amie se trouve juste derrière moi.

Mon cœur galope follement dans ma poitrine et j'ai l'impression que mes poumons sont sur le point d'éclater lorsque j'atteins la station. Je respire bruyamment en filant dans les escaliers, montant les marches par deux ou trois.

Lorsque je parviens à un tourniquet, je ne prends pas la peine d'attraper mon portefeuille avec la carte du métro. Je saute simplement par-dessus l'obstacle comme une haie. Ce serait bien si un flic me voyait et décidait de me mettre une amende pour avoir volé la MTA, mais la loi de Murphy fait en sorte qu'il n'y a personne.

Je me dirige vers le côté Manhattan de la station, sentant mes pieds trembler en détectant la vibration du train qui arrive.

Amie est toujours juste derrière moi.

Comme une torpille humaine, je fonce jusqu'au bout de la station et je vois le train approcher.

Je sens une pression sur mon épaule et je regarde derrière moi.

La main d'Amie est agrippée à ma veste, ses yeux sont effroyablement vides.

Mon estomac se retourne avec le porridge pas encore digéré.

Vu la vitesse du train, il ne m'est pas plus utile qu'une limace.

Je pivote hors de son emprise en lui laissant ma veste dans la main, et je sprinte vers le train qui arrive.

Ma nouvelle idée est une pure folie.

Si mon timing n'est pas bon, il y aura deux corps dans la station… et le mien sera beaucoup moins fringant que celui d'Amie.

Le train se trouve à une douzaine de mètres de la station lorsque je parviens au bout de la plate-forme, Amie sur les talons.

J'inspire et je saute devant le train.

CHAPITRE SEIZE

MES GENOUX HURLENT lorsque j'atterris, mais je parviens à toucher le sol en courant. En sautant par-dessus rail après rail, je parviens à atteindre le quai de la direction de Brooklyn.

En regardant derrière moi, je vois Amie atterrir à l'endroit que je viens de quitter.

Merde. Mon plan était de laisser Amie derrière le train qui s'approchait.

Les freins du train crissent comme un dragon métallique. Le conducteur doit essayer de s'arrêter.

Il échoue.

Juste au moment où Amie parvient sur la deuxième voie, le train la frappe et elle est attirée dessous.

De la bile remonte dans ma gorge lorsque des bruits de craquement parviennent à mes oreilles. Je sais que ma poursuivante était déjà morte, mais c'est tout de même dégoûtant d'imaginer son corps être broyé de cette façon.

Avec un effort, je déglutis et je me force à sauter sur le mur du quai de l'autre côté. Je ne veux pas être là pour répondre aux questions inévitables au sujet de l'accident ou de ma propre manœuvre suicidaire et tout à fait illégale.

Mes bras tremblent d'épuisement lorsque je me hisse sur le mur et j'envoie des remerciements mentaux à Ariel pour toutes les tractions qu'elle me fait faire à la salle de sport.

Le train s'est complètement arrêté maintenant, et une curiosité morbide me fait regarder en arrière.

À ma grande surprise, le corps d'Amie ne se trouve plus sous le train. À la place, il est entre deux voies… et il bouge.

Au début, mon cerveau a du mal à analyser ce qu'il voit.

La jambe gauche d'Amie a été découpée au niveau du genou, et sa jambe droite a la cheville cassée, avec un morceau d'os qui dépasse. Le côté macabre de ses blessures ferait grimacer un médecin expérimenté de la Première Guerre mondiale.

Le pire, c'est la *façon* dont elle bouge : à quatre pattes, comme un guépard des enfers.

Je cligne des paupières, comme si cela pouvait changer ce que je vois, mais en vain. Amie saute par-dessus le rail devant elle, ses yeux vides se focalisant sur moi comme des missiles autoguidés.

Je suis trop surprise pour bouger. Tout ce que je peux faire, c'est fixer sa main droite manquante, raison pour laquelle elle utilise le moignon comme un sabot.

Elle saute, le moignon raclant le mur lorsqu'elle essaie de sortir de la station en grimpant avec une agilité inhumaine, et un nouvel afflux d'adrénaline chasse ma paralysie.

Je me mets à courir.

Dans un brouillard horrifié, je me précipite hors de la station. Chaque muscle de mon corps tremble d'épuisement et mes poumons travaillent comme des soufflets lorsque je sors enfin dans la rue.

Derrière moi, j'entends le bruit des os frappant durement le trottoir.

J'accélère, mon esprit cherchant frénétiquement une solution.

À un demi-pâté de maisons devant moi, je vois des trappes de cave tenues ouvertes par un bâton.

Sur pilote automatique, je sprinte dans cette direction, une idée à moitié formée surgissant dans mon esprit.

Lorsque j'atteins les trappes ouvertes, je m'arrête et je regarde en haletant par-dessus mon épaule.

Amie se trouve à une dizaine de mètres derrière moi, galopant à quatre pattes.

Je jette un rapide coup d'œil vers le bas.

La porte métallique en bas de la trappe de trois mètres est fermée du côté rue – c'est courant lorsque les propriétaires de magasin attendent une livraison sans en connaître l'heure.

Je me prépare et je me retourne afin de regarder ma poursuivante dans ses yeux vides.

CHAPITRE DIX-SEPT

LE GALOP surnaturel d'Amie s'accélère, ses yeux ne quittant jamais mon visage.

Je la regarde comme si je n'avais pas peur... le plus grand défi d'actrice de ma vie.

Lorsqu'Amie se trouve à distance de saut, elle ouvre la bouche en exposant ses dents.

Je comprends immédiatement son plan.

Elle est sur le point de me mordre la gorge.

Elle bondit.

À la dernière seconde, juste au moment où je peux presque tendre le bras et la gifler, je saute sur le côté à la place.

Elle plonge dans la cave et atterrit avec un bruit sourd.

J'attrape le bâton qui maintient les trappes en métal ouvertes et elles se referment en claquant.

À ma droite, je trouve une chaîne et un verrou. Je

les utilise pour fermer les trappes, puis je passe la main dans mon chemisier.

Avec les doigts tremblants, je détache l'épingle de sûreté qui maintient ma poche cachée. J'enfonce la pointe dans la serrure, je la tords et je casse le métal. De cette façon, même une personne ayant la clé aura des difficultés à ouvrir les trappes.

Je me redresse et je scrute la rue à la recherche de témoins. Heureusement, il n'y en a pas. Je dégouline de sueur et je suis à bout de souffle, mais je ne peux pas encore me permettre de me reposer.

Lorsque j'aperçois un magasin 'tout à un dollar' à un demi-pâté de maisons, je m'y dirige et j'achète un chargeur pour mon téléphone à presque dix dollars – et tant pis pour le nom du magasin. Je trouve alors une prise électrique dans le magasin et je branche mon téléphone.

Pendant qu'il se relance, je me demande comment gérer Amie avant que quelqu'un ouvre le verrou. Pas le 911. Non seulement Ariel m'a dit de ne pas appeler les flics la dernière fois que j'étais dans une situation similaire, mais je suis aussi trop fatiguée pour inventer une explication quant au zombie dans la cave.

Réfléchir à la nuit passée me donne idée. Une fois que l'écran d'accueil réapparaît, je localise Pada L'Shick – l'expert en élimination de cadavres – dans mes contacts.

— Salutations, dit une voix d'homme traînante.

— Pada, c'est Sasha. Vous m'avez donné votre carte hier soir.

— Sasha. Je ne m'attendais pas à avoir de vos nouvelles. Surtout pas aussi vite.

Je regarde autour de moi pour m'assurer que personne n'écoute dans le magasin.

— J'ai peur d'avoir encore besoin de votre aide.

— Une assistance comme celle que j'ai fournie hier soir ?

Pada semble presque étourdi de joie à l'idée de ce nettoyage horrible.

— Ce dont j'ai besoin est similaire, mais il y aura plus de travail de votre côté.

Je regarde encore une fois furtivement autour de moi.

— Il vous faudra finaliser la transaction en arrivant, si vous comprenez ce que je veux dire.

— Je crois bien.

L'excitation louche de Pada semble monter d'un cran.

— Vous voulez que je fasse ce que Vlad a fait hier soir, est-ce correct ?

— Oui, dis-je en me demandant à quel point cet échange pourrait être incriminant dans un tribunal si la NSA espionne notre conversation téléphonique – et n'est-ce pas ce qu'ils font tout le temps ? Mais vous n'avez pas besoin d'être aussi vicieusement exhaustif qu'il l'a été.

— Où est-ce ?

Je lui donne l'adresse du magasin à Brooklyn et j'explique qu'il devra chercher 'le bazar' dans la cave.

— Brooklyn.

Son excitation retombe.

— En général, je reste à Manhattan, mais je vous aime bien, alors je vais le faire. Cependant, cela vous coûtera plus cher.

D'une certaine façon, devoir payer pour le service me donne l'impression d'être encore plus sale.

— Qu'est-ce que je vous dois ?

— Avec la promotion pour les nouveaux clients, ce sera huit mille, dit Pada dont l'enthousiasme a disparu.

Je suppose que l'argent, c'est la partie ennuyeuse pour lui.

— Aimeriez-vous payer par chèque ou carte de crédit ? Si vous avez des pièces en or, je peux réduire la note de dix pour cent, mais je ne prends pas les espèces en papier.

— C'est beaucoup, dis-je avant de me raviser.

Combien faudrait-il me payer afin que j'ouvre ces trappes et que je m'occupe d'Amie ? Sans doute plus de cent fois ce que Pada vient de demander. Même alors, j'accepterais seulement si j'avais un fusil de chasse, une tronçonneuse, une barrique d'essence et quelques grands types pour m'aider. Et comme lui, je ferais payer plus pour aller me perdre en banlieue.

— Alors, vous n'avez pas besoin de mon aide ? dit Pada d'un ton sec.

— Puis-je payer dans deux mois ?

Je calcule déjà l'impact sur mon compte épargne en prévision de 'Quitter Nero'. Si je continue avec de telles dépenses, je serais coincée dans ce boulot affreux pendant encore quelques mois. Mon seul espoir est maintenant un contrat lucratif avec la télé qui tomberait soudain du ciel, ce qui pourrait arriver, grâce à ma performance télé…

— Il y aura des frais supplémentaires de cinq cents dollars dans deux mois, dit Pada. Oh, et je n'aime pas que les gens qui me doivent de l'argent quittent la ville sans me prévenir.

— Oubliez ça, dis-je. Le taux d'intérêt de la carte de crédit sera moins élevé.

— Si vous le dites.

En sortant ma carte de crédit, je demande :

— Puis-je vous donner le numéro par téléphone ?

Il prend le numéro de ma carte et lorsqu'il me demande la date d'expiration, la transaction devient surréaliste.

Cacher un corps mutilé et toujours en vie ne devrait pas ressembler à une commande de pizza.

— Je prends le relais, dit Pada une fois que je lui ai donné le code de sécurité au dos de la carte. Rentrez chez vous.

— Merci. Au revoir.

Je raccroche avant qu'il se souvienne d'autres frais ou qu'il change d'avis.

En débranchant mon téléphone, je prends le chargeur et je fuis le magasin.

Je vois un taxi vert pomme de l'autre côté de la rue alors je m'y traîne, durement touchée par la fatigue suivant la poussée d'adrénaline. Même si le métro juste au-dessus de moi ne représente qu'une petite fraction du coût, je n'ose pas me rendre à la station si vite après avoir sauté sur les rails.

En montant dans la voiture, je donne ma destination.

— Hé, dit le chauffeur de taxi avec un accent espagnol mignon. Vous n'êtes pas la fille de la télé ?

Malgré mon épuisement, je ressens un sursaut d'enthousiasme à l'idée d'être reconnue. C'est si agréable que je ne prends pas la peine de préciser que 'la fille de la télé' peut être n'importe qui de Cendrillon jusqu'à Miley Cyrus.

— Oui, dis-je en souriant modestement. J'étais à *Une soirée avec Kacie.*

Il se frappe le front.

— C'est ça. Vous avez prédit le tremblement de terre. C'était très impressionnant.

— Merci, dis-je en sentant ma fatigue revenir.

Je m'adosse au siège en essayant de communiquer l'attitude new-yorkaise par défaut indiquant : 'S'il vous plaît, arrêtez d'être gentil. Je veux juste qu'on me laisse tranquille'.

— Vous voulez charger votre téléphone ?

Le type regarde le chargeur que je serre dans mes mains.

— Vous pouvez utiliser mon chargeur, si vous le souhaitez.

— Merci.

Je parviens à faire un mince sourire et je lui tends mon téléphone à charger, en notant mentalement de lui laisser un pourboire plus gros que prévu.

Après cela, je reste volontairement silencieuse et le chauffeur de taxi me laisse tranquille, ce qui augmente encore son pourboire. L'épuisement pèse sur moi, fermant mes paupières, mais mon esprit est soumis à un changement de paradigme.

Mon scepticisme naturel et ma réticence à croire au paranormal sont craquelés comme de la glace trop fine sous la pression du tank de mes expériences récentes.

Voici donc les faits : j'ai des rêves prophétiques et les morts peuvent être ressuscités par une nécromancienne nommée Beatrice qui lance des éclairs d'énergie multicolore sur les corps.

Une nécromancienne.

Si Ockham était à ma place, il se couperait les veines avec son rasoir.

Je dois aussi avoir l'esprit ouvert à la possibilité que les vampires et les loups-garous – les autres créatures mentionnées lors de la conversation téléphonique dans mon rêve – soient aussi réels que les nécromanciens et les morts-vivants. En y réfléchissant bien, d'après les mythes, les vampires sont une sorte de morts-vivants, alors ce n'est pas si compliqué à imaginer.

D'autres choses ont été mentionnées dans cette conversation, des mots comme 'Conscient' et 'le Mandat'. Qu'est-ce que cela signifie ? Et comment est impliquée ma colocataire ? Que sait Ariel qu'elle ne peut pas me dire ? Toute cette histoire de saignement par les orifices était très macabre et encore une chose étrange à mettre sur une liste toujours croissante.

Je vais devoir la localiser et essayer de lui soutirer

des informations… sans qu'elle fasse une hémorragie, bien sûr. Et je dois également rendre visite à Rose pour voir si elle peut expliquer son beau neveu/petit ami Jack l'Éventreur.

Je penche la tête en arrière et je ferme les yeux en posant une main sur ma poitrine et l'autre sur mon ventre, et je pratique férocement la respiration de cinq secondes d'inspire et cinq secondes d'expire pour gérer l'angoisse qui me serre l'estomac.

À ma grande surprise, la relaxation s'étale dans mon corps comme de l'eau chaude et je suis vaincue par l'épuisement.

———

JE ME TIENS sur une plate-forme circulaire dans l'obscurité et une odeur d'encens à la sauge me chatouille le nez.

Avant même que je puisse songer à m'échapper, des chandelles s'éclairent tout autour de moi, aveuglant temporairement mes yeux habitués à l'obscurité.

Lorsque ma vue et mon pouls deviennent plus réguliers, je remarque que chacune des bougies semble flotter, créant une ambiance de Grand Hall de Poudlard.

En examinant mes environs étranges, je deviens progressivement plus inquiète et désorientée.

Avec ses murs gris circulaires et des assises tout le long, cet endroit m'évoque un Colisée miniature intérieur.

Je me trouve au milieu, là où le gladiateur se tiendrait traditionnellement, ce qui doit être la raison pour laquelle j'ai l'impression de devoir me préparer à affronter des lions, des berserkers suicidaires, des chariots avec des épées sortant de leurs roues, ou pire.

Il y a quelques douzaines de personnes sur les sièges autour de moi, portant toutes des robes de cérémonie de différentes couleurs, leurs visages étant à peine visibles dans l'obscurité. S'agit-il d'une réunion secrète des Illuminati ou d'une convention de cosplay ? Qui qu'ils soient, je suis contente qu'ils aient omis de mettre leurs affreux masques vénitiens aujourd'hui, et j'espère aussi qu'ils continueront également à s'abstenir des orgies à la *Eyes Wide Shut*, ou au moins qu'ils ne me forceront pas à y prendre part.

Je sens la chair de poule dans mon cou lorsque je me rends compte que tout le monde fixe quelque chose derrière moi.

Mes muscles me préparent à bondir, mais une main touche mon dos et une voix vaguement familière chuchote :

— Je dois placer ceci autour de ton cou.

Le contact me fait presque bondir au plafond, mais pour une raison étrange, la voix me calme.

En me tournant, j'aperçois un homme dont le visage est caché sous un capuchon. Dans sa main droite tendue de façon cérémonieuse, il tient un collier qui m'évoque une chaîne de BDSM avec un anneau à l'avant. Dans l'anneau se trouve une grosse pierre bleue et brillante, ressemblant beaucoup au diamant du film *Titanic* – mais rond au lieu d'être en forme de cœur.

— Qu'est-ce que c'est ? Qui êtes-vous ? Qu'est-ce que c'est que cet endroit ? Que se passe-t-il ? dis-je en chuchotant afin que seul cet homme puisse m'entendre.

Au lieu de répondre, il touche mon dos d'une façon familière et étrangement rassurante. Il utilisa alors ma confusion momentanée pour placer le collier autour de mon cou en le fermant.

Je passe le bras dans mon cou et j'essaie de défaire le collier, mais je ne sens pas de mécanisme de fermeture. C'est comme s'il était soudé en place.

— Enlève ça, dis-je en sifflant au type qui ne répond toujours pas.

Tout le monde autour de nous s'avance jusqu'au bout de son siège et me fixe d'un air affamé, au point que mes inquiétudes au sujet des orgies me reviennent en tête, et je déglutis si bruyamment que j'entends un écho.

À la façon d'*E.T.*, le type tend son index vers mon visage. Je me prépare à le mordre, mais il ne me touche pas. À la place, il indique la pierre au milieu de mon cou.

La curiosité se mêle à la panique lorsqu'il marmonne quelque chose pour lui-même et qu'un flot d'énergie bleue éclatante jaillit de son doigt jusqu'à la pierre à mon cou.

— Comment fais-tu cela ? dis-je en chuchotant, fascinée.

Je ferais n'importe quoi pour maîtriser un effet

aussi impressionnant pour mon futur spectacle de magie.

Le flux d'énergie s'intensifie, me rappelant la Force de *Star Wars* ou la chose faite par Beatrice à la morgue. Pourtant, je ne ressens pas de douleur : la pierre à mon cou absorbe toute l'énergie, laissant mon corps intact.

Ma liste des possibilités comprend déjà des nécromanciens et éventuellement des vampires et des loups-garous, mais je dois maintenant à contrecœur y ajouter les sorts de magie… sinon comment devrais-je définir ces effets spéciaux incroyables ?

— Ceci ne te fera pas mal, murmure le type.

J'ai son identité au bout de la langue lorsqu'il recule soudain. Je me tourne et je le vois se diriger vers sa place au premier rang.

La lumière de mon étrange bijou baigne les environs d'une lumière bleue océanique.

Une femme s'éclaircit la gorge derrière moi, alors je me retourne.

Au troisième rang, légèrement à ma droite, une silhouette mince portant une robe magenta est debout et elle retire son capuchon. Elle est asiatique, avec des joues rondes de chérubin et des cheveux blond platine ondulés. Un collier avec un diamant en forme de goutte sort de sa robe, s'accordant à ses boucles d'oreilles en forme de fleur.

— Je suis la Conseillère Kit, dit la femme d'une voix de petite fille qui me fait penser à un anime japonais. Je suis désignée pour être la personne neutre des événements de ce soir. Veuillez annoncer votre nom.

— Sasha.

J'ai la gorge si sèche que la réponse est à peine plus forte qu'un chuchotement. Parler devant tous ces gens active ma pire crainte, et l'ambiance étrange l'amplifie. Mon cœur bat violemment et je m'attends à moitié à ce qu'il sorte de ma cage thoracique, à la *Alien*.

À ma réponse, la lumière bleue autour de moi devient verte et même si je ne peux pas la voir sous mon menton, je suis certaine que la pierre de mon collier est la source de cette nouvelle teinte.

Kit couvre à nouveau sa tête avec le capuchon et s'assoit. Immédiatement, un homme portant une robe jaune poussin se lève au deuxième rang à trois heures. Il retire son capuchon, révélant un sourire contagieux qui met en évidence les fossettes de ses joues. Son menton pointu possède également une fossette, et avec son bouc de quelques jours sur sa peau bronzée, cela lui donne l'air d'un satyre espiègle.

— Je suis le Conseiller Chester, le plaignant de la procédure d'aujourd'hui, dit-il d'une voix vaguement familière en me regardant droit dans les yeux. Ses cils noirs sont si épais qu'il a l'air de porter de l'eye-liner.

— Je vais aller droit au but. Que faisiez-vous à vingt heures le dimanche huit octobre ?

La pièce circulaire tourne autour de moi comme un manège, mais je lutte contre la nausée soudaine. Vomir devant une foule serait le comble de l'humiliation.

— J'étais à la télé, parviens-je à articuler. C'est sur YouTube.

Mon collier brille encore d'une couleur verte.

Chester regarde la foule autour de lui d'un air théâtral et annonce :

— Elle l'admet. Affaire classée.

— C'est un fait que n'importe quel idiot avec une connexion Internet peut vérifier, dit encore une autre voix familière, cette fois avec un accent britannique.

C'est Darian, l'homme de la télé qui m'a offert mon passage au petit écran.

— Veuillez attendre votre tour, lui dit Chester.

Lentement et d'une façon étrangement moqueuse, Chester s'assoit et Darian se lève en retirant son capuchon.

— Je suis le Conseiller Darian, je représente la défense dans la procédure d'aujourd'hui, dit-il en me regardant. Connaissez-vous le terme Conscient ?

Mes mains picotent de façon très désagréable et ma respiration devient supersonique.

— Répondez à la question, ma belle, dit Darian d'une voix apaisante. Connaissez-vous le terme de Conscient – pas la définition du dictionnaire ?

'J'ai eu un cauchemar dans lequel le terme a été mentionné. Je n'ai aucune idée de ce qu'il veut dire', est ce que je veux prononcer. Mais ma langue refuse de bouger avec toute cette attention focalisée sur moi. Je me contente alors de balbutier :

— N-non. Je… non.

La pierre autour de mon cou brille d'une couleur rouge et la pièce se remplit de chuchotements.

— Un mensonge, dit Chester d'une voix forte et sans se lever.

— Qui sont vos parents ? demande encore une autre voix familière – la quatrième si je les compte correctement.

Est-ce que la peur endommage le centre de reconnaissance vocale de mon cerveau ? Est-ce pour cela que toutes les personnes dans la pièce me semblent familières ?

Un homme vêtu d'une robe noire se lève et baisse sa capuche. Lui aussi, je le connais, car l'adrénaline a inscrit son visage pâle parfait dans mon esprit.

— Je suis le Conseiller Vlad, Chef des Exécuteurs, annonce le petit-ami/neveu de Rose et je me demande encore une fois si je ne suis pas devenue folle.

— Répondez, exige Chester.

Je sursaute à cause de l'intensité de sa voix et mon estomac se tord.

— M-Makenzie Ballard et Braxton Urban.

La pierre autour de mon cou est encore une fois rouge et les gens dans la pièce échangent des regards appuyés.

— Il parlait de vos parents biologiques, clarifie Darian.

Le poids des regards qui me transpercent semble doubler la gravité de la Terre et ma nausée s'intensifie tandis que ma respiration supersonique s'accélère encore. La pièce semble se rétrécir autour de moi, les murs se refermant.

— J'ai été adoptée, m'entends-je dire difficilement, comme si cela venait de loin. Je ne connais pas mes parents biologiques.

Ma vue se trouble. La lumière verte devant moi est imprégnée de poches vides de perte de connaissance et je comprends avec horreur que je suis sur le point de m'évanouir, comme lors de la présentation One Alpha.

— Ce soir-là, saviez-vous que vous étiez Consciente ? demande quelqu'un au loin.

Je ne sais pas qui c'est, et je n'ai pas l'occasion de répondre, car mon angoisse de parler en public finit par me vaincre.

Je m'évanouis.

Sauf que je ne perds pas connaissance.

Je regarde mon corps effondré sur le sol.

CHAPITRE DIX-HUIT

SANS GLANDES SURRÉNALES, tous les signes de la crise de panique qui m'a terrassée ont heureusement disparu, et je deviens purement une observatrice, comme je l'étais à la morgue et à l'hôpital.

— Qu'est-ce que…? dit Chester, le ton moqueur de sa voix cédant à la confusion.

— C'est la peur de parler en public, dit la voix familière non identifiée derrière moi. Elle a fait une crise de panique.

— C'est une situation inédite, dit Kit en tirant sur une mèche de cheveux blonds. Devons-nous attendre qu'elle reprenne ses esprits ? Quelqu'un peut-il la calmer ?

Elle jette un regard appuyé en direction de Vlad.

— Je pense que nous en avons suffisamment entendu, dit Chester.

— Je suis d'accord.

Darian se lève et retire sa capuche.

— Elle ne savait pas quelle était Consciente, c'est impossible.

Chester se lève à son tour.

— Ce n'est pas évident du tout. Je ne suis pas non plus convaincu de l'importance de ce qu'elle savait.

Ils regardent tous deux Kit qui se lève à contrecœur.

— Occupons-nous de la deuxième affirmation de Chester.

Elle agite une main devant son visage et celui-ci se transforme en Chester, jusqu'à son sourire diabolique. Sans les bijoux et la robe de Kit sur le faux Chester, j'aurais pu croire qu'ils avaient échangé leur place.

— Nous étions d'accord pour dire que c'est important si Sasha a intentionnellement brisé le Mandat...

— Mais elle n'est pas sous le Mandat, dit Darian.

Kit agit encore une fois la main devant son visage et elle ressemble maintenant à Darian.

— Je voulais dire, 'brisé l'esprit du Mandat'.

— Ce sont ses actes qui importent, pas l'intention, affirme Chester. Elle a violé l'un des plus grands tabous de notre peuple.

— Mais l'intention a une importance... nous étions tous d'accord là-dessus.

L'accent britannique de Darian devient plus fort.

— Elle ne savait pas quelle était l'une d'entre nous, ce qui signifie qu'elle ne connaissait pas le tabou... cela implique que cette réunion est levée.

— Ne pas connaître une règle n'est pas une excuse pour la rompre.

Chester ne regarde pas Darian, mais il parle à la foule qui l'entoure.

— Ce serait comme un humain qui mange un autre humain et qui serait pardonné par les tribunaux, car il ne savait pas que le cannibalisme était interdit par la loi.

— Comme tu aimes si souvent le souligner : 'nous sommes bien meilleurs que les humains', dit Darian, dont l'accent britannique disparaît quand il cite Chester.

Je me demande s'il pourrait parler sans accent s'il le voulait, et s'il choisit d'en avoir un pour paraître sexy.

— Je ne suis pas convaincu qu'elle ne le savait pas, et quoi qu'il en soit, je pense toujours fortement qu'elle devrait être neutralisée, poursuit Chester dont le sourire est remplacé par une sincérité qui semble déplacée sur son visage.

Darian lève la main, la paume vers l'extérieur.

— Je crois que nous avons besoin d'un autre voyant...

— Comme nous avons besoin d'un trou dans nos têtes, l'interrompt Chester en lui jetant un regard noir.

— Messieurs, intervient Kit en reprenant son visage. Si je peux me permettre. Il y a une différence entre le fait de voler intentionnellement un pouvoir — ce qui est passible de mort — et tomber accidentellement dessus.

— Mais la sévérité de sa transgression n'est-elle pas importante ? demande Chester. Des millions d'humains pensent qu'elle est un Oracle. Cela n'est pas arrivé depuis l'Antiquité… et nous savons tous où nous mène la manipulation de la foi.

Il regarde autour de lui et il ajoute à voix basse :

— Pouvez-vous imaginer à quel point elle est puissante maintenant ?

— L'alarmisme ne te va pas, dit Darian d'un ton méprisant. Elle est comme une enfant, pas entraînée et ignorante de nos règles. En outre, si nous devions neutraliser tous les Conscients ayant trop de pouvoir, nous devrions tous nous couper les veines dans cette pièce, n'est-ce pas ?

— Ton espèce a inventé les sophismes, grommelle Chester, frustré.

— Et la tienne a perfectionné les conneries, répond Darian d'un ton neutre.

— Vlad, qu'en pensent les Exécuteurs ?

Kit agite la main sur son visage et ses traits se transforment en adoptant l'attitude sombre et découpée dans le marbre de Vlad.

— Soit nous la tuons, soit elle passe sous le Mandat et on lui interdit de faire un autre de ses tours, sous peine de mort, dit-il d'un ton de cérémonie.

— Oui, c'est bien le résumé de la décision à prendre, dit Kit dont le visage devient le mien. J'espérais que tu pencherais d'un côté ou de l'autre, pas que tu énumères nos choix.

— Les voyants sont utiles pour nous, et les voyants puissants le sont doublement, dit Vlad après un moment de réflexion. Mais ceci pourrait établir un précédent malheureux.

— Je vois que comme d'habitude, Vlad ne fera pas de choix, particulièrement, si cela semble favoriser un type de Conscient par rapport à un autre, dit Kit dont le visage alterne entre ceux de Chester et Darian.

— Je n'approuve pas la frivolité, dit Vlad en jetant un regard sévère à Kit.

— Dans ce cas, je propose que nous votions, dit-elle en reprenant son visage aux joues rondes normales.

— Je ne vois pas pourquoi, rétorque Darian.

— Voilà, enfin un terrain d'entente, dit Chester. Pourquoi voter si nous pouvons juste la tuer ici et maintenant ?

Il semble pressé de s'approcher et de personnellement couper la gorge de mon corps sans connaissance.

— Si Kit dit 'votons', nous votons, dit l'homme qui a placé la pierre autour de mon cou.

Sa voix possède un ton très ferme et la foule devient silencieuse et immobile.

Chester se force visiblement à se détendre.

— Votons, alors.

— Même si c'est un gâchis de notre temps précieux, dit Darian en pinçant les lèvres.

— Que tous ceux qui sont en faveur de la clémence se lèvent, dit Kit.

Vlad, Darian, Kit, celui qui a donné la pierre et quelques autres personnes se lèvent, mais la grande majorité reste assise.

Ils viennent de voter pour me tuer.

Celui qui m'a donné la pierre s'avance.

— Conseillers...

———

JE ME RÉVEILLE avec le rugissement du moteur du taxi. En ouvrant les yeux, je vois que nous sommes déjà en ville.

Était-ce un autre de mes rêves-visions ? Il semblait associer les deux sortes de rêves que j'ai eus avant. La première moitié de ce rêve est comme ce qui est arrivé à la télé. J'étais entièrement présente et j'ai tout vécu avec mes propres sens... et comme cette autre fois, c'était horrible. La deuxième moitié, celle qui a commencé quand je me suis évanouie, ressemblait aux épisodes de la morgue et de l'hôpital. Je suppose que si mon moi futur ne se trouve pas sur le lieu de la prédiction ou qu'il s'y trouve sans connaissance, je flotte comme un fantôme désincarné... cela aurait une forme de logique tordue.

Était-ce donc une vision ? Ou bien ai-je eu un étrange cauchemar qui n'avait aucun rapport avec l'avenir ?

J'espère fortement qu'il s'agit de la deuxième hypothèse, car ce Conseil, ou quoi que ce soit, a voté pour me tuer.

Vlad et Darian se trouvaient dans ce rêve, ce qui tend à prouver qu'il ne s'agissait que d'élucubrations aléatoires de mon cerveau au cours d'un cycle de sommeil paradoxal normal. Et il y avait bien trop de voix familières. Cela arrive parfois lorsque l'on rêve : le cerveau régurgite des expériences vécues quand nous étions éveillés et les retranscrit avec des bizarreries.

— Puis-je s'il vous plaît récupérer mon téléphone ? dis-je au chauffeur d'une voix rauque après ma sieste impromptue.

— Le voici.

Il décroche le téléphone du chargeur et il me le tend par-dessus son épaule sans se retourner.

Je prends le téléphone et je compose le numéro de Darian, même si je ne sais pas ce que je vais lui demander lorsqu'il décrochera.

— Bonjour, dit une voix robotique féminine après un bruit *dou-di-dou*. Nous vous informons que ce numéro n'est pas attribué ou qu'il n'est plus en service. Si vous pensez recevoir ce message par erreur, veuillez vérifier le numéro et essayer de rappeler.

Comme ce numéro est enregistré dans mes contacts et qu'il a fonctionné avant, il n'y a rien à vérifier. Ils devraient vraiment remettre à jour cet enregistrement automatique pour l'époque des téléphones portables.

Je me connecte à ma messagerie, je trouve le message le plus récent de Darian – celui qui comporte la vidéo de moi – et je réponds : Il faut qu'on parle.

Une réponse automatique me parvient presque instantanément, m'informant que mon e-mail est tombé dans l'équivalent Internet d'un trou noir.

Darian a effacé son profil de messagerie et résilié son numéro… mais pourquoi ?

J'appelle le studio et je demande Darian, mais on me dit que personne de ce nom ne travaille là.

Désespérée, j'appelle Kacie – la présentatrice télé –, mais je tombe sur son répondeur. Et quelque chose me dit que si elle répondait au téléphone, elle ne connaîtrait plus Darian.

Ce n'est pas bon du tout. La disparition de Darian confirme le rêve, car pourquoi disparaître s'il est juste un type normal ?

Vlad n'a jamais été normal pour commencer. Il faut que je parle de lui avec Rose : même si elle ne sait rien, il faut au moins que je l'avertisse de ses tendances à la violence.

Je compose le numéro de Rose, mais son téléphone sonne jusqu'à ce que son répondeur prenne la relève.

— Nous sommes arrivés, dit la voix à l'accent espagnol du chauffeur en interrompant mes pensées.

Il a raison. Nous sommes juste à côté de mon immeuble.

— Pouvez-vous signer un autographe sur l'un des billets pour moi ? demande-t-il d'un ton gêné.

— Bien sûr.

Je signe un dollar pour lui et je paie le reste du trajet en prenant soin de lui donner un pourboire très généreux.

C'est la première fois que quelqu'un m'a reconnue et cela aurait été vraiment bien si je n'avais pas dû gérer tous ces autres problèmes. Perdue dans mes pensées, j'entre pesamment dans mon immeuble et je prends l'ascenseur. Si ce rêve était une vision, ils – qui qu'ils soient – vont me tuer. Je dois les en empêcher. Mais comment ?

Jusqu'ici, j'ai l'impression que l'avenir n'aime pas changer. Pour preuve : je n'ai pas pu sauver Amie. Le changement que j'ai fait sur la scène du studio télé était possiblement un événement rare. Peut-être qu'à partir de maintenant, je vais avoir la malédiction de voir les événements désastreux sans pouvoir faire quoi que ce soit… en supposant que je ne me fasse pas tuer avant.

L'ascenseur tinte et je marche en ligne droite vers la porte de l'appartement de Rose.

Je sonne une fois et j'attends.

Rien.

Je sonne encore une fois, puis une troisième pour faire bonne mesure.

Toujours rien.

Je regarde à gauche et à droite pour m'assurer que les voisins ne me voient pas, puis je dévisse les boules du haut et du bas qui maintiennent les deux morceaux de mon piercing à la langue. Je retire l'ensemble et je le déplie pour former un jeu de crochets de serrure. Le type qui a fabriqué ce gadget pour moi construit des illusions pour les plus grands noms de Vegas, et cette chose a coûté une petite fortune.

Je travaille vite sur la serrure, j'ouvre la porte et j'entre dans l'appartement en ne sachant pas comment expliquer mon infraction à Rose si elle vient me saluer.

Rose n'est pas chez elle. Son chat non plus.

De nombreuses affaires de Rose ont disparu, ainsi que tous les accessoires du chat.

Vlad a peut-être emmené Rose en vacances ? Peut-être n'a-t-il pas aimé qu'elle soit proche des zombies qu'il a chassés l'autre soir ?

En verrouillant la porte derrière moi, je me dirige vers mon propre appartement.

J'ouvre la porte et je rappelle Ariel.

Un téléphone sonne dans sa chambre.

J'attends de voir si elle décroche, mais je tombe sur le répondeur.

A-t-elle oublié son téléphone ?

Je marche doucement jusqu'à la chambre d'Ariel, sans savoir pourquoi je suis discrète. Lorsque je suis près de la porte, j'entends de légers bruits venant de l'intérieur.

J'entre brusquement dans la chambre, sans frapper ou avertir.

Le canon froid d'un pistolet appuie contre mon front, m'arrêtant net.

CHAPITRE DIX-NEUF

— ARIEL ! crié-je. Pourquoi pointes-tu un pistolet sur moi ?

Elle baisse son arme.

— Sasha. D'où viens-tu ? Pourquoi n'as-tu pas frappé ? J'ai failli te tirer dessus.

En marquant une pause entre deux respirations haletantes, j'observe mon amie. Elle est vêtue d'un uniforme de combat standard de l'armée, et elle semble prête pour une mission d'opération spéciale.

— Où vas-tu dans cette tenue ?

Je me rends compte que je ne savais même pas qu'Ariel avait un pistolet dans notre appartement.

Des pensées fusent au hasard dans mon cerveau saturé par l'adrénaline pendant que je fixe l'arme. Et si elle ou moi tombions enceintes et que l'enfant hypothétique tuait un de ses amis avec ce pistolet ? Ou alors, légèrement plus réaliste, si Felix trouvait l'arme ? Il est bien trop facile de l'imaginer faire une imitation de Neo et se tirer dans le pied. Oh, et je croyais que c'était difficile d'obtenir un pistolet à New York… j'avais envisagé l'idée de faire le célèbre effet de la balle attrapée au vol, ainsi que la fausse roulette russe, mais j'avais mis ces idées en retrait, à cause des lois restrictives sur l'armement de la ville et plus largement, à cause de mon sens très développé de l'auto préservation.

Ariel glisse l'arme dans l'étui sur sa hanche.

— Je suis désolée. Je n'ai pas le temps de répondre à vingt questions.

— C'est au sujet de Beatrice, n'est-ce pas ? dis-je en ayant une intuition. Tu as découvert où elle se trouvait.

— Je dois vraiment partir. Je n'ai qu'une petite fenêtre de temps, dit Ariel sans me regarder dans les yeux, et je n'ai pas besoin des capacités à deviner la vérité de Nero pour savoir que je suis tombée dans le mille. Il y a bien un rapport avec Beatrice.

Je pose les mains sur mes hanches.

— Très bien. Où que tu ailles, je t'accompagne.

Ariel me jette un regard noir, puis elle marche jusqu'à son placard et elle en sort une longueur de corde : elle la pose sur son épaule à la façon d'un cowboy et elle se dirige vers la porte.

Je commence à la suivre.

Avec une vitesse surnaturelle, Ariel parcourt la distance entre nous et attrape mes coudes. Avant même que je puisse cligner des paupières, elle a tordu mes bras dans mon dos.

— S'il te plaît, ne bouge pas, dit-elle. Je ne veux pas te faire mal.

— Tu me fais déjà mal, me plains-je en essayant futilement de me dégager.

Je parviens seulement à me faire mal aux omoplates et je crie de douleur.

— Je suis désolée.

Ariel me traîne jusqu'à la chaise et elle me force à m'asseoir.

— Je me ferais pardonner, promis.

— Je ne veux pas que tu te battes pour moi, dis-je en réprimant un autre cri de douleur lorsqu'elle rassemble mes poignets. S'il arrive quelque chose…

— Je suis entraînée, pas toi.

Ariel commence à attacher mes poignets avec la corde.

Je deviens silencieuse, me concentrant entièrement sur la sensation de la corde contre ma peau. Mon agitation devient maintenant très calculée, mais pour Ariel cela ressemble sans doute aux derniers efforts d'une femme piégée.

Lorsqu'elle a terminé avec mes poignets, elle entoure mon torse et ma poitrine de corde.

— Ariel, réfléchis à ce que tu fais, s'il te plaît. Tu pourrais avoir besoin de moi. Et si j'avais une vision utile ? Je ne t'ai même pas encore parlé de ce qu'il y a eu à l'hôpital. Beatrice est dangereuse.

Ariel ne répond pas à mes suppliques. Évitant toujours mon regard, elle fait le tour pour m'examiner de l'avant. Après avoir étudié son travail, elle marche vers sa table de nuit et elle en sort une paire de menottes.

Malgré le sérieux de la situation, je ne peux m'empêcher de demander :

— Il se trouve par hasard que tu avais ça dans ta table de nuit ?

Ariel rougit, mais elle reste silencieuse en me traînant sur ma chaise jusqu'à la fenêtre. Elle menotte alors ma cheville au radiateur.

— Je reviens vite, dit-elle.

Elle attache son couteau M9 à sa tenue, prend son téléphone sur la table et part en ignorant mes supplications de dernière minute.

Dès qu'elle est sortie de la pièce, je commence à travailler sur la corde.

Les évasions sont un tour classique pour les illusionnistes, j'ai donc inclus cela dans les préparations de mon spectacle à venir. J'ai maîtrisé les cordes assez tôt, car j'avais des tonnes de corde après avoir ajouté une illusion de corde coupée puis réparée à mon répertoire au restaurant. Plus récemment, je me suis entraînée à sortir de camisoles de force et de menottes, et j'ai même fait des expériences avec une combinaison des trois.

Si jamais je trouve un petit-ami coquin, il faudra qu'il soit extrêmement doué pour m'attacher comme il faut.

Cependant, si j'ai le choix, je préfère ne pas être attachée avec de la corde, car c'est ce qui me prend le plus de temps. Heureusement, soit Ariel n'a jamais appris à attacher quelqu'un, soit elle était trop pressée pour le faire correctement. En outre, quand elle attachait mes poignets, j'ai réussi à gigoter juste assez pour me laisser un peu de marge.

Il ne me faut que quelques secondes pour libérer mes mains et le reste de la corde s'enlève après avoir remué un peu plus, comme dans un pull trop serré.

Les crochets dans ma langue détachent les menottes en quelques secondes de plus.

Une fois libre, je bondis sur mes pieds et je fonce dans ma chambre en faisant attention à ne pas écraser Fluffster.

J'attrape les billets de Nero, un anorak et mon écharpe préférée – que j'utilise également pour me bander les yeux quand je travaille au restaurant – puis je poursuis Ariel en courant, renversant presque la table basse du salon.

Juste au moment où je claque la porte de l'appartement derrière moi, je vois les portes de l'ascenseur se refermer.

Ignorant les protestations de mes pauvres jambes, je me précipite vers l'escalier et je file en bas en sautant plusieurs marches à la fois.

La dernière fois que j'ai utilisé l'escalier, c'était quand nous avons eu une panne de courant après une tempête hivernale brutale et l'épaisse couche de poussière sur les marches en ciment me fait penser que mes voisins ne les ont pas non plus utilisées depuis.

Lorsque j'atteins le rez-de-chaussée, les muscles de mes mollets brûlent comme si on venait de me marquer au fer rouge et je halète comme un chien qui a trop chaud. J'espère vraiment que mes jambes deviendront musclées grâce à toute cette course : ce serait agréable de retirer quelque chose de positif de l'afflux de zombies dans ma vie.

Restant toujours dans le cardio, je me dirige vers la sortie du bâtiment. Je sors en courant et je vois Ariel monter dans une Hyundai Sonata verte avec un autocollant Uber à l'arrière.

Je sprinte vers la route, sortant un billet de cent dollars de la liasse de Nero dans ma poche.

La Sonata met le clignotant à gauche. Elle est sur le point de partir.

J'agite mon billet de cent devant un taxi jaune qui passe et je regarde le chauffeur sikh dans les yeux.

Il s'arrête à côté de moi en faisant crisser ses freins.

Je saute immédiatement à bord.

— Suivez cette Hyundai Sonata verte, lui dis-je après avoir expulsé le nuage de caoutchouc brûlé de mes poumons. Si vous ne la perdez pas, je vous donnerai le compteur plus ce billet de cent.

— Compris, dit le type et le taxi part si vite en avant que je subis un léger coup du lapin.

Nous collons immédiatement la Sonata de près. On peut dire ce qu'on veut sur Uber, mais les chauffeurs de taxis jaunes sont supérieurs quand il s'agit de manœuvres agressives.

Je glisse derrière le chauffeur en espérant que son turban me cache au cas où Ariel jetterait un coup d'œil en arrière. Sauf si elle m'aperçoit, je ne pense pas qu'elle puisse se rendre compte qu'elle est suivie. Les taxis jaunes sont si courants qu'ils sont presque invisibles.

Alors que nous nous faufilons à travers la circulation, je laisse mon esprit revenir au dernier rêve de prédiction et j'essaie de l'incorporer à ce que j'ai entendu au sujet de mon nouveau paradigme.

Le mot 'Conscient' avait une place prépondérante. D'après le contexte, il semblerait que les gens de cette pièce se nommaient ainsi. De plus, la façon dont ils prononçaient le mot 'humain' sous-entend qu'un Conscient n'est pas humain, bien que je puisse avoir mal compris cette partie-là. Le plus intéressant, c'est que je semble faire partie de ces Conscients, et ma performance télé a rompu une règle chez eux… si je me souviens bien, une règle ayant un rapport avec la foi.

Se pourrait-il que j'aie commencé à voir le futur dans mes rêves simplement parce que beaucoup de personnes dans le monde croient à tort que je suis médium ? Le timing semble correspondre. De plus, j'ai ressenti ce premier flot d'énergie juste au moment où beaucoup de gens m'ont vu sur scène.

Mais non. Passer à la télé ne peut pas vous donner des pouvoirs, sinon tous les faux médiums deviendraient également réels. D'un autre côté, le Conseil a parlé comme si le fait d'être Conscient était un facteur essentiel. Spécifiquement, que les Conscients ont pour interdiction de faire exactement ce que j'ai fait. Se pourrait-il que lorsque suffisamment de personnes croient qu'un Conscient est capable de quelque chose, celui-ci obtienne ce pouvoir ? Si c'est le cas, j'aurais bien aimé faire autre chose ce soir-là, comme un de mes effets de télékinésie. J'ai plusieurs méthodes pour paraître bouger des objets avec mon esprit.

Il est vrai que cette histoire de foi pourrait également expliquer autre chose : la raison pour laquelle Darian a insisté afin que je ne nie pas ouvertement être une médium à la télé. Il savait qu'il ne pourrait pas me pousser à prétendre cela, mais laisser planer l'ambiguïté suffisait à ce que des tonnes de gens supposent que mes pouvoirs sont réels... et donc, d'après cette théorie, de me donner les pouvoirs. Quant à sa motivation, on aurait dit qu'il voulait une autre voyante, ce à quoi Chester s'opposait...

— Ils semblent se rendre à JFK, dit mon chauffeur en ramenant mon attention vers la course-poursuite.

— Pourquoi pensez-vous cela ?

En regardant par la vitre, je constate que je me trouve à Brooklyn pour la deuxième fois de la journée.

— Une intuition professionnelle, dit le chauffeur. Si c'est bien là qu'ils se rendent, voulez-vous quand même les suivre ?

— Oui, dis-je même si mes espoirs s'estompent. Si Ariel a l'intention de prendre un vol, ce sera très difficile de la suivre avec discrétion.

Pour calmer ma nervosité liée à l'attente, je sors un paquet de cartes et je répète quelques gestes qui ne sont pas encore entièrement naturels. Tous les vêtements que je possède contiennent au moins un paquet de cartes.

Effectivement, peu de temps après, la voiture d'Ariel prend la sortie de l'aéroport JFK et nous la suivons jusqu'au Terminal 5.

— Merci, dis-je au chauffeur.

Je range les cartes et je lui jette deux billets de cent dollars.

Comme je n'ai pas le temps d'attendre la monnaie, je laisse le chauffeur fou de joie et je me précipite à la suite d'Ariel.

Comme d'habitude, la zone de dépôt des passagers est remplie de gens, ce qui est utile, car Ariel aura moins de chances de m'apercevoir si elle se retourne.

Elle ne se retourne pas. À la place, elle passe sans s'arrêter par les portes vitrées qui tournent.

Je la suis en restant à quatre mètres d'elle et en prenant soin de garder aux moins quelques personnes entre nous.

Comme toujours, chaque fois que j'entre dans un aéroport, particulièrement JFK, j'ai des flash-back désagréables qui me renvoient à l'incident que j'ai raconté à Lucretia. Une boule se forme dans ma gorge en repensant à ces vieux souvenirs, et je les repousse. Je ne veux surtout pas perdre ma concentration et laisser Ariel partir… non pas que je sache comment la suivre dans un avion alors que je n'ai pas de billet ni la moindre idée de sa destination.

Je dois cependant essayer.

Je suis Ariel à travers la foule pendant quelques

minutes et chaque fois que j'en ai l'occasion, je jette un coup d'œil aux prochains départs. D'après le tableau, il est 12 h 37, alors Ariel pourrait se rendre à Houston, au Texas, par le vol de 13 h 15, ou alors elle pourrait prendre n'importe lequel des douzaines de vols plus tardifs vers d'autres destinations.

Je me souviens alors du pistolet d'Ariel et la théorie de son voyage en avion devient moins probable. La sécurité ne vous laisse pas prendre de pistolet dans l'avion, même si vous vous rendez dans un paradis des armes à feu comme le Texas. Même moi – une experte dans l'art de cacher des choses sur soi – je ne prendrais pas le risque de faire passer quelque chose d'aussi gros qu'un pistolet. Ariel n'a aucune chance d'y arriver.

Au bout de quelques minutes de plus, il devient évident qu'elle ne se dirige pas vers la sécurité de toute façon. À la place, elle va vers l'arrière du terminal et elle déverrouille une porte discrète par laquelle elle s'engouffre.

Je pique un sprint comme si j'avais un zombie sur les talons et je bloque la porte avec mon pied avant qu'elle se referme.

J'attends ensuite quelques respirations pour m'assurer qu'Ariel est suffisamment éloignée avant d'ouvrir la porte et de passer.

Pour la deuxième fois aujourd'hui, j'ai un pistolet collé à mon front.

— Sasha !

Sans l'arme mortelle dans sa main, les yeux écarquillés d'Ariel auraient pu me sembler comiques.

— Comment es-tu arrivée ici ?

— Peux-tu arrêter de pointer ton arme sur moi ?

Je lève les mains en montrant les paumes.

— Je suis certaine que tu pourrais te faire arrêter pour avoir introduit une arme dans un aéroport.

Ariel baisse le pistolet et fait un pas en arrière en se frottant la tempe d'une main.

— Je ne vais pas te laisser y aller sans moi, dis-je en croisant les bras.

Ariel range le pistolet dans son étui.

— Si, c'est ce que tu vas faire.

Je pose la main sur la poignée de la porte. Je pourrais sûrement m'échapper avant qu'elle m'attrape, mais je n'en suis pas certaine.

— Si tu me touches encore une fois, c'est terminé.

Je suis tellement frustrée que je ne peux m'empêcher de lui faire ce coup bas.

— Je te le promets, ce sera fini entre nous. Je prendrai mon propre appartement et je ne te parlerai plus jamais. Les amis ne traitent pas leurs amis de cette façon…

— J'essaie de te protéger, dit Ariel en grinçant des dents et je ressens une pointe de culpabilité.

— Je peux prendre soin de moi, dis-je en souhaitant avoir l'assurance que j'essaie de communiquer. En outre, tu ne m'as pas laissé l'occasion de tout te raconter. J'ai eu d'autres visions. Il y a eu ce Conseil…

Lorsqu'elle entend le mot 'Conseil', Ariel prend l'expression de quelqu'un qui vient de prendre une gifle. Il est clair qu'elle veut me poser des questions, mais elle ne dit rien.

Cela a peut-être un rapport avec ses saignements ?

— Je comprends que tu ne puisses rien me dire, mais tu peux m'écouter, dis-je en ayant une autre intuition. Je sais que je fais partie des Conscients.

Les yeux d'Ariel menacent de sortir de leurs orbites.

— Dans ma vision, j'étais en vie quand j'ai parlé à ce Conseil, donc sauf si c'est là que tu te rends maintenant, je vais survivre où que j'aille.

Je ne dis pas que je pourrais bien avoir du mal à survivre au Conseil lui-même.

Ariel fronce les sourcils avant de secouer la tête.

— Je ne comprends pas, mais je n'ai pas le temps d'en discuter.

— Alors, prends-moi avec toi et je te l'expliquerai en route, dis-je en l'observant de près en cas de mouvements soudains.

— Très bien, mais je dois te bander les yeux jusqu'à ce que nous arrivions à destination.

Elle indique mon écharpe.

— Marché conclu, dis-je en la retirant.

Je suis vraiment ravie de ne jamais avoir montré à Ariel ce que je sais faire avec ce vêtement en particulier.

Ariel tend la main pour prendre mon écharpe et elle s'avance vers moi.

— Attends, dis-je en reprenant la poignée de porte dans ma main. Tout d'abord, tu dois jurer que tu vas vraiment me prendre avec toi. Si ça se trouve, tu vas me bander les yeux et m'assommer ou m'attacher… ou faire autre chose que je n'attendrais jamais de la part de ma meilleure amie.

— Je le jure, dit-elle solennellement. Et je suis désolée d'avoir tordu tes bras à l'appartement. J'essayais…

— De me protéger. Je comprends et je n'apprécie pas.

Je pose l'écharpe sur mon épaule et je tourne le dos vers Ariel.

— Tout est pardonné et oublié… si tu me prends avec toi.

Jusqu'à maintenant, je n'ai jamais eu besoin de compter sur la parole d'Ariel, alors je m'attends encore à moitié à me faire assommer au lieu de me faire bander les yeux. Si nos rôles étaient inversés – si je pensais vraiment qu'Ariel était en danger et que rompre une promesse pouvait la sauver –, je le ferais sans doute. D'un autre côté, je ne suis pas gênée par la tromperie, car je suis magicienne.

Heureusement, il devient vite apparent qu'Ariel est plus honorable que moi. Au lieu de m'assommer, elle pose l'écharpe sur mes yeux et le seul signe de son déplaisir est la façon dont elle le serre fort autour de ma tête… peut-être bien que j'entends mon crâne craquer à cause de la pression. Cependant, ce qu'Ariel ne comprend pas, c'est que plus le bandeau est serré, plus il est facile pour moi de voir malgré lui. Quand je l'utilise au restaurant, je souligne toujours à quel point je veux qu'on le serre autour de ma tête.

Le travail les yeux bandés est un classique du mentalisme, car le public est toujours marqué par le fait de voir sans les yeux. Il y a des dizaines de méthodes pour y voir quand on a les yeux bandés et mon écharpe est parfaite pour la plus ancienne des méthodes classiques : regarder le long du nez. Tout ce qui se trouve en dessous de mon nombril est clair comme l'eau de roche, comme si je n'avais pas du tout les yeux bandés et… et c'est pour cela que mon écharpe est particulièrement pratique – le tissu n'est pas aussi épais qu'il y paraît, ce qui me permet de voir des ombres vagues dans les pièces bien éclairées.

— Tiens-moi la main, dit Ariel en m'attrapant comme une maman qui promène son enfant de cinq ans sur Broadway.

Je fais ce qu'elle me dit et nous commençons à marcher à toute vitesse dans le couloir.

— Dis-moi tout.

La main d'Ariel est froide… un signe évident de stress.

Je lui parle des rêves et de ma confrontation avec Amie.

Comme prévu, elle ne clarifie rien.

— J'ai eu une idée, dis-je.

Afin de faire semblant d'être aveugle – et peut-être un peu par vengeance –, je marche sur le talon de sa botte droite.

— Je sais que tu ne peux rien me dire, mais peux-tu me chanter les explications ?

— Non.

Ariel me traîne par une autre porte.

— Et les textos ? Ou si tu le tapes en morse dans la paume de ma main ?

— Non, répond Ariel en passant un coin.

— Et le louchebem ?

— Non.

— Je remarque que tu peux dire 'non' quand je dis quelque chose de bête, alors c'est peut-être une façon afin que tu puisses confirmer des choses. Par exemple, sommes-nous en ce moment dans le Pentagone ?

Ma question n'est pas juste une plaisanterie : les couloirs labyrinthiques par lesquels nous passons seraient plus à leur place là-bas que dans l'aéroport JFK.

— Non, dit Ariel.

— Je suis une Consciente, dis-je et Ariel ne répond pas.

Je le prends comme une confirmation.

— Felix a une petite amie, dis-je ensuite.

Ariel glousse sans humour.

— Non.

— Tu es aussi une Consciente, dis-je.

L'absence de réponse confirme mon soupçon.

— À partir de maintenant, il faudra rester silencieuse, dit Ariel lorsqu'elle ouvre une porte.

Nous entrons dans une pièce dont le sol est constitué d'une sorte de matériau chromé glissant qui donne l'impression de se tenir sur un miroir. D'après l'écho de nos pas, j'estime que la pièce doit être immense, et le reflet du plafond sur le sol brillant confirme ma supposition.

Nous sommes entourées par l'éclat d'une lumière multicolore, mais je ne peux pas être sûre de la source de cette lumière sans pencher la tête en arrière, ce que je n'ose pas faire, car je ne veux pas révéler à Ariel le petit trou secret le long de mon nez.

Elle me serre la main avec plus de force et elle me tire dans la direction d'une lumière violette.

Lorsque nous nous trouvons à quelques mètres, en regardant le long de mon nez, je vois la moitié inférieure de la source de lumière – et il me faut faire usage de toute ma maîtrise de moi pour ne pas serrer la main d'Ariel de surprise.

À l'université, dans mon cours d'introduction à la physique, nous avons parlé du plasma : le quatrième état de la matière, les autres étant liquide, solide et gazeux. Si quelqu'un devait faire une sphère aplatie en 3D à partir de plasma, et la faire briller de couleur violette, cela ressemblerait sans doute à ce qui se trouve devant moi. C'est comme si quelqu'un avait pris la foudre – qui est du plasma – l'avait comprimée en un cercle et colorée en violet. Cela m'évoque vaguement l'énergie magique que j'ai vue sortir des mains de Beatrice... mais en beaucoup plus grand et plus impressionnant.

— Nous sommes sur le point de ressortir, me ment Ariel... en tout cas, je suppose que c'est ce qu'elle fait, car elle me traîne vers le cercle géant de lumière violette.

Lorsque sa jambe droite franchit le seuil du plasma, sa jambe disparaît.

Je retiens un petit cri d'admiration. Ce doit être le jeu d'acteur le plus difficile que n'importe quel magicien au cours de l'histoire a dû effectuer pour maintenir le secret des yeux bandés.

Étant donné qu'Ariel ne hurle pas à cause de sa jambe manquante, je suppose que sa disparition est seulement une illusion visuelle.

Le reste du corps d'Ariel suit son pied dans la lumière. Seule sa main reste visible maintenant… la main que je ne peux m'empêcher de serrer un peu plus fort lorsque je la suis.

Ma jambe disparaît également et je ne ressens aucune douleur. En fait, je ne ressens rien d'inhabituel.

Passant entièrement dans le plasma, je lutte contre la tentation terrible d'enlever la stupide écharpe de mon visage.

Le sol en miroir au-dessous de mes pieds ressemble exactement à celui de la pièce que nous venons de quitter, mais ce que je vois reflété dans ce miroir n'est pas du tout pareil.

Nous ne sommes plus à l'aéroport JFK, ni même sur la planète Terre.

Nous venons d'entrer dans un monde complètement extraterrestre.

CHAPITRE VINGT

LE CIEL au-dessus de nous est d'une couleur violette fluorescente... de la sorte qu'ils utilisent dans les peintures psychédéliques pour lumière noire. Les nuages sont roses et ressemblent à des boules de barbe à papa paradisiaque.

Quand j'étais petite, j'étais atteinte d'une forme grave de ce que ma mère appelait le 'pourquoi-isme'... je demandais pourquoi à peu près une fois toutes les demi-heures. Je me souviens avoir été particulièrement curieuse au sujet des quatre grandes questions : Pourquoi est-ce qu'il est si ennuyeux de rester tranquille ? Pourquoi le sucre est-il sucré ? Pourquoi l'eau est-elle mouillée ? Et – ce qui relève de la situation actuelle – pourquoi le ciel est-il bleu ?

J'ai appris plus tard pourquoi mes parents avaient eu tant de mal à expliquer cette dernière question à une enfant de cinq ans : la réponse est si complexe que je ne la comprends que vaguement maintenant, en tant qu'adulte. La version courte est que la lumière venant du soleil possède toutes les couleurs en elle, les couleurs étant de la lumière de différentes longueurs d'onde, mais l'atmosphère – l'oxygène et le nitrogène – diffracte cette lumière d'une façon qui pousse les longueurs d'onde plus courtes à frapper nos yeux. Les longueurs d'onde les plus courtes sont le bleu et le violet, mais à cause de la façon dont fonctionnent nos yeux, nous ne percevons que le bleu.

De plus, même si la couleur des nuages ne m'intéressait pas quand j'étais petite, je sais maintenant qu'ils apparaissent blancs parce que les molécules d'eau ne sont pas aussi sélectives que l'oxygène et le nitrogène dans la façon dont elles diffractent la lumière. Ainsi, lorsque la cacophonie de toutes les couleurs frappe nos yeux, nous les percevons en blanc.

Pas en rose, comme les nuages au-dessus.

Ma respiration s'accélère et c'est alors que je me rends compte que l'air est inhabituellement épais et sucré quand je l'inspire. Cet endroit pourrait-il avoir une atmosphère différente aussi ? Et si c'est le cas, n'est-ce pas dangereux à respirer ?

J'ai le tournis en pensant à la qualité de l'air. Bien sûr, cela pourrait aussi être parce que je ne reçois pas assez d'oxygène. Et maintenant que je suis paranoïaque, je pourrais aussi jurer que mes pas sont plus légers que d'habitude. La gravité est-elle légèrement différente ?

Si Ariel ne m'avait pas interdit de parler, je poserais toutes ces questions maintenant, mais je ne le peux pas… d'autant plus que je ne suis pas censée voir tout cela.

Ariel continue à m'éloigner du portail et elle n'est manifestement pas impressionnée par tout ceci. C'est comme si nous faisions juste une promenade en forêt.

Il me vient une idée foireuse. Et si le sol réfléchissant créait cette illusion de la couleur du ciel ? Comme Ariel a le dos tourné, je prends le risque d'incliner la tête en arrière et de lever légèrement le bandeau pour regarder directement le ciel.

Le ciel reste violet et les nuages roses.

La seule différence est que dans mon point de vue élargi, j'aperçois d'autres éléments impossibles, comme deux lunes, l'une étant légèrement plus petite que celle à laquelle je suis habituée, et l'autre ayant deux fois sa taille. Il y a également une sorte d'anneau comme celui de Saturne qui tourne autour de nous… peut-être les restes d'une troisième lune ?

Il me faut un effort de volonté énorme pour arrêter de regarder le ciel d'un air hébété et baisser la tête. Lorsque je le fais, j'aperçois nos environs immédiats. Nous nous tenons sur une grande surface réfléchissante de la taille de Madison Square Garden, et tout autour de sa circonférence se trouvent des portails de plasma multicolore. Chaque portail est frappé de façon répétée par la foudre des nuages roses au-dessus, mais aucun tonnerre ne parvient à nos oreilles.

In-cro-yable…

L'émotion que la magie essaie de convoquer chez les spectateurs est l'émerveillement. En tant que magicienne, je suis malheureusement limitée dans le nombre de fois que je peux ressentir cette émotion, car je connais trop de secrets. Cependant, ce que je viens de voir ouvre les vannes constipées de mon émerveillement, et j'ai l'impression que je pourrais m'y noyer.

En remettant l'écharpe en place avec des doigts tremblants, j'essaie de mettre à jour le paradigme de mon monde avec ce nouveau développement tout en continuant à marcher. Sauf si je dors, je dois me trouver sur une autre planète, peut-être même dans un univers différent... ou monde, ou dimension, ou monde parallèle, ou quoi que ce soit. Et je suis arrivée ici au moyen de quelque chose comme le Stargate, un artefact de téléportation magique de style trou de ver.

Bien sûr, à mesure qu'Ariel m'entraîne plus loin, une part de moi me hurle des explications rationnelles. Par exemple, quelqu'un pourrait facilement créer un dôme géant et y afficher le ciel et les nuages étranges, comme dans *Le Truman Show*. Oui, il n'y a aucune raison afin que quelqu'un prenne la peine de faire cela pour moi, mais n'est-ce pas une explication plus facile à avaler qu'un 'autre monde'? D'un autre côté, l'autre monde reste moins étrange que la nécromancienne. Après tout, c'est un fait qu'il existe d'innombrables autres planètes, et les trous de ver ou les univers alternatifs sont expliqués par certaines théories scientifiques légitimes.

Est-ce de là que viennent les Conscients? D'un endroit comme celui-ci? Cela expliquerait pourquoi le

Conseil ne se considère pas comme faisant partie des humains… mais cela soulève également un million d'autres questions. Pourquoi semblons-nous – c'est si étrange de m'inclure là-dedans – si humains ? Les Conscients viennent-ils d'un monde ou d'un univers parallèle où l'évolution – ou la création – a conduit à des êtres ressemblant exactement à des humains, mais avec quelques caractéristiques étranges, comme la tendance à manifester les pouvoirs que les humains normaux leur attribuent ?

Si je ne trouve pas le moyen d'obtenir rapidement mes réponses, mon cerveau va exploser de curiosité.

Sur un coup de tête, je glisse la main qu'Ariel ne tient pas dans ma poche et j'escamote mon téléphone.

Les magiciens ont une technique pour cacher des objets, en général des cartes, dans la paume de la main. Étant une fille, mes mains sont petites, ce qui est un désavantage dans ce domaine, mais je le compense par la pratique régulière. Souvent, je dors, je mange et je pars au travail avec une carte – ou une pièce de monnaie, ou encore un téléphone – cachée dans la main en utilisant une variété de méthodes, certaines étant inventées par moi.

Par exemple, je tiens maintenant mon téléphone de telle manière que le dos de ma main cache l'objet à la vue d'Ariel, même si elle devait se tourner et me regarder.

Il est maintenant 12 h 41. Cela signifie que nous marchons dans ces tunnels secrets depuis moins de dix-huit minutes. Je ne suis pas étonnée de voir que le téléphone ne capte pas et le GPS ne fonctionne pas lorsque j'affiche l'application de localisation. Le plus étrange, c'est la façon dont l'icône de la boussole se comporte : la flèche numérique tourne en rond sans s'arrêter, comme une toupie dans un rêve d'*Inception*. Les téléphones n'ont pas de boussole traditionnelle, pas de minuscule élément tournant sur son axe intégré, mais ils ont un magnétomètre qui remplit la même fonction.

Y a-t-il quelque chose dans ce monde qui perturbe le magnétomètre, ou bien la flèche tourne-t-elle seulement à cause de l'absence de signal GPS ?

En rangeant mon téléphone dans ma poche, je suis Ariel pendant encore une dizaine de minutes jusqu'à enfin voir notre destination : un portail bleu. En dehors de sa couleur, il ressemble exactement au portail que nous avons traversé pour venir. Ariel se met à marcher plus vite lorsque nous nous en approchons et je dois accélérer le pas pour rester à sa hauteur, malgré la douleur violente des muscles de mes jambes.

Comme avant, Ariel disparaît dans le portail, son bras tendu planant dans les airs pendant quelques secondes avant de m'attirer à mon tour.

Cette fois, je la suis avec enthousiasme, me demandant si j'ai raté des sensations étranges en traversant le premier portail.

La sensation de traverser est très brève et subtile, mais… et cela pourrait déjà être mon imagination trop stimulée… je crois que je sens *quelque chose* : une apesanteur momentanée et une touche d'odeur d'ozone. C'est peut-être ce que l'on ressent quand on est dissous molécule par molécule dans un endroit et instantanément réassemblé à notre destination. En supposant que c'est ainsi que fonctionnent ces portails.

Une pensée folle me vient. Si quelques molécules sont perdues au cours du trajet, pourrais-je avoir l'air plus mince ?

Nous arrivons dans une pièce avec un toit, où le reflet du plafond semble identique à celui que j'ai vu à JFK. J'aperçois également d'autres portails.

Lorsque nous sortons de cette pièce, nous finissons dans un couloir avec un sol qui ressemble également à celui de JFK.

Sommes-nous revenues en arrière ?

Non.

Ce serait inutile.

Il doit y avoir une meilleure explication.

Je cache à nouveau mon téléphone et j'y jette un coup d'œil.

Il est 12 h 43, ce qui n'est pas logique. Nous avons marché pendant plus de dix minutes dans cet endroit inconnu et encore environ trois minutes de plus lorsque nous sommes ressorties. Ces dix minutes manquantes seraient-elles par hasard causées par le manque de réception du téléphone ? Ou bien, et c'est une possibilité plus intrigante, le temps passé dans cet endroit au ciel violet ne compte-t-il pas ici sur Terre ? Le temps passe peut-être plus lentement là-bas ?

Encore une fois frustrée par l'absence de réponse, je

lance l'application de localisation et je vois que le signal GPS est revenu.

D'après le téléphone, nous sommes toujours dans un aéroport, mais pas à JFK. À la place, nous sommes à LAS, l'aéroport international McCarran de Las Vegas, Nevada. C'est-à-dire quatre mille kilomètres plus loin. Une distance que nous avons semblé parcourir à pied, même si d'après mon téléphone, une telle promenade prenait normalement plus d'un mois, ou trente-sept heures en voiture, ou cinq heures en avion.

Manifestement, le portail que nous venons d'utiliser fait gagner un temps énorme à ses utilisateurs, les Conscients.

En cachant à nouveau mon téléphone, je suis Ariel et nous sortons de la version LAS des labyrinthes pour arriver dans le terminal.

La foule ici n'est pas aussi terrible qu'à JFK, mais elle est assez fournie pour que je me demande pourquoi personne ne confronte cette fille qui dirige son amie aux yeux bandés comme un chien d'aveugle. Je suppose qu'ils pensent tous qu'il s'agit de quelque chose de pervers et qu'ils prennent très au sérieux le dicton 'ce qui arrive à Vegas reste à Vegas'.

En nous dirigeant vers la sortie du terminal, Ariel sort un téléphone de sa poche et tapote quelque chose.

Une voiture nous attend quand nous sortons, alors je suppose qu'Ariel a commandé un chauffeur.

Elle me guide jusque dans la voiture et nous commençons à rouler. Je suis déçue de voir qu'Ariel ne discute pas du tout de notre destination avec le conducteur. Elle ne lui parle pas, il se contente de suivre les directions de l'application.

Comme mon corps cache ma poche droite de la vue d'Ariel, je sors encore une fois discrètement mon téléphone. Il ne reste plus beaucoup de batterie, ce qui est logique, car elle n'a été chargée que pendant quarante minutes dans le taxi. Tant pis, il vaut mieux que j'utilise ce qu'il reste pour surveiller notre trajet.

Je ne mets pas longtemps à constater que nous nous dirigeons vers le célèbre Strip de Las Vegas.

Étant donné qu'Ariel n'a pas encore dit que je pouvais parler, je ne prononce pas un mot avant que la voiture s'arrête.

D'après le GPS, nous nous trouvons au Luxor Hotel… un endroit que je rêve de visiter depuis des années, car c'est à cet endroit que Criss Angel produit régulièrement son spectacle *MindFreak*.

Une pensée à moitié formée me traverse l'esprit. Se pourrait-il que je prenne part au canular le plus élaboré qui ait jamais été créé ? Est-ce qu'Ariel a pu contacter Criss Angel et lui dire à quel point je suis fan ? Peut-être a-t-il proposé de me faire participer à une émission de télévision du genre *Punk'd* avec un énorme budget. Derren Brown, un mentaliste britannique, a un jour convaincu un type qu'une météorite avait frappé la Terre causant une apocalypse de zombies. Se pourrait-il que quelque chose de ce genre soit derrière toutes les choses insensées que j'ai traversées ?

Si c'était le cas, ce serait un bon endroit pour tout révéler.

Le problème avec cette idée est la question perturbante du 'comment'. La seule façon dont je peux expliquer ce que j'ai vu avec un minimum de plausibilité, c'est par l'intermédiaire d'hallucinogènes aussi puissants que ceux que l'Épouvantail a utilisés dans *Batman Begins*. En y réfléchissant bien, il s'agit du film préféré d'Ariel, alors cela pourrait être l'inspiration de tout ceci. Mais comment quelqu'un pourrait-il diriger les hallucinations afin qu'elles causent des rêves prémonitoires ? Cette théorie s'effondre complètement sous l'analyse, peu importe à quel point j'aimerais que l'on me trompe – particulièrement s'il s'agit de Criss Angel.

Nous quittons la voiture et nous entrons dans l'hôtel. Je déteste de plus en plus mon bandeau.

J'aimerais pouvoir admirer la déco Égyptienne de l'endroit.

Le Luxor est si grand que je perds vite la notion de l'endroit où Ariel me conduit et mon téléphone finit par rendre l'âme, alors il ne peut pas m'aider.

Nous nous arrêtons devant une porte et Ariel s'éclaircit la gorge.

— Tu peux retirer ton bandeau maintenant.

J'arrache le bandeau de mon visage et je fais semblant d'avoir besoin de temps afin que mes yeux s'habituent à la lumière vive.

Des posters tout autour m'informent que nous nous trouvons près de l'attraction du Luxor, la moins intéressante pour moi : *Les Corps... L'exposition*. Un grand panneau sur la porte devant nous indique que le spectacle est fermé pour rénovation et qu'il rouvrira demain.

Ariel m'a un jour accompagnée à une version de cette exposition au South Street Seaport. J'ai été à la fois impressionnée et dégoûtée. En gros, les créateurs de l'exposition ont pris quelques personnes mortes, les ont écorchées – et dans quelques cas, ils ont retiré la viande des os – et les ont arrangées dans des poses différentes. Parfois, ils ont augmenté le côté repoussant en exposant le cerveau d'un cadavre, d'autres fois, ils font tenir sa propre peau ou ses organes au squelette n'ayant plus que les muscles sur les os. Ou alors ils se contentent d'exposer le système de circulation sanguine en forme d'arbre. Si Hannibal Lecter, Leatherface, Freddy et Jason décidaient tous de faire de l'art, leurs œuvres seraient à leur place dans cette exposition. Ce qui avait rendu la visite encore plus atroce, c'était qu'Ariel – qui travaille avec des cadavres pour ses études – ajoutait tout le temps des détails croustillants, comme à quel point le travail de vivisection était réussi.

— Elle est là.

Ariel tire sur la porte, mais elle semble être verrouillée.

— Es-tu sûre de vouloir prendre part à tout ceci ?

Je comprends enfin.

Beatrice, une nécromancienne, se trouverait naturellement dans un endroit morbide comme l'exposition des corps. Elle s'occupe sans doute des rénovations en question et s'amuse à jouer avec tous les corps déshydratés et mutilés.

— N'est-ce pas un endroit dangereux pour s'occuper de quelqu'un comme elle ?

J'examine le verrou de la porte et je tourne la poignée plusieurs fois.

Ariel ne répond pas, mais elle sort un pistolet, ce qui suffit pour réponse. Elle a dû correctement déduire que Beatrice allait envoyer d'autres corps à ma poursuite et que je ne survivrais pas à la prochaine vague. D'une façon ou d'une autre, elle a appris où se trouvait Beatrice, a évalué les risques et a décidé de s'armer jusqu'aux dents.

Parfois, j'ai l'impression qu'Ariel ne suit qu'un seul principe dans la vie : Que ferait Batman ?

— Je suppose qu'elle traîne toujours avec des corps de toute façon, dis-je sans savoir qui j'essaie d'encourager. De plus, elle peut faire des corps quand elle veut en tuant des gens innocents. Oh, et je crois que plus les corps sont vieux, pire est…

— Je crois vraiment que tu devrais rester ici, dit Ariel d'un ton sec.

— Non.

Je sors mes crochets de serrure et je déverrouille la porte devant nous.

— Allons-y.

En soupirant profondément, Ariel passe devant et pénètre dans l'exposition.

Les gens – en supposant qu'il s'agissait de *gens* – de l'exposition du Luxor ont clairement décidé de prendre le côté morbide de l'exposition de New York et de l'augmenter de plusieurs crans de dégoûtant.

Je vois un corps squelettique sur un vélo et un autre montant un cheval sans peau. De nombreux sports sont représentés, car tout le monde sait que les morts adorent le sport. Il y a un cadavre qui jette une balle de base-ball, un autre qui tient un ballon de basket, un qui joue au foot, un autre qui joue aux échecs – hé, c'est un sport de l'esprit – un qui jette une lance et un autre avec un club de golf. Les autres corps jouent aux cartes – si c'est du poker, c'est un autre sport de l'esprit – et un cadavre au crâne vidé dirige une symphonie avec un bâton. Et si cela ne suffisait pas à vous faire songer à votre mortalité, il y a également le corps d'une femme enceinte, exposant ses entrailles et un fœtus pâle et mort.

Nous trouvons Beatrice à côté d'un cadavre qui a été scié en deux moitiés qui se tapent dans les mains. Elle se trouve derrière les deux moitiés, travaillant sur l'une d'elles avec une espèce d'instrument en métal.

— Je suis désolée, dit-elle en voyant Ariel. Nous sommes fermés pour travaux aujourd'hui. Veuillez revenir demain.

Puis son regard tombe sur moi et elle écarquille les yeux avant de froncer les sourcils.

Ariel lève son pistolet et retire le cran de sûreté.

— Il faut qu'on parle, Beatrice.

La nécromancienne lève les mains et l'outil qu'elle tenait claque sur le sol.

— Comme tu le vois, je t'ai trouvée, dit Ariel et

même si elle ne s'adresse pas à moi, la malveillance de sa voix me donne des frissons. Si tu ne laisses pas mon amie tranquille, je te retrouverais… ou je ferai en sorte que d'*autres* te trouvent.

— Je comprends, dit Beatrice d'une voix tremblante. Je ne veux pas de…

Avant qu'elle ait terminé de parler, de l'électricité jaillit de ses mains dans les deux moitiés de cadavres devant elle.

Elles s'animent immédiatement, leurs mains s'agrippant l'une l'autre pendant que les deux moitiés sautillent en avant sur une jambe, comme pour redevenir un seul corps.

Ariel tire, mais le corps atteint Beatrice à temps, la protégeant de la balle.

Je vois avec horreur d'autres éclairs de la nécromancienne parcourir l'exposition.

CHAPITRE VINGT-ET-UN

ARIEL SAUTE SI RAPIDEMENT sur le côté que mes yeux ont du mal à la suivre.

Elle pointe à nouveau son arme.

— Derrière toi !

Je crie et je bondis pour l'aider.

J'arrive trop tard.

Un club de golf touche le dos d'Ariel et elle tire dans le plafond.

Tournant sur elle-même de façon surhumaine, Ariel frappe le cadavre au club de golf avec son pistolet. Sa tête vole dans la pièce comme un melon vidé et elle atterrit avec un craquement mouillé.

J'aperçois un mouvement, mais avant que je puisse crier, une balle de base-ball frappe la tempe d'Ariel.

Elle chancelle, mais ne tombe pas. Pendant ce temps, d'autres cadavres – sans doute ceux qui jouaient aux cartes plus tôt – nous entourent et Beatrice part en courant.

— Suis-la.

Ariel sort son couteau et frappe et découpe deux têtes de cadavres qui se détachent de leur corps.

— Je m'occupe d'eux.

Je me précipite à la suite de la nécromancienne, mais un corps me barre la route.

Il s'agit du chef d'orchestre dont quatre-vingt-dix pour cent des os du crâne ont été découpés, donnant l'impression que sa tête est comme deux poignées de valise entrelacées.

Je m'arrête brusquement.

Le chef d'orchestre pointe le bâton vers mon visage avec un geste évoquant l'ordre d'un crescendo de la section des percussions d'un orchestre infernal.

Je me baisse.

Au lieu de plonger dans mon œil droit, le bâton érafle mon front, laissant une écharde.

La douleur augmente ma rage. Je me rapproche de lui, j'attrape le crâne vidé du chef d'orchestre et je tire.

L'os pointu me coupe la main, mais la colonne du chef d'orchestre se sépare, laissant sa tête entre mes doigts.

Les corps sont encore plus fragiles que les types qui m'ont attaquée dans le couloir… avec un peu de chance, ça nous laisse un espoir.

En jetant la tête vers le corps le plus proche, je reprends ma poursuite de Beatrice.

J'entends un coup de feu venant de la direction d'Ariel, mais je n'ai pas le temps de regarder en arrière.

Dans une vitrine en verre à ma droite, je vois une

ombre s'approcher. Je l'évite et un corps portant un ballon de foot américain fracasse la vitrine.

S'il y avait eu une équipe féminine à l'école, j'aurais pu être *running back*.

Comme pour calmer mes ambitions athlétiques, un ballon me frappe le dos.

Mes omoplates hurlent de douleur. Très bien. Peut-être que le foot n'est pas pour moi, finalement.

Encouragée par la distance toujours plus petite entre Beatrice et moi, je grince des dents jusqu'à avoir mal à la mâchoire et je continue à courir.

En apercevant un mouvement à ma droite, je m'arrête.

Un cadavre à vélo passe à l'endroit où mon corps se serait trouvé si je ne m'étais pas arrêtée.

Je donne un coup de pied dans le pneu arrière du vélo, faisant tomber à la fois le corps et le véhicule contre un système de circulation sanguine dans un cadre en verre. Des éclats de verre, des morceaux de capillaires et des fragments d'os craquent sous mes pieds lorsque je reprends ma poursuite.

Ariel grogne plus près de moi, puis elle tire encore plusieurs coups de feu. Tout cela est suivi par les bruits sourds des morceaux de cadavres frappant le sol.

Beatrice regarde par-dessus son épaule, son visage est pâle et en sueur.

Lorsqu'elle me perçoit si près d'elle, son regard se pose sur le cadavre de la femme enceinte, et deux arcs d'énergie jaillissent de ses doigts.

L'exposition s'anime et se place entre Beatrice et moi... Beatrice qui reprend sa fuite.

Décidant que ce sera plus rapide de contourner cet obstacle au lieu de le combattre, je décris un grand arc de cercle autour du cadavre de la femme enceinte, la maintenant fermement dans ma vision périphérique.

Le cadavre passe la main dans ses entrailles exposées et retire un fœtus-cadavre gigotant de son utérus. L'enfant zombie sous-développé est pendu à un cordon ombilical et la maman zombie commence à le faire tournoyer comme une cow-girl des enfers.

Mon estomac se retourne à la vue de cette abomination. En accélérant, je m'attends à moitié à ce que le fœtus revienne comme un yo-yo vers sa mère morte, mais le cordon a dû être coupé, car le projectile s'envole, à la façon de bolas macabres.

Je m'arrête pour essayer de l'éviter, mais le lasso dégoûtant m'attrape à l'endroit où je me trouve. Le cordon ombilical s'enveloppe autour de ma gorge et le fœtus frappe le côté de ma tête. Avant que toute l'horreur de la situation pénètre mon cerveau, je sens de minuscules doigts et orteils s'agrippant fermement à mes cheveux.

Criant comme Felix dans une boucherie, j'attrape le petit assaillant par le torse et je l'arrache de toutes mes forces.

Je parviens à le détacher, mais je sacrifie quelques cheveux... un échange qui vaut tout à fait le coup.

Le cordon ombilical autour de mon cou semble se transformer en anaconda lorsqu'il essaie de m'étrangler, alors je l'arrache violemment, laissant des marques de brûlures sur mon cou déjà plein d'hématomes.

Dès que je suis libre, l'overdose d'adrénaline m'aide à m'éloigner de la petite horreur à quatre pattes et de son appendice en forme de serpent.

Une seule pensée tourne dans ma tête, encore et encore. *Je ne suis pas censée mourir ici.* Sinon, comment aurais-je pu avoir cette vision de moi-même à la réunion du Conseil ?

Je dois mourir *après* cette réunion, pas avant.

Malheureusement, ce mantra ne fait pas grand-chose pour calmer les battements insensés de mon cœur, sans doute parce que je n'y crois pas entièrement. Et si le fait de voir l'avenir avait créé une sorte d'effet papillon qui me conduit à mourir ici ? J'ai changé l'avenir sur la scène du studio télé, alors je l'ai peut-être fait encore une fois ? Si je n'avais pas parlé de ma vision à Ariel pour la convaincre de m'emmener, je ne serais pas ici… et maintenant que je le suis, tout est possible.

Repoussant ces pensées avant qu'elles deviennent une prophétie auto réalisatrice en me faisant tuer, je cours jusqu'à ce que je revoie Beatrice.

Une balle fracasse une vitrine à la droite de Beatrice et je prends un plaisir sadique à la voir sursauter. La nécromancienne reprend vite ses esprits, et elle réagit en jetant son énergie vers le cheval écorché et son cavalier squelettique.

Est-ce que ses pouvoirs n'affectent que les humains ?

Nous n'avons pas cette chance.

Le cheval et son cavalier s'animent tous les deux et me foncent dessus.

Je me précipite derrière la vitrine d'un cadavre qui a été découpé en fines lamelles, chacune étant présentée entre deux plaques de verre pour créer l'illusion d'un corps transparent. J'espère que tout ce verre inquiétera le cheval... avec les coupes transversales réanimées s'agitant dans le verre, je suis moi-même très inquiète.

Le cheval se moque de l'endroit où je me trouve. Il se cabre et je vois que je risque de me faire piétiner par ses sabots et déchiqueter par le verre.

Je parviens à m'écarter juste au moment où le sabot droit touche la vitrine et la fracasse. Des morceaux de verre volent vers moi, tranchant mes avant-bras quand j'essaie de protéger mon visage.

Une tranche plate du cadavre transparent ondule hors de sa prison de verre brisé et sur le sol vers moi, mais elle est vite écrasée par un sabot.

Le cheval se cabre encore.

Un coup de feu retentit derrière l'animal. La tête de son cavalier tombe, mais ses jambes et son torse tiennent bon, transformant la pièce en cavalier sans tête de *Sleepy Hollow*.

Manifestement irritée, la monstruosité se tourne vers Ariel.

Je baisse les bras, ignorant les picotements et le sang

de mes coupures, et j'écrase le morceau de chair morte qui bouge toujours devant moi.

Ariel donne un coup de coude en plein dans le museau du cheval.

D'après le bruit, les trente-quatre os de ce crâne équin semblent se briser en même temps et le cheval trébuche.

Profitant de sa réussite, Ariel donne un coup de pied vers les jambes avant du cheval. Celles-ci se plient au niveau des genoux et Ariel fait le tour jusqu'au ventre de la chose. En jetant sa jambe en arrière comme une joueuse de football, elle donne un coup de pied d'une force dévastatrice.

Le monstrueux cheval brisé vole contre le mur, emportant quelques vitrines avec lui.

— Contourne-la par la droite ! crie Ariel en se précipitant vers Beatrice tout en restant sur la gauche.

Avec toute l'énergie qu'il me reste, je fais ce qu'Ariel me dit.

Beatrice doit maintenant savoir qui représente la plus grande menace, aussi presque tous les cadavres restants attaquent Ariel.

Du coin de l'œil, je vois Ariel déchirer le corps d'une danseuse en deux. Pendant ce temps, je saute par-dessus un zombie quadriplégique qui parvient à peine à ramper, dont le travail devait être d'exposer ses organes.

Ariel arrache les poumons exagérés du torse ouvert d'un cadavre chantant et le frappe sur la tête. Elle tire alors dans la direction de Beatrice, mais un squelette prend la balle pour sa maîtresse.

Je vois que nous coincerons Beatrice dans quelques instants.

Malheureusement, Beatrice le constate également, et comme un rat piégé, elle invoque tous ses larbins avec une vigueur renouvelée. Les vagues d'énergie qu'elle tire avec ses mains pourraient alimenter l'Apple Store pendant une semaine.

Je jette un coup d'œil à Ariel et je vois qu'elle se concentre sur quelque chose derrière moi.

— À ta droite ! crie-t-elle.

Je tourne la tête et j'aperçois un ballon de basket juste avant qu'il me frappe le visage.

L'arête de mon nez explose de douleur alors que des souvenirs horribles d'avoir joué au ballon prisonnier en colonie de vacances me passent par la tête.

Mes jambes me lâchent et mon esprit se vide.

CHAPITRE VINGT-DEUX

JE REVIENS à moi sur le sol.

Ariel me tend la main, alors je l'attrape et je me remets debout en chancelant.

Une douzaine de morts-vivants ont commencé à former un grand cercle autour de nous. Certains des cadavres ressemblent à des passoires à cause de toutes les balles qu'Ariel a tirées sur eux. Elle a dû s'entraîner un peu à viser pendant qu'elle s'approchait de moi.

— Essayons encore de la coincer par les côtés. Je vais m'occuper un peu de cette troupe et tu me suis, chuchote Ariel en s'écartant de quelques pas.

Les cadavres – ou Beatrice – n'aiment pas l'idée qu'Ariel se déplace, ils commencent donc à resserrer lentement le cercle.

Ariel s'arrête, passe la main dans sa poche intérieure et en sort des balles. Elle doit avoir besoin de recharger ce pistolet.

Toujours un peu groggy, je regarde autour de moi.

"

Le sol est parsemé de parties de corps qu'Ariel a dû arracher à mains nues.

J'aperçois un mouvement dans ma vision périphérique. Je me tourne et je vois un cadavre qui ressemble à celui qui tenait une lance… où était-ce un disque ?

Quelle que soit son arme, il ne la tient plus.

Un cri bruyant provient de la direction d'Ariel.

Je regarde derrière moi.

Une lance sort du torse de ma meilleure amie.

Le choc me frappe comme un autre ballon de basket dans la tête.

Le pistolet et sa recharge tombent des mains d'Ariel lorsqu'elle agrippe la lance qui transperce sa poitrine. Elle essaie de la retirer, mais elle hurle de douleur.

Ses yeux partent en arrière et elle commence à tomber comme un arbre coupé.

Je parviens à atteindre Ariel d'un seul bond… juste à temps pour amortir légèrement sa chute en lui attrapant les épaules. Engourdie, je m'agenouille au-dessus d'elle pour observer sa blessure.

Ce n'est pas bon du tout.

Toute la tête de lance est logée dans son torse.

La respiration d'Ariel est très difficile et du sang coule de sa bouche.

— Non, dis-je en chuchotant. S'il te plaît, Ariel. Non.

— Je suis désolée.

Elle ouvre ses yeux injectés de sang, son beau visage est tordu de douleur.

— Tiens, dit-elle pendant que le sang coule encore de sa bouche.

Elle prend ma main dans la sienne et elle la pose sur le couteau ensanglanté attaché à sa ceinture.

— Tu dois…

— Chut. Ne parle pas comme…

Elle m'attrape par le col, me secoue un instant avant de gargouiller :

— Tu dois t'éloigner de moi…

Son corps se ramollit et sa respiration s'arrête.

Je regarde ses yeux sans comprendre, voyant mourir son regard.

Non.

Ce n'est pas possible.

Si je pouvais arracher la gorge de Beatrice avec mes dents, je le ferais tout de suite. Je n'ai encore jamais ressenti ce genre de sentiment sanguinaire, mais je ne le rejette pas… je le laisse alimenter ma revanche.

En attrapant le couteau, je bondis sur mes pieds.

Un arc d'énergie provenant des doigts de Beatrice frappe le corps sans vie d'Ariel.

Je comprends maintenant pourquoi Ariel m'a dit de m'éloigner d'elle, alors même qu'une part de moi rejette cette conclusion. L'univers ne permettrait sûrement pas que…

Le corps d'Ariel se met à bouger.

Je suis maintenant prête à torturer Beatrice avant de la tuer. Cependant, je dois d'abord courir.

Ariel saute sur ses pieds avec une vitesse surnaturelle.

Quelque part au fond de mon cerveau, je me souviens que les corps frais font des machines à tuer supérieures pour Beatrice. Je ne veux pas croire qu'Ariel – même une Ariel morte et réanimée – voudrait me blesser, mais je ne vais pas attendre de le découvrir.

Je me tourne et je commence à courir, mais un étau se referme sur mon coude gauche et m'oblige à m'arrêter.

C'est Ariel.

Elle m'a eu.

Les muscles de son cou forcent et quelque chose dans mon bras se brise avec un bruit de craquement horrible.

La douleur qui frappe mon cerveau est globale et pure.

Je dois être en état de choc, car ma bouche hurle, pourtant mon esprit observe mes environs avec un détachement étrange.

Comment se fait-il que je ne m'évanouisse pas ?

Trois cadavres arrachent le couteau de mes mains, le jettent sur le côté et prennent ma main droite, m'étirant entre Ariel et eux comme si j'étais crucifiée.

Mon cri se transforme en sifflement rauque lorsque je perds ma voix.

Beatrice approche, dépliant son couteau papillon.

— C'était un effort vaillant, dit la nécromancienne dont le ton est presque compatissant. Ce n'était pas personnel. J'espère que tu le comprends.

— Attendez, essayé-je de crier, mais mes cordes vocales m'abandonnent.

D'un coup de couteau habile, Beatrice l'enfonce dans ma poitrine.

Je baisse la tête et je vois le sang s'étaler sur la poche de ma chemise.

— Je n'étais pas censée mourir ici, essayé-je inutilement de dire, mais mon cœur s'arrête et je meurs.

CHAPITRE VINGT-TROIS

JE FLOTTE sans corps et je fixe Beatrice qui réanime mon corps et dit :

— Ce n'est pas passé loin, mais vous ferez de fantastiques gardes du corps pour ce qui va suivre. Il y a donc un bon côté des choses. Pour moi.

Elle s'avance vers mon corps et sort le couteau.

Puis elle arrache la lance du torse d'Ariel.

———

JE REVIENS à moi sur le sol.

Ariel me tend la main.

Elle est en vie.

Je suis en vie.

Mais comment ?

Bien sûr. C'était une autre vision.

La balle m'a assommée et comme au studio télé, j'ai vu le futur proche.

J'avais raison de m'inquiéter des effets papillon. La vision de la réunion du Conseil a changé mon avenir, et je *peux* être tuée. Le seul côté positif est que si nous survivons les quelques minutes qui suivent, il y a une chance pour que l'avenir soit suffisamment changé et que je n'aie pas du tout besoin d'affronter le Conseil.

J'attrape la main d'Ariel et je me lève en chancelant… même si l'adrénaline m'aide à me remettre plus vite que dans ma vision.

Comme je l'ai prévu, nous sommes entourées.

— Essayons encore de la coincer par les côtés. Je vais m'occuper un peu de cette troupe et tu me suis, chuchote Ariel et elle s'éloigne de quelques pas avant que je puisse attraper sa main.

Comme avant, les cadavres – ou Beatrice – n'aiment pas l'idée qu'Ariel se déplace, ils commencent donc à resserrer le cercle.

— Baisse-toi, crié-je à Ariel. Laisse-toi tomber à terre ! Maintenant !

Elle ne semble pas m'entendre, se concentrant sur le fait de sortir le pistolet et la recharge de sa poche intérieure.

Je n'ai plus le temps de parler.

Je dois défaire tout ce que j'ai vu dans cette vision et tout de suite.

Il existe un principe que j'utilise souvent dans mon spectacle au restaurant : un grand mouvement cache un plus petit mouvement. Comme Beatrice me regarde de près, je décide d'utiliser ce principe.

En passant la main dans ma poche, je me prépare à

la partie du petit mouvement de mon plan. Puis je me tourne vers Ariel, préparant mes jambes pour le mouvement bien plus grand.

Même si je ne regarde pas dans cette direction, je détecte un mouvement de la part du cadavre qui jette sa lance.

Je saute vers Ariel à la façon d'un garde du corps.

En l'air, j'accomplis le plus petit mouvement. Je n'aurais sans doute pas besoin de cette précaution, mais si l'avenir décide d'être têtu, ceci peut m'aider.

Mon grand mouvement est également un énorme succès. Je tacle Ariel. Son pistolet et sa recharge tombent sur le sol et nous nous écrasons dessus en une pile de deux personnes.

La lance frôle ma nuque et frappe le sol à un mètre de là.

Le regard d'Ariel tombe sur la lance, puis se tourne vers moi.

— Mon pistolet, dit-elle. Je dois le récupérer…

Elle voit quelque chose au-dessus de mon épaule et elle me pousse violemment sur le côté. Je fais presque un vol plané avant d'atterrir sur le sol en roulant. Mon souffle s'échappe de mes poumons et pendant que j'essaie de respirer, mes côtes se rappellent douloureusement à moi.

En reprenant mon souffle, je vois pourquoi Ariel a agi de cette façon. Dès que la lance s'est envolée, les morts qui nous encerclaient ont dû commencer à courir vers nous. Ariel m'a écartée juste au moment où ils se refermaient sur nous, et ils sont maintenant empilés sur elle comme un tas d'enfants démoniaques.

Je me précipite pour extirper Ariel de sous les morts, mais un bras squelettique attrape mon coude gauche.

Je me tourne, donnant un coup de pied au tibia du cadavre, mais j'aperçois alors un mouvement à ma droite.

En me retournant, je vois que ce cadavre ne possède pas la partie supérieure de son crâne, je passe donc la main à l'intérieur et j'arrache le cerveau exposé.

Clairement, la nécromancie n'exige pas que le corps possède son propre cerveau, car mon assaillant ne ralentit pas son effort pour attraper mon bras droit.

Je suis encore une fois prise dans une position de crucifixion. Je lutte, essayant de me libérer, mais je me déboîte presque les épaules, et en vain.

Bon sang. L'avenir aime ses propres schémas. C'est ça, ou bien c'est le pire cas de déjà-vu que j'ai jamais eu, car j'ai encore une fois un cadavre qui me tient de chaque côté… presque exactement comme dans ma vision précédente, sauf que – et c'est énorme – Ariel est en vie.

Pour compléter l'image, Beatrice s'avance vers moi.

Elle sort son couteau papillon et elle prépare la lame… comme avant.

Du coin de l'œil, je vois la montagne de cadavres sur Ariel se mettre à trembler, comme si elle était sur le point d'entrer en éruption. Mais même lorsque mon amie se libère, je sais qu'elle ne parviendra pas à m'atteindre à temps pour arrêter Beatrice.

— C'était un effort vaillant, dit la nécromancienne de son ton étrangement compatissant. Ce n'était pas personnel. J'espère que tu le comprends.

D'un coup de couteau habile, elle l'enfonce dans ma poitrine.

CHAPITRE VINGT-QUATRE

JE ME RELÂCHE et je sens les mains des cadavres sur mes bras se détendre. Beatrice a sans doute besoin d'eux pour gérer Ariel qui a presque réussi à s'échapper.

Je baisse les yeux, mais cette fois, je ne vois pas de sang étalé sur la poche de mon chemisier.

Manifestement, Beatrice n'a pas vu le petit mouvement qui était caché par mon bond.

Voici ce que j'ai fait : j'ai discrètement sorti mon fidèle paquet de cartes et je l'ai caché dans la poche de mon chemisier, juste au cas où l'avenir s'entêterait, ce qui a été le cas. Le couteau ne pouvait pas traverser la barrière que j'ai créée... même Ariel n'est pas assez forte pour percer plus de la moitié des cartes dans un paquet.

Je ne connais pas la différence entre poignarder un paquet de cartes et une cage thoracique, mais on dirait que Beatrice n'avait pas assez d'expérience pour voir la différence. Elle doit sans doute habituellement utiliser son couteau pour découper les parties plus tendres.

Arrachant mes bras à l'emprise relâchée des cadavres, je m'accroche au poignet de Beatrice et j'essaie d'écarter son couteau.

Je ne sais pas si c'est l'élément de surprise ou si je suis juste plus forte que la nécromancienne, mais je parviens à lui retirer le couteau, et en lui coupant la paume de main en plus.

Sans réfléchir et sans hésitation, je la frappe.

Le couteau traverse quelque chose de mou.

Beatrice hurle et ses mains couvrent son visage.

Le couteau de style scalpel a ouvert sa joue et beaucoup de sang s'écoule de son visage.

Malgré ses cris, elle a l'intelligence de s'écarter de moi.

Je la suis, me préparant à la poignarder.

Quelque chose – sans doute un cadavre – attrape mon chemisier depuis l'arrière, alors je tourne sur mes talons et je donne un coup de couteau.

La lame entre dans la viande momifiée du cou de la créature et tranche ses vertèbres. La tête de mon attaquant tombe sur le sol.

Ce couteau est *très* aiguisé.

Malheureusement, deux autres cadavres courent vers moi.

Je pivote vers Beatrice.

Le jet de couteaux est un autre art que j'ai toujours

voulu ajouter à un spectacle futur, mais je ne maîtrise pas encore cette compétence autant que je le voudrais… essentiellement pour des raisons de sécurité.

En visant vite, je jette le couteau papillon en direction du dos de Beatrice.

Le cadavre qui jouait aux échecs saute en l'air et prend le couteau à la place de sa maîtresse.

Il court ensuite vers le tas d'Ariel.

Les deux cadavres de tout à l'heure m'attrapent par les épaules. J'essaie de me dégager, mais sans grand succès.

Le tas d'Ariel finit par exploser, la laissant au milieu avec la jambe détachée de quelqu'un dans ses mains. Ariel utilise alors la jambe comme une massue pour se frayer un passage vers Beatrice.

Je me dégage des cadavres qui me tiennent, mais ils me rattrapent.

La tête d'Ariel saigne : un des cadavres a dû la frapper avec un objet contondant. Elle ne semble pas remarquer sa blessure et dès qu'elle aperçoit Beatrice, elle se précipite dans sa direction.

Les morts – ou plus probablement Beatrice – n'aiment pas cela. Quelques corps s'accrochent désespérément aux vêtements et aux chaussures d'Ariel, mais elle continue à avancer. Si un cadavre n'arrive pas à attraper Ariel, il s'accroche à l'un des corps qui a réussi à le faire. Ariel finit bientôt par traîner un poids mort littéral derrière elle, comme une sorte de traîne morbide.

Les traces de sang qu'elle laisse derrière elle m'inquiètent, alors j'essaie encore une fois d'échapper à l'emprise des bras qui me tiennent, mais je parviens seulement à me faire mal aux épaules.

D'autres morts essaient d'empêcher Ariel d'avancer, mais ils ne font que la ralentir. Malgré le sang qui coule, elle semble si déterminée que je pense qu'il faudrait la décapiter pour l'arrêter.

Lorsqu'Ariel ne se trouve qu'à un bond de Beatrice, les cadavres qui me tiennent décident qu'ils seront plus utiles au front. Leurs mains me lâchent, et je fonce en avant.

Ariel a dû économiser ses forces tout ce temps, car malgré les corps qui la plombent, elle saute comme une athlète olympique et elle se dégage instantanément.

Atterrissant à côté de Beatrice, elle frappe la nécromancienne dans le torse.

Beatrice fait un vol plané et atterrit sur le dos avec un bruit satisfaisant.

Je saute par-dessus plusieurs cadavres en me précipitant pour aider Ariel.

Ariel saute encore. Cette fois, elle atterrit sur Beatrice dans une sorte de manœuvre de lutte. Attrapant la nécromancienne par les épaules, Ariel soulève le corps de Beatrice pendant un moment, puis elle la jette à terre.

Je me trouve presque à l'endroit où les corps s'empilent encore une fois sur Ariel, essayant de la faire lâcher leur maîtresse.

J'attrape le cadavre le plus proche par la jambe et je le retire de mon amie, le traînant à plat ventre.

La tête du cadavre se tourne à cent quatre-vingts degrés comme dans L'*Exorciste*, et il tire si fort sur sa jambe que je me retrouve à ne tenir que son pied.

En sautant sur sa jambe intacte restante, il me fait face. Je lui jette son pied. Il me gifle, puis il attrape ma tête entre ses paumes osseuses, comme pour me forcer à le regarder dans les yeux.

J'essaie de me dégager, mes mains attrapant ses poignets pour les retirer, mais ma tête est coincée.

Les pouces du cadavre cherchent à atteindre mes yeux.

Je les ferme avec force et je donne un coup de pied désespéré, frappant son tibia osseux avec ma chaussure. Il craque, mais les pouces sont toujours sur mes paupières, en train d'appuyer.

Mon estomac se retourne et mon pouls bat plus vite que la lumière lorsque j'essaie de griffer les mains du cadavre. La pression sur mes yeux est la chose la plus effrayante que j'ai jamais ressentie.

Dans quelques instants, au mieux je serais aveugle… mais plus probablement morte.

J'entends un bruit sourd et un craquement provenant de la direction d'Ariel.

La pression sur mes yeux disparaît.

À travers les taches blanches de ma vision, je vois mon assaillant s'affaler brusquement.

Puis, je regarde bouche bée les cadavres qui

commencent à tomber dans toute l'exposition, mourant une deuxième fois.

La pile sur Ariel arrête de s'agiter.

Ignorant la douleur de mes blessures, je dégage le corps le plus proche de la pile, puis un autre, puis un autre.

Lorsque je découvre enfin Ariel et Beatrice, les muscles de mon bras et de mon dos sont aussi douloureux que mes jambes.

Je vois maintenant pourquoi les cadavres sont 're-morts'. Alors qu'Ariel est allongée avec le visage protégé par la poitrine de Beatrice, la tête de la nécromancienne est inhabituellement plate sur le sol. Ça, puis, il y a des morceaux de cervelle parmi une grosse flaque de sang, m'indiquant que Beatrice est morte – ce qui me laisse des sentiments mitigés. La pensée la plus égoïste qui me vienne, c'est le soulagement que la nécromancienne ne se promènera plus avec ce qui aurait été une horrible cicatrice sur le visage à cause de mon coup de couteau… comme si je n'avais pas besoin de me sentir coupable pour cela maintenant qu'elle est morte.

Les portes s'ouvrent au loin. Est-ce que quelqu'un est venu jeter un coup d'œil ? Combien de temps s'est écoulé depuis qu'Ariel a tiré son premier coup de feu ?

Ariel lève la tête et se tourne vers moi, les cheveux collés par le sang qui couvre la majorité de son visage.

— C'est fini, souffle-t-elle en reposant la tête sur le torse de Beatrice, comme si c'était un agréable oreiller à mémoire de forme.

— Nous devons sortir d'ici, dis-je en m'agenouillant à côté d'elle.

Aucune réponse.

J'essuie le sang de sa joue et je remarque à quel point elle est pâle. Paniquée, je pose un doigt sur son pouls.

Il est présent, mais faible. Cela doit venir de la perte de sang causée par sa blessure à la tête.

Elle a besoin d'un hôpital, rapidement.

Je sors mon téléphone, mais la fichue batterie est morte.

Ne voulant pas bousculer inutilement Ariel dans son état fragile, je fouille les poches de Beatrice et je trouve son téléphone, qui est chargé à plus de quatre-vingts pour cent.

Sans une seconde d'hésitation, je compose le 911.

— 911. Quelle est l'adresse de votre urgence ? dit une voix féminine.

— Pose le téléphone, dit une voix masculine hypnotique que je reconnais.

En levant les yeux, mes soupçons sont confirmés. Fronçant son nez trop joli pour un homme, Gaius observe le carnage autour de lui. C'est l'homme en noir qui m'a sauvé au studio télé et m'a escorté chez moi. Toute son équipe vêtue de noir l'accompagne et ils regardent tous le sang d'Ariel et de Beatrice comme des enfants affamés regarderaient des chamallows.

— Elle a besoin d'aide, dis-je sans raccrocher.

— Je le vois, répond Gaius en levant les lunettes de soleil pour montrer ses yeux réfléchissants.

Avant que je puisse détourner le regard, ses yeux attirent mon attention sans me lâcher.

— Raccroche maintenant, dit Gaius en énonçant chaque mot avec précision.

Je lutte contre l'envie de laisser cette voix devenir le centre de mon univers.

— Ariel, dis-je, incapable de détourner le regard.

— Oh, je sauverai ton amie, dit-il sans cligner des paupières.

— Où vous trouvez-vous ? demande urgemment la femme du 911, mais je raccroche.

Pas parce qu'il a pris le contrôle de mon esprit, mais parce que je crois qu'il aidera Ariel. En outre, je viens d'avoir une idée qui pourrait ne pas fonctionner si je ne raccroche pas.

J'ai l'esprit embrouillé quand je place le téléphone dans ma poche, mais je canalise toute ma volonté pour dire :

— Aidez-la. Qu'attendez-vous ?

— Très bien, dit Gaius en s'approchant d'Ariel. Juste une dernière chose importante avant de commencer.

Il me regarde intensément comme avant, mais ses yeux ont repris leur couleur de glace de Sibérie.

— Tu auras bientôt une discussion avec des gens très importants, et ils poseront des questions sur l'incident de la télé où nous nous sommes rencontrés pour la première fois. Si tu parles de moi, de Darian ou de mon équipe, elle mourra.

Une discussion avec des gens très importants.

Mes pensées sont confuses à cause d'une brume qui

s'attarde, mais je commence à comprendre pourquoi Gaius se trouve là.

Ce doit être à cause de lui que je me retrouve devant le Conseil que j'ai vu.

Il allait de toute façon me trouver en utilisant ses moyens magiques de vampire.

Ce foutu avenir aime s'entêter.

— Je ne pourrai pas mentir avec la pierre de polygraphe qu'ils vont poser autour de mon cou, dis-je en restant alerte au prix d'un énorme effort.

Gaius semble surpris, puis il marmonne dans sa barbe :

— Bien sûr. Foutus voyants.

D'une voix plus forte, il ajoute :

— Contente-toi de ne pas en parler et tout devrait bien se passer. Personne n'insulterait un membre du Conseil ou les Exécuteurs en faisant des accusations directes.

— Marché conclu, dis-je en me répétant ce que je suis censée dire, juste au cas où ce brouillard perturbe ma mémoire à long terme.

D'un autre côté, je ne devrais peut-être pas m'inquiéter. Je n'ai pas exposé Darian dans ma vision. Ou alors était-ce justement parce que j'avais reçu la même menace avant les événements dans le rêve ? Non. Même si je n'avais pas été menacée dans cette ligne temporelle, j'étais trop terrifiée de parler devant tous ces gens pour inventer des idées aussi créatives. Et l'histoire est sur le point de se répéter.

— Bien, répond Gaius. Maintenant, laisse-moi aider ta délicieuse amie.

Il se penche au-dessus d'Ariel et – comme si c'était la chose la plus normale au monde – il lèche tout le sang qui couvre son visage. Il s'écarte alors et ses canines brillent avant qu'il les plonge dans son propre poignet. Le sang se met à couler de la blessure et il la porte à la bouche d'Ariel… rendant inutile son travail précédent en couvrant à nouveau son visage de sang.

Je n'ai pas les connaissances médicales d'Ariel, mais je suis à peu près certaine que ce n'est *pas* de cette façon que fonctionne la transfusion sanguine.

Cependant, ce qu'il fait doit avoir un effet positif, car le visage d'Ariel reprend des couleurs. Elle saisit l'avant-bras de Gaius et continue à boire son sang avec bien trop d'enthousiasme.

Le mot 'vampire' pénètre ma conscience embrumée, mais je le chasse mentalement comme un moustique irritant.

Pendant qu'elle avale le sang, Ariel se met à produire des bruits très perturbants : des gémissements de type orgasmique qui ne laissent aucun doute quant à sa santé physique, mais de gros doutes sur sa santé mentale.

Alors que mon inquiétude pour Ariel diminue, j'ai de plus en plus de difficultés à résister au brouillard. Je devrais sans doute m'enfuir, mais je n'arrive pas à forcer mon corps à bouger.

En outre, je ne peux pas laisser Ariel ici, avec cet homme qui l'a menacée.

Pendant qu'il la nourrit, Gaius lève la tête et me regarde à nouveau, les yeux réfléchissants, et le brouillard s'intensifie, prenant le contrôle de mon esprit. Comme après mon spectacle, le temps semble s'écouler par sursauts, ma mémoire subissant des courts-circuits.

Un instant, je regarde l'étrange transfert de sang, et le suivant, on me conduit ailleurs.

Gaius porte Ariel, contentée, dans ses bras et certains de ses collègues vêtus de noir rangent l'exposition.

Je comprends ensuite que nous traversons l'hôtel Luxor. Ici et là, des silhouettes en noir fixent les policiers et le personnel de la sécurité avec leurs yeux réfléchissants.

— Personne ne saura ce qui est arrivé ici, dit Gaius lorsqu'il aperçoit mon regard vague. Je suis ravi que vous vous soyez débarrassés de la nécro. Si nous étions arrivés pendant qu'elle était encore en vie…

J'ai dû perdre connaissance au milieu de ce monologue, car lorsque je reviens à moi, je me trouve devant deux limousines.

— Tiens, dit Gaius en me tendant un petit sac plastique avec un unique cheveu à l'intérieur. Ceci t'appartient.

Il regarde Ariel qui est drapée par-dessus son épaule et ajoute :

— Ton amie a insisté afin que tu le récupères.

Je cligne des paupières en lui prenant le sac. Est-ce

ainsi qu'il nous a trouvées ? En me traçant grâce à mes cheveux ?

J'espère que je me souviendrai de ceci quand le brouillard se sera dissipé, afin que je puisse me raser la tête par mesure de précaution.

L'extase de son visage s'estompant momentanément, Ariel grogne et gémit une forme d'approbation : elle va clairement beaucoup mieux qu'avant.

— Pardon pour ceci.

Gaius sort un sac en tissu et il le passe par-dessus la tête d'Ariel avant de la tendre à des hommes en noir, qui l'emmènent dans la limousine la plus éloignée.

— Précaution de sécurité, explique-t-il. Je suis certain que tu comprends.

— Attendez, dis-je, mais un sac couvre également ma tête… et malgré toute mon expérience avec les bandeaux, je n'ai aucun moyen de voir à travers celui-ci.

Maintenant qu'il n'y a plus de données visuelles pour occuper mon esprit, la brume mentale s'intensifie. Un instant, je me trouve assise dans une voiture qui roule, puis presque instantanément, on me conduit quelque part.

— Vous devez la guérir rapidement, dit Gaius à quelqu'un. Elle ne peut pas affronter le Conseil avec ces bleus horribles, et on m'a explicitement interdit de la guérir à ma façon.

Je me trouve encore dans l'obscurité, mais je devine

que quelqu'un me vise avec de la magie, car j'ai l'impression que toutes mes coupures et mes hématomes sont effacés par une énergie chaude qui s'étale à travers tout mon corps, laissant derrière elle une relaxation agréable. L'écharde tombe de mon front, et les hématomes de mon cou ne sont plus qu'un souvenir distant. C'est comme si j'avais été massée, que j'étais passée dans un sauna, puis que j'avais dormi quinze heures, tout cela en quelques secondes. Je soupire de plaisir et j'entends Gaius glousser avec approbation.

— Ça suffit, dit-il en m'éloignant de l'endroit où nous nous trouvons.

Je dois me retrouver encore une fois dans la voiture, car je sens vrombir le moteur.

Après un temps indéterminé, nous nous arrêtons et quelqu'un me guide à travers un labyrinthe de couloirs jusqu'à un lieu froid qui sent comme un château ancien.

Finalement, nous parvenons à ce qui me semble être une grande pièce.

Quelqu'un me guide au centre de la pièce et retire la capuche de ma tête.

La pièce est faiblement illuminée, mes yeux n'ont donc pas besoin de s'adapter. Je regarde encore une fois les yeux en miroir de Gaius et le brouillard de mon esprit se dissipe.

— Tu devrais redevenir normale dans un instant, dit-il avant de s'éloigner.

Lorsque mon esprit est redevenu clair, je reconnais

l'odeur d'encens à la sauge et je sais instantanément où je me trouve.

J'avais raison. Le futur a effectivement une préférence pour le déroulement des événements.

Comme j'ai survécu à Beatrice, je vais mourir ici.

Je me trouve devant le Conseil dans la pièce circulaire de mon rêve.

Ils sont sur le point de m'interroger et puis de voter pour me tuer.

CHAPITRE VINGT-CINQ

J'ESSAIE FRÉNÉTIQUEMENT de me souvenir de ce qui est arrivé dans mon rêve afin de m'aider à mieux prévoir. En jargon magique, ceci s'appelle 'avoir de l'avance sur le public'.

Si mes souvenirs sont bons, les bougies de style Poudlard vont s'illuminer et je me trouverai dans un mini Colisée. Les membres du Conseil seront tous vêtus de leur meilleure tenue d'orgie sexuelle à la *Eyes Wide Shut*.

Comme prévu, ou prédit, quel que soit le terme correct, les bougies s'illuminent.

Je fixe les membres du Conseil dans le cercle autour de moi et j'essaie de ne pas paniquer à l'idée de devoir parler en public. Si j'ai une crise de panique et que je m'évanouis comme dans mon rêve, mon sort de femme morte sera scellé.

Ils m'observent tous, mais je sais qu'il y aura un type derrière moi avec le collier BDSM, alors je tourne sur moi-même.

Comme prévu, le type se trouve à moins d'un mètre de moi, la main déjà tendue.

Il ne s'attendait pas à ce que je me retourne, alors il n'a pas caché son visage tout au fond de sa capuche… c'est pourquoi mes yeux veulent sortir de leur orbite de surprise.

Je comprends maintenant pourquoi la voix de cet homme m'était si familière dans le rêve.

Je le connais.

Je le connais très bien.

La raison pour laquelle je n'avais pas associé sa voix très distinctive à son identité – autre que le fait que je luttais contre une crise de panique – devait être parce que c'était tellement sortie du contexte. L'homme devant moi est la dernière personne dont j'attends des pouvoirs surnaturels, ce qui doit sans doute être requis pour faire partie de ce Conseil.

Il s'agit du propriétaire du fonds d'investissement pour lequel je travaille.

Mon patron, Nero Gorin.

Il représente aussi une sorte de porte-malheur pour moi, en ce qui concerne les crises de panique. Il a maintenant été témoin de deux d'entre elles… sauf si celle de mon rêve ne compte pas.

— Je dois placer ceci autour de ton cou, murmure Nero comme avant.

— D'accord, patron, dis-je en chuchotant d'un ton complice.

Il marque une pause comme pour intégrer le fait

que je l'ai reconnu, puis il retire sa capuche, effaçant tout doute restant quant à son identité.

Lorsqu'il pose le collier autour de mon cou, ses doigts frôlent doucement ma peau et ma respiration s'accélère pendant que mes bras se couvrent de chair de poule.

Suis-je encore en train de rêver que je l'embrasse ?

Mais non. Ce rêve-là n'avait jamais de public.

Quoi qu'il en soit, sa présence ici possède une sorte de logique tordue. Nero a toujours été étonnamment doué pour détecter les mensonges. Certains ont même dit que son talent était 'presque surnaturel'. Il s'avère qu'ils avaient raison. Au cours de mon rêve, la pierre de ce collier fonctionnait comme un détecteur de mensonges : elle devenait verte quand je disais la vérité et rouge quand je mentais par inadvertance... chose que je ferais mieux d'éviter cette fois. Dans le nouveau paradigme de mon monde, il semble faisable que Nero ait transféré une partie de ses capacités à déceler les mensonges dans cette pierre à mon cou.

En utilisant des effets spéciaux.

Nero Gorin.

Mais bien sûr.

En me penchant plus près de l'oreille de mon patron, je chuchote :

— S'il vous plaît, ne les laissez pas me tuer.

Comme dans mon rêve, il me touche le dos de façon rassurante... et je me souviens qu'il a fait la même chose à la conférence Alpha One, juste avant que je m'évanouisse.

Bon, je ne peux pas m'évanouir cette fois, alors je m'écarte de son contact et j'inspire cinq temps puis j'expire cinq temps de façon préventive, comme Lucretia – la psy de *son* fonds d'investissement – me l'a appris. Mon angoisse diminue suffisamment afin que j'aperçoive les autres symptômes d'une crise de panique imminente, et je fais de mon mieux pour me convaincre que je contrôle tout.

Légèrement plus calme, je laisse Nero verrouiller le collier. En sachant ce que cela donnerait, je ne prends pas la peine d'essayer de le retirer cette fois.

Particulièrement parce que j'espère que la bonne vérité me libérera.

Tout le monde autour de nous semble pressé de voir Nero faire son tour avec les éclairs. De mon côté, je me contente de faire les exercices de respiration, car je sais que je vais très bientôt devoir parler.

— Ceci ne te fera pas mal, dit doucement Nero, et je me souviens qu'il était debout pendant le vote.

'Ne les laisse pas me tuer', ai-je encore envie de le supplier, mais il est déjà à mi-chemin vers sa place.

Lorsque la lueur bleu océan illumine mes environs, je me tourne vers l'endroit où Kit – la femme asiatique au visage changeant à la robe magenta – est sur le point de se lever.

— Je suis la Conseillère Kit, dit-elle comme prévu d'une voix d'anime. Je suis désignée pour être la personne neutre des événements de ce soir. Veuillez annoncer votre nom.

Parce que jusqu'ici tout s'est produit comme je m'y

attendais, et grâce à mon exercice de respiration, l'idée de dire mon nom ne me terrifie pas du tout autant que dans mon rêve.

Cependant, cela me terrifie quand même plus que tout ce que j'ai pu voir dans l'exposition sur les corps… et pourtant, cela a créé un nouvel échelon de l'horreur chez moi.

Je me racle la gorge et je dis :

— Mon prénom est Sasha.

J'énonce tout posément et avec lenteur, comme si j'essayais d'imiter le président Obama.

— Mon nom de famille est Urban… il me vient de mon père adoptif, mais il se pourrait que je le change bientôt pour le nom de jeune fille de ma mère adoptive, Ballard. Je ne connais pas mes parents biologiques, sinon j'utiliserais leur nom de famille.

La pierre à détection de mensonges est verte tout le long, et c'est une bonne chose : il faut que je continue ainsi.

Chester, le type en robe jaune, se lève à nouveau et révèle son visage espiègle de satyre, maintenant notablement moins suffisant que dans mon rêve. Il ne doit pas apprécier toutes les informations véritables que j'ai rassemblées dans mon unique réponse.

— Je suis le Conseiller Chester, le plaignant de la procédure d'aujourd'hui, dit-il.

Cette fois, je crois savoir où j'ai déjà entendu sa voix. Cependant, je ne m'y attarde pas maintenant, car je dois concentrer toute mon énergie sur le fait de ne pas m'évanouir, ce qui devient de plus en plus difficile.

— Je vais aller droit au but, poursuit-il. Que faisiez-vous à vingt heures le dimanche huit octobre ?

Même si je m'attendais à la question, la pièce se met à tourner autour de moi. Heureusement, les respirations profondes repoussent la nausée, alors ma voix est presque normale quand j'énonce à nouveau chaque syllabe avec soin.

— Je faisais un spectacle dans une émission appelée *Une soirée avec Kacie.*

J'inspire profondément et je regrette de ne pas avoir deux bouteilles d'eau que je pourrais ouvrir lentement et boire afin de me détendre.

— Je ne savais pas que le mentalisme était un crime qui causait des procédures comme celle-ci, mais je suis vraiment désolée si j'ai violé une règle que je ne connais pas. Ou bien posez-vous des questions sur cet événement parce que c'était la première fois qu'un cadavre animé par une nécromancienne nommée Beatrice m'attaquait ?

Le collier brille d'une couleur verte et je profite du regard d'incompréhension sur le visage de Chester. Il ne s'attendait absolument pas à ce que je dise tout cela.

Toutes les personnes présentes dans la pièce oublient leur sens du protocole pour discuter de ce que je viens de dire.

Lorsque le bruit atteint des niveaux de cafétéria de lycée, la silhouette encapuchonnée de noir de Vlad se lève et se racle la gorge.

Tout le monde se tait.

Manifestement, Vlad a de l'influence.

— Les Exécuteurs ont retrouvé le corps de la nécromancienne dont elle parle.

Il me jette un regard étrangement approbateur, puis il se tourne face au Conseil.

— J'allais aborder le sujet une fois que nous avions décidé du sort de Sasha.

Le stress me joue peut-être des tours, mais Chester semble-t-il soulagé d'avoir appris le sort de Beatrice ?

— Si Sasha nous a débarrassés d'une nécromancienne, tu aurais dû nous le dire, intervient Darian, sans se présenter cette fois.

Le front de Vlad atteint une nouvelle échelle de sévérité lorsqu'il regarde Darian.

— Ce n'est pas elle qui a infligé le coup fatal, et en outre, tu sais ce que mes gens pensent des nécromanciens. Je suis plus reconnaissant envers l'accusée que vous autres. Cependant, en tant que Chef des Exécuteurs, je ne crois pas que ma gratitude soit pertinente dans cette procédure.

— Elle est pertinente, dit Darian sans grande assurance. Cela renseigne sur son caractère.

— Pouvons-nous reprendre la procédure ? demande Chester. Ou bien, contentons-nous de la neutraliser, ainsi ce sera fait.

Il semble avoir récupéré un peu de sa bonne humeur.

— Je ne vois plus l'utilité de la procédure, dit Darian en regardant Vlad qui semble hocher la tête presque imperceptiblement. Nous savons qu'elle croyait que sa performance n'était pas interdite... et nous savons qu'elle a été adoptée, ce qui signifie que personne n'a pu lui enseigner les règles.

— Connaissez-vous le terme 'Conscient'? me demande Chester au lieu d'accepter les arguments solides de Darian. Vous devez répondre. Maintenant.

Luttant de toutes mes forces contre ma peur de parler en public, j'inspire profondément, je compte jusqu'à cinq et j'expire.

— Oui. La première fois que j'ai entendu ce terme, c'est la nuit suivant mon apparition à la télé, lorsque j'ai épié feu la nécromancienne Beatrice au cours de sa conversation avec son employeur.

La pierre à mon cou brille d'une lumière verte, et j'avale une autre bouffée d'air. Je craignais qu'elle rejette le mot 'épié' au lieu de 'entendu dans un rêve précog', mais il semble que la pierre est assez flexible pour considérer que ma prédiction est une façon d'espionner.

La réaction dans la pièce est impayable. Si j'avais disposé des serpents venimeux sous les robes de toutes les personnes présentes, je ne crois pas que j'aurais pu causer un aussi grand brouhaha.

— Mesdames et Messieurs, je vous en prie, finit par crier Kit. La procédure n'est pas terminée.

— Qui était son employeur?

Vlad est debout, ignorant le rappel à l'ordre de Kit.

— C'est plus important que…

— Je crois qu'il se trouve ici même, dis-je, et le vert de ma pierre confirme mes dires.

La pièce tombe dans un silence de mort et j'inspire

encore une fois lentement. C'est à ce moment-là que la pierre aurait pu montrer que je mentais, mais elle ne l'a pas fait. En vérité, j'ai une théorie concernant l'employeur de Beatrice… mais je n'en suis pas certaine, ce qui explique pourquoi j'ai utilisé le mot stratégique 'croire' dans mon affirmation. Heureusement, cela semble avoir fonctionné.

Bien sûr, si ma théorie est fausse, cela annulera l'avantage que j'ai pu obtenir.

Je cache le téléphone de Beatrice au creux de ma main et je le sors en m'assurant que mon suspect n'en sache rien. Les autres membres du Conseil pourraient le voir, mais ils ne sauraient pas en quoi c'est important.

— Qui est-il ?

Le beau visage de Vlad peut être incroyablement effrayant. Si je ne l'avais pas vu, je n'aurais pas cru que c'était possible.

— En quoi est-ce important, de toute façon ? demande Chester et je décèle l'inquiétude dans sa question.

Je parcours discrètement les appels récents de Beatrice et je me focalise sur un contact nommé 'Jester', le bouffon. Cela semble assez proche pour être un surnom : mon suspect aime effectivement se moquer et il ressemble assez à quelqu'un faisant des plaisanteries aux dépens des autres.

Je compose le numéro en croisant les doigts.

Pendant que le téléphone de Beatrice se connecte aux antennes relais, je me rends compte qu'un million de choses pourraient mal tourner, même si j'ai raison. Le Conseil pourrait avoir une règle interdisant les téléphones portables. Ou bien mon suspect pourrait avoir oublié son téléphone… ou ne pas l'avoir chargé.

La chanson de générique de *The Walking Dead* résonne dans la pièce.

Elle vient de la direction de Chester.

Je lève théâtralement le téléphone au-dessus de ma tête.

— Dans ma main, je tiens le téléphone de Beatrice, dis-je rapidement et la pierre brille d'une lueur verte, confirmant mes paroles. Je viens de composer le numéro de son employeur, et le téléphone de Chester s'est mis à sonner.

Encore une fois, la pierre brille en vert.

J'avais peur que la pierre ne m'aide pas. Après tout, cela aurait pu être le téléphone de l'un des sept Conseillers assis près de Chester. Mais la pierre sait que je crois que Chester donnait des ordres à Beatrice, et elle doit savoir que j'ai enfin reconnu sa voix, elle a donc confirmé mes paroles.

— Comment osez-vous !

Chester gonfle sa poitrine d'indignation, mais il se dégonfle rapidement lorsque Vlad jette un regard noir dans sa direction. Si un regard pouvait émasculer quelqu'un, Chester parlerait déjà d'une voix de fausset.

Darian se lève et révèle son visage. Il semble radieux de sa victoire.

— Mesdames et Messieurs. L'hypocrisie du plaignant Chester ne connaît pas de limites. Il n'est pas un héraut, alors s'il a dit le mot 'Conscient' à cette Beatrice, une personne extérieure au Mandat, il abusait effectivement des privilèges dont dispose le Conseil au sein du Mandat. Et on pourrait même avancer qu'il a rompu le Mandat…

— Beatrice était Consciente, dit Chester. Lui parler de nous ne rompt pas le Mandat.

— Si tu ne faisais pas partie du Conseil, tu n'aurais pas survécu à une telle conversation, intervient Vlad.

Il parle comme s'il serait ravi que Chester meure en perdant son sang par tous ses orifices… comme ce qui est presque arrivé à Ariel quand je lui ai posé des questions.

— Je crois que nous devrions abandonner les accusations contre Sasha et entamer une nouvelle procédure, dit joyeusement Darian. Cette fois, nous pourrions discuter des actes de Chester.

— Ce que j'ai fait ou pas n'a aucun effet sur cette procédure, dit Chester en grinçant des dents.

Vlad jette un regard de dégoût à Chester, mais il dit :

— Il a raison. Nous devrions voter.

— Je vous en prie, tout le monde, dit Chester. Pensez à ce que vous…

— Nous t'avons assez entendu.

La voix de Vlad tonne dans la pièce avec une telle malveillance que Chester et la moitié des personnes présentes, moi comprise, pâlissent.

Kit s'éclaircit la gorge, mal à l'aise.

— Excusez-moi pour mon emportement, lui dit Vlad. Veuillez parler.

— Que tous ceux qui sont en faveur de la clémence se lèvent, dit Kit solennellement, et je retiens ma respiration.

La dernière fois qu'ils ont voté ainsi, j'ai été condamnée à mort.

CHAPITRE VINGT-SIX

DANS MA VISION, seules quelques-unes de ces personnes se sont levées pour sauver ma vie.

Maintenant, toutefois, comme pour se préparer à un standing ovation de mes talents oratoires – et mon absence d'évanouissement – tout le monde sauf Chester se lève.

Je n'arrive pas à y croire.

J'ai fini par vaincre le futur, finalement.

Je suis en sécurité.

— Ce sera donc la clémence, dit Kit d'un ton de cérémonie. Vlad, vos Exécuteurs peuvent-ils la protéger jusqu'à ce qu'elle subisse le rite du Mandat ?

Comme en réponse, Gaius entre dans la pièce avec une douzaine de silhouettes vêtues de noir. Il doit s'agir des Exécuteurs de Vlad. Les a-t-il invoqués par télépathie, ou bien est-il plus doué qu'une adolescente pour envoyer des textos en secret ?

— Le Rite doit commencer juste après la procédure suivante, dit Darian lorsque tout le monde s'est assis.

Les silhouettes encapuchonnées hochent la tête avec approbation.

— Attendez, crie Chester, de plus en plus désespéré. Comment êtes-vous passée dans cette émission télé ? Le Conseiller Darian a-t-il été impliqué d'une façon ou d'une autre ?

La pièce redevient silencieuse.

Gaius a dit que ce type d'accusation n'aurait pas lieu aujourd'hui, mais je suppose que Chester n'a plus rien à perdre, et comme il ne semble pas apprécier Darian, il veut l'entraîner avec lui.

Cela ne me dérangerait pas de dénoncer Darian – il m'a clairement piégée dans quelque chose qui aurait pu me tuer –, mais Gaius lève ses lunettes de soleil et me regarde. Dans ses yeux, je vois un rappel de sa menace à l'encontre d'Ariel si je parlais trop de son implication et de celle de Darian.

— Réponds.

La voix de Chester est devenue rauque.

Une main solide touche mon dos de façon rassurante, et puis des doigts se posent dans ma nuque, envoyant des frissons chauds le long de ma colonne. L'instant suivant, le bijou polygraphe est retiré.

Je suppose que je suis officiellement tirée d'affaire et que ce que Chester exige de moi ne fait pas partie de mon procès.

'Merci, Nero', me dis-je intérieurement.

À voix haute, je réponds :

— J'ai obtenu cette émission de télé grâce à mes mérites d'illusionniste. J'ai rencontré Darian pour la première fois lors de l'enregistrement.

Comme la pierre n'est pas autour de mon cou, je ne vois pas de lumière rouge indiquant mes mensonges.

— Vous pouvez partir, dit Kit en passant la main sur son visage comme elle l'a fait durant ma vision.

Instantanément, son visage se transforme et devient le mien... je prends cela comme un compliment, particulièrement parce que cette Sasha semble bien plus sûre d'elle que moi.

— Juste une seconde, dis-je en essayant d'être aussi courageuse que mon visage dans la version de Kit.

Tout le monde me regarde avec un intérêt renouvelé.

— J'ai compris quelques éléments d'après le contexte de ces conversations, dis-je lentement.

Toute cette attention refait monter mon adrénaline.

— Ai-je raison de croire que sous ce Mandat, je serais incapable de parler de certains sujets ?

— Vous apprendrez tous les détails plus tard, dit Kit avec ma propre voix.

— Qu'en est-il de ma magie ?

— Le Mandat interdira de montrer tes pouvoirs en public, si c'est ce que tu veux dire, explique Vlad, et pour la première fois j'entends quelque chose s'approchant de l'empathie dans sa voix... une émotion qui semble étrangère à ses cordes vocales.

— Elle parle de ses combines magiques, dit Darian,

et pour un type qui m'est très redevable, il ne semble pas du tout me soutenir.

— Oui. Je parle de mes *tours*, dis-je. J'ai compris que je n'ai pas le droit de passer à la télé, mais pas vraiment pourquoi, mais qu'en est-il des autres situations ? J'ai un travail dans un restaurant. Il se pourrait que je souhaite avoir mon spectacle à Vegas un jour…

— Tout ce qui peut être perçu comme des pouvoirs surnaturels seront interdits, dit Vlad, la trace de gentillesse ayant disparu de sa voix.

— Même si c'est faux ? ne puis-je m'empêcher de demander.

— Le Mandat concerne autant les réactions des gens que tes intentions ou tes méthodes, développe Darian. Je suis désolé. Il faudra que tu te trouves un autre loisir.

Un loisir.

Vient-il vraiment de traiter le rêve de ma vie de loisir ?

La main de Nero touche à nouveau mon dos. Lui et moi nous nous sommes violemment disputés une fois, quand il m'avait insultée en disant que mon mentalisme était un loisir, alors il sait sans doute que je suis sur le point d'expliquer ce que je pense à toute la pièce.

Son contact me rappelle où je me trouve et je me rends compte que répondre serait une très mauvaise idée. Je viens de m'en sortir vivante, et maintenant je leur dis à peu près que Chester avait raison à mon sujet.

J'inspire en essayant de me calmer. Je sais que je devrais être reconnaissante d'être encore en vie, mais j'ai l'impression que l'on vient juste de me dire que Fluffster est mort. Et plusieurs chatons. Et peut-être Felix également.

— Je voulais juste que ce soit clair, c'est tout, dis-je d'un ton aussi apaisant que possible. Je n'ai pas l'intention de désobéir. Maintenant que tout est clair, je suis prête pour mes Rites du Mandat ou je ne sais quoi.

Gaius vient alors me chercher.

Dès que nous quittons la pièce, il dit :

— Tu es soit la personne la plus courageuse, soit la plus stupide ayant jamais affronté le Conseil. Je n'arrive pas à croire que tu aies continué à parler après avoir été congédiée… que tu aies risqué ta peau pour des tours de magie stupides.

— C'est une forme d'art.

Je fixe le couloir ancien autour de nous. Il pourrait très bien appartenir à un château médiéval.

— L'illusionnisme était mon avenir.

— Tu n'as pas besoin de vulgaires tours de passe-passe, dit-il. Tu es une vraie voyante.

En réalité, ces paroles me démoralisent encore plus. Mes nouveaux pouvoirs auraient été un immense atout pour ma carrière de mentaliste. J'aurais pu faire semblant de créer des illusions alors que j'ai de vrais pouvoirs. D'un autre côté, c'est ce que pensent déjà bon nombre de mes spectateurs, peu importe à quel point je nie être médium, alors ce n'est peut-être pas une idée si intelligente que ça.

Néanmoins, pendant que nous marchons, j'imagine le spectacle que je ne pourrais jamais produire. Un spectacle dans lequel j'aurais pu mêler de véritables pouvoirs psychiques avec toutes les méthodes de tromperie à ma disposition.

J'aurais fait exploser d'émerveillement les cerveaux des gens.

Je suis alors frappée par un autre fait lié à la performance.

Je viens de faire face à un groupe d'inconnus hostiles sans subir de crise de panique. Cela signifie que je pourrais sans doute monter un spectacle pour un petit groupe amical d'inconnus, sauf que maintenant on va m'interdire de le faire…

— C'est ici que le Rite aura lieu, dit Gaius, et je vois que nous avons atteint le bout du couloir de style donjon.

La pièce en question ressemble à une chambre de torture médiévale dont on aurait retiré le chevalet et la vierge de fer pour vivre avec son temps. À l'avant de la pièce se trouve une grande dalle en pierre qui semble avoir été récemment utilisée pour des sacrifices humains. Derrière la dalle se trouve un orgue… car c'est l'instrument parfait à jouer pendant que l'on arrache les organes des gens. Face à la dalle se trouvent des rangées de bancs en pierre, et il est facile d'imaginer une horde de sadiques excités assis là, captivés en regardant l'agonie des malheureuses victimes.

— Assieds-toi.

Gaius indique le banc le plus proche.

Je m'assois. Le banc est froid et dur. Peut-être a-t-il également été conçu comme une forme allégée de torture ?

— Que se passe-t-il maintenant ? Que va-t-il m'arriver ?

— Cela dépend.

Gaius pose son pied sur un autre banc et ajuste ses lunettes de soleil.

— Si tu n'énerves pas quelqu'un qui annulerait alors tout le Rite, tu devrais être protégée et disposer d'un mentor. Tes chances de survie seront encore meilleures si Chester se fait virer du Conseil.

— Crois-tu qu'il sera viré ? dis-je en me promettant de me comporter du mieux possible, au moins jusqu'à la fin du Rite. Et s'ils lui pardonnent, quel est le risque ?

— C'est un politicien… plus gluant que le croisement entre une limace et une anguille. Toutes ces personnes, mais particulièrement Chester, donneraient l'impression que le type de *House of Cards* est un saint en comparaison.

Il dit cela d'un ton admiratif et j'ai l'impression qu'il adorerait faire partie du Conseil s'il le pouvait… et qu'il s'adapterait très bien.

— Si j'étais toi, j'espérerais que Chester perde les privilèges du Conseil, poursuit Gaius. Il serait alors inoffensif envers toi.

Je fronce les sourcils.

— Mais pourquoi Chester m'en veut-il, de toute façon ?

Gaius hausse les épaules.

— Chester est un manipulateur de probabilités. Son espèce n'aime pas les voyants en général, mais il les déteste de façon personnelle… particulièrement Darian, le voyant qu'il rend responsable du suicide de sa femme. Il essayait sans doute de l'atteindre à travers toi.

Je cligne des paupières sans comprendre.

— Darian a prédit que la femme loup-garou de Chester serait la cause de la mort de leur fille, explique Gaius, alors la mère a pris une mesure de précaution drastique.

— D'accord…

Je n'arrive même pas à imaginer cela, alors je me concentre sur le sujet le plus pertinent.

— Mais pourquoi ferait-il du mal à Darian en me tuant ?

— Je pense que Darian a de grands projets pour toi, des projets qui doivent faire partie d'un avenir qu'il aimerait créer, dit Gaius lorsque son téléphone sonne pour annoncer un message.

Il le regarde, sourit et répond avec une rapidité impressionnante. Ses pouces bougent avec une vitesse surnaturelle… ce qui ne me surprend pas après tout ce que j'ai vu.

— Quel que soit le plan, continue-t-il en rangeant son téléphone, Darian avait manifestement besoin de tes pouvoirs augmentés, alors il a organisé cette performance à la télévision pour toi. Chester a dû le comprendre et il a essayé de contrecarrer ses ambitions.

Je me mords l'intérieur de la joue.

— Je vois. Penses-tu que Chester sera renvoyé du Conseil ?

— Le patron va lui chercher des noises, c'est sûr, répond Gaius. Il voudra faire un exemple pour tous ceux qui penseraient conclure un marché avec les nécros.

Je hoche la tête. Vlad avait effectivement l'air très énervé à cette réunion.

Énervé parce qu'il déteste les nécromanciens.

Et je me souviens vaguement que les *vampires* détestent les nécromanciens.

Entre le fait de lécher le sang et cette information, je ne peux m'empêcher de parvenir à la seule conclusion possible.

— Vlad et toi, êtes-vous des vampires ? Ou bien est-ce impoli de le demander ?

Gaius glousse. Avec un peu de chance, il n'est donc pas fâché.

— Ce serait impoli de le demander à quelqu'un sous le Mandat avant ton Rite, car cette personne risquerait la mort si elle répondait. Mais, heureusement pour toi, je suis l'un des hérauts et je peux donc éduquer une Consciente non-initiée comme toi.

— D'accord.

Je plie mes jambes sous mes fesses en espérant trouver une position plus confortable sur le banc en pierre.

— Alors, vous en êtes, ou pas ?

— Ce n'est pas un grand secret. Oui. Nous autres les Exécuteurs, nous sommes tous des vampires. Nous avons des talents utiles quand il s'agit de cacher certains désastres, de persuader les humains, de soumettre des Conscients errants, et autres. Mais je pense que tu as des préjugés sur ce qu'est réellement un vampire, à cause de ton éducation d'humaine et du reste.

— Ah bon ? Alors vous ne buvez *pas* de sang ? Vous n'êtes pas des morts-vivants ?

Encore plus de sarcasme transparaît dans ma voix.

— Vous n'êtes pas des créatures avec la peau pâle et de grandes dents et une obsession pour les vêtements noirs ?

— Eh bien, si, nous sommes tout cela.

Il retire ses lunettes, exposant ses yeux glacials.

— C'est juste que nous nous moquons de l'ail et de l'argent et encore plus des symboles religieux. Et nous ne brillons carrément pas.

— Super. Vous avez tous les avantages et aucune des faiblesses des vampires mythiques. Êtes-vous aussi résistants aux pieux ?

— Cette façon de questionner en revanche est bien impolie. Elle semble accusatoire, comme si tu voulais savoir comment nous faire du mal.

Il me sourit, montrant ses crocs… ce qui m'indique qu'il peut les sortir quand il veut.

— Nous sommes simplement membres des Conscients, comme tous les autres. Nous commençons en vie, puis nous nous transformons en vampires quand nous mourons.

Il trouverait sans doute tout aussi impolie une question sur la nécessité d'une invitation pour entrer dans une maison, alors je ne la pose pas. En outre, j'ai clairement eu l'impression que Vlad et lui ont besoin de ma permission pour entrer chez moi.

Analyser les vampires de cette façon me donne le tournis. Même si je les avais déjà acceptés dans mon paradigme, une part de moi avait nié leur existence jusqu'à ce moment. En fait, je crois qu'une part de moi le niera jusqu'à ce que quelqu'un meure et se transforme en vampire devant moi, puis boive mon sang et fasse peut-être autre chose de vampiresque… comme se transformer en chauve-souris, en supposant qu'ils le puissent.

— Je suggère que nous parlions d'autre chose, dit Gaius comme s'il avait lu dans mes pensées… un autre pouvoir que les vampires pourraient avoir.

— D'accord. Je me demandais… pourquoi tu as aidé Darian lors de mon désastre à la télévision ? Étant donné ta menace précédente, je suppose que tu n'as pas agi en tant qu'Exécuteur officiel.

Gaius fronce les sourcils. Essaie-t-il de surpasser le côté sombre de Vlad, ou bien les regards noirs sont-ils appris dans les leçons d'initiation de vampires ?

— Quand on veut vraiment que quelque chose se produise dans le futur, dit-il à contrecœur, il est utile d'avoir une voyante puissante qui vous doit un service.

Avant que je puisse l'interroger davantage, j'entends

un bruit de pas et Ariel entre dans la salle. Dans ses mains se trouvent une bouteille et un téléphone.

— Tu vas bien, dit-elle, et le soulagement de sa voix me rappelle le danger que j'ai réussi à éviter.

Ou à éviter *potentiellement*, en fonction du sort de Chester et de cette histoire de Rite.

— Tes blessures...

— Je l'ai conduite chez un de nos guérisseurs, intervient Gaius. Mais je ne peux pas te dire qui... le secret du Conseil et tout ça.

Ariel et moi sommes venues dans des voitures différentes jusqu'ici, et je devine qu'elle n'a pas reçu un traitement de soin comme moi. Pourtant, elle semble en parfaite santé. Plus que cela, en fait. Elle rayonne. Si nos règles n'étaient pas synchronisées, je me serais demandé si elle était enceinte. Est-ce le sang de vampire de Gaius ? Si oui, comment fonctionne-t-il ? Des nanotechnologies ?

— Merci, dit Ariel à Gaius avec une véritable gratitude.

Elle vient vers moi et elle me tend la bouteille. C'est une Ensure aromatisée à la vanille... une boisson de substitut de repas. Mon estomac gargouille, et je dévisse donc la bouteille pour boire une gorgée. Je dois vraiment être affamée, car la boisson a davantage le goût d'un milk-shake délicieux que d'un mélange inintéressant de maltodextrine de maïs et de lécithine.

— Pourquoi dois-je faire un régime liquide ? dis-je après avoir avalé une autre gorgée.

— Si j'étais toi, je ne mangerais pas du tout avant le Rite, dit Gaius et Ariel lui jette un regard noir.

— Pourquoi ?

Je bois une autre gorgée et je jette un regard inquiet à tous les deux.

— Est-ce que ça fait mal ?

Il désigne Ariel.

— Elle ne peut pas faire de commentaire là-dessus. Mais moi, je le peux.

Il se tient là d'un air satisfait, clairement décidé à me faire transpirer.

Je bois une autre gorgée pour montrer que je m'en moque, mais mon pouls s'accélère. J'ai une limite à ce que je peux supporter en une seule journée, et j'ai dépassé cette limite à Vegas.

Ariel tape quelque chose sur son téléphone et celui de Gaius annonce un nouveau texto.

Je les regarde d'un air spéculatif. Ils ont échangé leurs numéros ?

— Ton amie veut que je te dise à quel point elle est impressionnée par ma candeur et ma beauté, dit Gaius.

Ariel lève les yeux au ciel, mais ne dit toujours rien.

— Elle veut aussi que je t'explique que le Rite est quelque chose que tous les Conscients adultes traversent. Que même Felix…

— Attends.

Je manque m'étouffer avec ma boisson.

— Felix est aussi un Conscient ?

Ariel s'approche de Gaius, se penche vers lui et

chuchote quelque chose à son oreille pendant quelques longues secondes.

— Oui, répond Gaius quand elle a terminé.

Ariel lui donne un coup de poing à l'épaule, alors il ajoute :

— Oh, et elle voulait aussi que tu saches que Felix n'est pas aussi inutile que le voudrait tout bon sens.

Elle lui donne un coup de poing plus violent, mais Gaius doit être incroyablement fort, car il le subit sans broncher. Lorsqu'il regarde Ariel avec une fausse naïveté, son beau visage m'évoque celui d'un chat jouant avec sa proie.

Ariel envoie un nouveau texto, ses doigts dansant avec fureur sur son téléphone.

Il lit le message et dit :

— Très bien. C'est Felix qui a aidé à localiser Beatrice. Tu as révélé à Ariel les détails de la conversation entre Beatrice et son employeur, alors Felix a piraté la NSA et utilisé ces données pour trouver un enregistrement de l'appel téléphonique que tu as mentionné. À partir de là, il a triangulé la localisation de Beatrice et déterminé qu'elle se trouvait à Vegas, à l'hôtel Luxor… bien que ce qu'il aurait dû faire, c'est découvrir qu'il s'agissait de Chester à l'autre bout de la conversation.

Ariel lui chuchote encore quelque chose à l'oreille, et même si je ne peux pas l'entendre, je suis certaine qu'elle défend Felix.

— Oui, mais sa seule utilité est de découvrir ce

genre de choses, lui dit-il. Les manipulations de probabilités de Chester peuvent seulement…

C'est étrange de les voir argumenter de cette façon. Lorsque Gaius m'avait ramenée chez moi après le spectacle, j'avais eu l'impression qu'ils se rencontraient pour la première fois et qu'elle le détestait. Maintenant, on dirait un vieux couple. Elle et moi devons avoir une discussion quand elle pourra me parler librement… après ce Rite que je redoute de plus en plus.

— Comment se fait-il que tant de gens dans ma vie soient Conscients ? D'ailleurs, combien de Conscients y a-t-il dans le monde ? Et – je regarde Ariel – Felix et toi, saviez-vous que j'en étais une ? Si c'est le cas, pourquoi m'avez-vous laissé passer à la télé ?

Ariel commence à écrire, mais avant qu'il reçoive le texto, Gaius explique :

— Je peux répondre à beaucoup de ces questions : j'y suis habitué dans mon rôle de héraut. Il s'agit de ce que tous les jeunes Conscients veulent savoir également… ça et s'ils sont encore obligés de fréquenter les écoles humaines, ce qui n'est pas ton souci, puisque tu es si âgée.

— Attends, dis-je en ignorant la pique concernant mon âge. Les parents ne peuvent même pas parler à leurs enfants de tout ceci ?

— C'est correct, dit-il. Le Mandat l'interdit. La diffusion correcte de ce genre d'information est la clé de la sécurité de tout le monde… et la raison de l'existence des hérauts.

— D'accord, très bien, dis-je. Mais peux-tu s'il te

plaît faire ton truc de héraut maintenant ?

— Il existe très peu de Conscients dans ce monde, moins d'un pourcentage d'un pour cent, mais nous nous attirons les uns les autres.

Il fait un clin d'œil à Ariel.

— C'est un pouvoir que nous avons tous, bien que ceux qui peuvent manipuler les probabilités, comme Chester, l'ont encore plus. C'est pour cela que nous nous rassemblons autant. Nous préférons nous perdre dans l'anonymat des grandes villes, et l'attirance nous conduit tous dans les mêmes quartiers, souvent les mêmes immeubles... un peu comme d'autres minorités à New York.

Il s'arrête de parler jusqu'à ce qu'Ariel, qui lui a envoyé un nouveau texto, lui donne un coup de coude pour le faire continuer.

— Ariel ne savait pas que tu étais Consciente, dit-il. Puis, quand tu as commencé à prédire le marché – il regarde son téléphone – et prédit les résultats des élections et des événements géopolitiques majeurs dans plusieurs pays, ainsi que le tremblement de terre mexicain...

— La moitié de cela, c'était de la chance. L'autre moitié était une simple analyse des faits et l'utilisation de la logique. En ce qui concerne le tremblement de terre mexicain – je jette un regard exaspéré à Ariel –, c'était un tour mentaliste. C'est tout. Je te l'ai dit.

— Tu ne m'as pas dit comment tu avais fait.

Ariel parle pour la première fois, et même sa voix est plus vigoureuse.

— Comment as-tu fait cela ? As-tu séduit quelqu'un dans l'émission et lui as-tu demandé d'échanger cette enveloppe pour toi ?

— Tu t'approches de la vérité, mais je n'aime pas cette image de pétasse que tu me donnes. Je n'ai même flirté avec personne pour ce tour.

— Une meilleure question est : pourquoi es-tu si fascinée à l'idée de prédire le futur ? intervient Gaius.

Il a sans doute vu la vidéo de Darian condamnant ma méthode, alors il ne comprend pas la curiosité d'Ariel.

— Cela ne me fascine pas, dis-je, bien qu'un vide se forme au creux de mon estomac. La prédiction de la une est un classique : quelque chose que les mentalistes font depuis l'aube des temps. Et tous les livres de magie expliquent que les tours devraient être personnels, alors j'ai choisi la prédiction, car les prévisions – bien que de type financier – font partie de mon travail. Je participe également au Good Judgment Project, et...

— Connais-tu quelqu'un d'autre qui soit aussi doué que toi en pronostics ? demande Gaius.

Je réfléchis avant de répondre.

— Je ne suis pas la meilleure du Good Judgment Project, et je ne suis pas non plus la meilleure – ou la plus chanceuse – analyste financière au monde. Mais je me trouve dans le pourcentage le plus élevé des deux, et je ne sais pas si quelqu'un d'autre peut l'affirmer. En outre, il y a mon talent pour voir venir les rebondissements dans les histoires, et ma capacité à anticiper les accidents de la route...

— C'est bien ce que je pensais, dit-il d'un air triomphant.

Ariel écrit un autre message et le téléphone de Gaius sonne encore.

Il le regarde et dit :

— Ariel aimerait que je t'explique qu'elle ne voulait pas que tu passes à la télé, mais elle ne savait pas comment t'arrêter.

Ariel compose rapidement un autre message, et il ajoute :

— Dans tous les cas, elle n'était pas certaine que tu sois Consciente.

Je me souviens à quel point mes colocataires étaient peu enclins à me soutenir quand il s'agissait de ma carrière à la télévision, chose qui m'ennuyait plus que je voulais bien l'admettre. Maintenant, je vois qu'ils essayaient en fait d'être de bons amis...

Ariel donne un coup de pied dans la cheville de Gaius.

Il regarde son téléphone, lève les yeux au ciel et dans sa meilleure imitation de la voix d'Ariel, dit :

— Elle est vraiment désolée de ne pas avoir empêché ton passage à la télé.

Il repasse à sa voix normale.

— À mon avis, il n'y a pas de quoi être désolée. Ariel devrait être contente de ne pas t'avoir arrêtée. Cette performance à la télé t'a donné des tonnes de puissance... et en toute impunité.

— À ce sujet...

Je les regarde tour à tour, ne sachant pas quelle est

la meilleure personne pour cette question.

— Comment cela fonctionne-t-il ? Aurais-je eu des pouvoirs de style Magnéto si j'avais tordu des cuillères dans l'émission ?

Ariel regarde Gaius pour demander son aide, alors il soupire et dit :

— Personne ayant fait ce que tu as fait n'a survécu pour en parler ensuite. Je pense que tu n'aurais eu aucun pouvoir sur le métal. Sauf si un de tes ancêtres avait eu une telle capacité, et même dans ce cas-là, les pouvoirs doubles sont extrêmement rares. Non. Étant donné la puissance de ta précognition sans aucun entraînement, je parie que tes parents devaient être des voyants. Il était donc très fortuit pour toi de faire semblant de prédire l'avenir, presque comme si une part de toi avait su qu'en le faisant, cela augmenterait grandement tes pouvoirs.

— Si une part de moi a fait cela contre moi-même, je dois être secrètement suicidaire. Dans tous les cas, es-tu en train de dire que j'étais déjà une voyante, mais que la foi des gens en moi a renforcé mon pouvoir ?

Je me souviens de l'afflux d'énergie sur scène qui soutient cette théorie.

— Est-ce que cela signifie que les croyances peuvent d'une certaine façon modifier la réalité si un Conscient est impliqué ?

— Pas exactement, mais je ne suis pas doué en métaphysique, alors je vais te donner le speech simplifié que je fais aux jeunes. Tu apprendras le reste plus tard.

Il s'éclaircit la gorge et son visage prend un air professoral.

— Autrefois, quand les superstitions régnaient en maîtres, les Conscients étaient vénérés comme des dieux... et cela fit grandir leurs pouvoirs.

Ariel lève les yeux au ciel, mais Gaius lui jette un regard noir avant de continuer.

— Certains de tes ancêtres Conscients ont accumulé beaucoup de puissance grâce à cette adoration. Puis ils ont eu des enfants avec des pouvoirs similaires, mais parfois dilués. Des générations plus tard, ce même pouvoir est encore en toi.

J'ai mal à la tête, et pas seulement parce que son 'explication' soulève plus de questions que de réponses.

— Autour du Moyen Âge, il a été temps pour les Conscients d'arrêter de gagner du pouvoir en utilisant la foi humaine, sinon nous risquions de nous attirer la colère des humains, qui avaient alors commencé à perfectionner les techniques de guerre, nous avaient dépassés en nombre, et avaient commencé à soupçonner que des créatures de notre espèce pourraient se mêler de leurs affaires – ce que nous faisions, effectivement.

Il prend un air pensif et je me demande s'il est assez vieux pour avoir été présent au Moyen Âge. Il faudra que je lui pose la question, mais d'abord, je me concentre sur ce qu'il me raconte.

— Le Mandat est la solution standard utilisée par notre espèce à ce stade de l'évolution humaine, poursuit-il. Le Mandat limite la façon dont un

Conscient peut obtenir son pouvoir… et indirectement, la puissance de quiconque. Mais surtout, cela permet d'empêcher que même la torture nous fasse révéler nos secrets.

Il parcourt la pièce d'un regard appuyé… j'avais peut-être raison de penser qu'il s'agissait d'une chambre de torture dans le passé.

Avalant sans réfléchir une autre gorgée d'Ensure, j'essaie de rendre ma respiration plus régulière. Il me faudra longtemps pour digérer tout ceci. Me raccrochant à la question qui m'ennuie le plus, je dis :

— Si la croyance conduit à la puissance, est-ce que cela ne signifie pas que les plus puissants de nous tous seraient les dieux des religions modernes ?

Il grimace.

— Je plains celui qui finira par être ton mentor. Laisse-moi essayer de répondre.

Il appelle Ariel à l'aide du regard, mais elle se contente de hausser les épaules.

— Quand les humains croient au pouvoir d'un Conscient, ils transfèrent une partie de leur énergie – faute d'un meilleur terme – vers la source de leurs croyances.

Il se gratte la tête. Manifestement, ses élèves Conscients habituels ne posent pas des questions difficiles.

— Une telle 'énergie de la foi' peut seulement être utilisée par un Conscient vivant. Ainsi, pour que Vishnou obtienne du pouvoir grâce à ses croyants, il aurait dû être l'un d'entre nous… chose qui peut ou pas avoir été le cas. Et même si Vishnou avait été Conscient, ses disciples auraient dû croire exactement ce qu'il fallait à son sujet au cours de sa vie.

— Intéressant.

Je termine ma boisson et je pose la bouteille vide sur le banc à côté de moi.

— Étant donné ce que tu as dit, est-ce que toi, en tant que vampire, tu ne bénéficies pas de la croyance dans les vampires ?

— Peu de gens croient vraiment que nous existons, mais oui, nous partageons tous l'énergie des rares personnes croyant ce qu'il faut à notre sujet. Mais nous n'avons pas contraint les humains à nous aimer autant… il se trouve juste que nous sommes irrésistibles.

Une douzaine de silhouettes ressemblant à des moines en robe grise entrent dans la pièce, le visage caché par les capuches. L'un d'entre eux balaye le sol ancien et ses frères installent des bougies noires tout autour de la pièce. Tous font semblant que nous n'existons pas… et ils sont peut-être forcés à le croire.

— Les préparations pour ton Rite ont commencé, dit Gaius en se frottant les mains comme un super méchant. Es-tu enthousiaste ?

— Surexcitée, dis-je lorsque le Ensure se transforme en antigel dans mon ventre.

— Des nouvelles de la procédure ? demande Ariel à voix haute.

Je suppose que cette affirmation est assez vague et neutre afin que le Mandat le permette.

Je tends les oreilles : le sort de Chester pourrait influencer le mien.

Gaius prend un air distant, avant de froncer les sourcils.

— J'ai une mauvaise nouvelle. Préparez-vous.

Ariel et moi le regardons, pétrifiées.

Il éclate de rire.

Ariel serre les poings, mais je continue à le fixer sans comprendre.

— Vous auriez dû voir vos têtes, dit-il en reprenant son souffle. Je plaisantais. Chester est viré du Conseil.

Ariel lui fait un uppercut à la mâchoire ce qui le fait encore éclater de rire.

J'inspire profondément pour me remettre de ma quasi-crise cardiaque.

— Pardon pour ça, dit-il au bout d'un moment. Chester n'est plus une menace pour toi. Donc, si tu survis au Rite en gardant la vie et l'esprit intacts, ce sera parfait.

— Que veut-il dire par 'la vie et l'esprit intacts' ? dis-je à Ariel, mais soit elle refuse de répondre, soit elle ne le peut pas à cause du Mandat.

Je jette un regard suppliant à Gaius.

— Sérieusement, que se passe-t-il au cours du Rite ?

Une musique sombre et sinistre résonne à travers la pièce, réduisant Gaius au silence. En cherchant la source du bruit, j'aperçois une des silhouettes encapuchonnées assise au clavier de l'orgue, conjurant une tempête. Après quelques notes mélancoliques étrangement familières, je reconnais le morceau comme étant la *Toccata et fugue en ré mineur* de Bach. Ma prof de musique de Colombia se serait fait pipi dessus de fierté en voyant que je m'en souviens.

L'odeur d'encens imprègne la pièce, et des silhouettes en robe grise se promènent en agitant des encensoirs comme ceux que l'on voit à la messe, mais marqués de symboles sinistres. Les symboles m'évoquent les signes que Beatrice faisait sur les corps.

Je me lève afin de crier à l'oreille de Gaius, mais une des silhouettes m'attrape par le bras et m'éloigne.

Je jette un coup d'œil à Ariel par-dessus mon épaule. Elle semble inquiète, ce qui confirme que le Rite doit être aussi dangereux que Gaius l'a sous-entendu.

Malgré tout, je ne résiste pas à l'espèce de moine : je veux me comporter le mieux possible. Ariel nous suit en gardant ses distances, et cela me soulage légèrement. Pendant que nous marchons, je jette un coup d'œil accidentel sous la capuche de mon guide, et je le regrette immédiatement. Son visage semble avoir été brûlé, puis le feu éteint par de l'acide.

Percevant mon malaise, il tire la capuche en avant pour se cacher, mais ce geste expose ses mains abîmées.

Nous atteignons une alcôve à l'arrière, et l'homme me pousse doucement à l'intérieur.

Une robe – du type ouvert à l'avant – et un masque sont pendus à un crochet doré.

Il doit s'agir de ma tenue pour le Rite.

Le masque est celui d'un visage féminin serein fait de marbre. Il est lisse à l'endroit où devrait se trouver l'emplacement des yeux, et un œil au milieu du front fixe l'infini et au-delà.

J'appuie le masque froid contre mon visage. À ma grande surprise et mon soulagement, je peux voir à travers. Quelqu'un a percé de minuscules trous dans la zone des yeux… une méthode intéressante pour y voir en toute discrétion, que je range dans mon encyclopédie mentale de bandeaux.

Ariel entre dans l'alcôve au moment où je passe la robe sur mes épaules.

Elle secoue la tête en me regardant.

La musique est encore plus vive maintenant, alors je dois crier dans son oreille.

— L'ai-je mise à l'envers ?

— Tu n'es pas censée porter quelque chose au-dessous, crie-t-elle à son tour.

— Quoi ?

J'examine encore la robe. Si je ne porte rien au-dessous de ce tissu rugueux, ce sera extrêmement inconfortable. En outre, je ne suis pas certaine que cela puisse couvrir entièrement mon corps.

— C'est la tradition, crie à nouveau Ariel. Tu dois te déshabiller.

Elle part avant que je puisse argumenter. Je me rappelle mon pacte de bon comportement et je me déshabille prudemment. Le courant d'air froid sous la robe donne la chair de poule à ma chair de poule.

Ariel n'est pas là pour me dire si je dois rester pieds nus, alors je remets mes chaussures. Je pourrais toujours les retirer plus tard. Je passe ensuite l'étrange masque sur mon visage, attachant le lacet autour de ma tête.

En sortant de mon vestiaire impromptu, je vois que les bougies de la chambre de torture sont déjà allumées et les membres du Conseil sont assis sur les bancs en pierre. Ils portent tous encore leur robe multicolore, mais à présent, ils tiennent également des masques de marbre effrayants. Je suppose qu'ils ont l'intention de les mettre bientôt.

Une personne colossale vêtue d'une robe de Conseiller se tient à côté de la dalle sacrificielle. Il – bien que cela pourrait être une 'elle' – doit posséder une hypophyse trop active, ou bien des échasses. Faisant presque deux mètres cinquante, avec des épaules incroyablement larges, la silhouette porte un masque grimaçant qui ressemble à une gargouille, mais qui possède un tentacule à la place du nez. Dans sa main se trouve un bâton géant qui semble avoir été façonné dans un tronc d'arbre entier.

— Je vous présente Sasha, dit-il – maintenant, je suis presque certaine que c'est un 'il' – d'une voix si profonde que celle de Barry White est un couinement en comparaison.

Il n'aurait aucun problème pour couvrir la musique de l'orgue, mais dès que sa voix retentit, la musique s'arrête.

— Sasha, entonne tout le monde.

Je me force à répondre, mon pouls accélérant brusquement.

— Bonjour.

J'espère vraiment, vraiment, vraiment que l'on ne s'attend pas à ce que je fasse un grand discours dans ces circonstances.

— Avant que le Rite puisse commencer, un mentor doit s'avancer, dit le géant en frappant bruyamment le sol avec son bâton, faisant vibrer le podium et la dalle.

Je parcours la foule et je me rends compte qu'il y a d'autres gens en plus des membres du Conseil. Je suppose que c'est logique. Je ne devrais pas m'attendre à ce qu'un Conseiller soit un mentor pour quelqu'un comme moi, une débutante avec si peu d'importance.

Tout le monde semble tendu et au bout de quelques instants, je commence à devenir anxieuse. Est-ce que cela va être comme quand personne ne me voulait dans leur équipe de football ? Ce serait aussi gênant que de rater un discours.

Chester se lève. À ses doigts pend un masque avec le rictus psychotique du Joker, ou du clown de *Ça*.

— Chester, dit le géant. Quelqu'un veut-il le défier ?

Quoi ?

Chester pour mentor ?

Il voulait ma mort. Cela ne leur paraît pas être un conflit d'intérêts ?

Au prix de gros efforts, je reste silencieuse, me concentrant toujours sur mon projet de bon comportement.

Darian se lève. Le masque accroché à sa main est aveugle, avec un œil sur le front comme le mien, mais avec des traits plus masculins.

Je pousse un soupir de soulagement. Darian m'a

mise dans cette situation, mais je ne crois pas qu'il veuille ma mort. Si Gaius a raison et que Darian a bien des projets pour moi, ils m'impliquent clairement en tant que voyante puissante… et maintenant en tant qu'élève.

— Conseiller Darian, dit le géant, et je remarque que Chester grimace.

Quand il a été annoncé, son titre honorifique de Conseiller a été omis, sans doute pour la première fois depuis longtemps.

— Je cède, dit Chester en grinçant des dents avant de se rasseoir et de remettre son masque.

Je cache un sourire. Darian doit être supérieur à lui dans la hiérarchie, maintenant.

— Quelqu'un d'autre ? demande le géant.

La pièce reste silencieuse.

Je commence à réfléchir aux questions que je poserai à Darian lorsqu'une autre silhouette se lève.

Des chuchotements enthousiastes se répandent dans la pièce, et même le géant sur la scène semble être secoué en disant :

— Conseiller Nero ?

— Je cède, dit immédiatement Darian. Je cède, répète-t-il pour faire bonne mesure, avec un accent britannique plus marqué que d'habitude.

Il s'assoit si vite que sa robe gonfle comme un parachute.

Avant qu'il remette son masque, j'aperçois la confusion anxieuse sur son visage.

N'a-t-il pas vu venir cela malgré ses pouvoirs de

précognition ? Dans ma vision, Chester a dit que les voyants n'étaient pas omniscients. Ou bien a-t-il peur de Nero ?

Peut-être les deux ?

Personne ne demande ma préférence, ce qui est dommage. Je préférerais être l'élève de Darian. Je n'ai pas besoin de super pouvoirs pour savoir que si Nero est mon mentor, je suis coincée pour de bon dans mon travail au fonds spéculatif.

Avant que je puisse jauger la sagesse de donner mon opinion, vœu de bon comportement ou pas, les membres du Conseil remettent leur masque et la musique de l'orgue reprend.

La partie mentor du Rite semble être terminée, et je suis coincée avec Nero.

Est-ce que cela pourrait être pire ?

Le géant indique la dalle.

Je le regarde, puis la pierre froide, et j'articule 'Sans blague ?' en silence.

— Montez dessus, dit-il, sa voix résonnant dans mon ventre. Essayez de vous détendre.

'Essayez de vous détendre', c'est ce que les médecins, particulièrement les gynécos, disent juste avant de faire quelque chose de terriblement désagréable.

Je m'allonge sur la dalle en poussant un juron silencieux.

Les bougies faiblissent et un grand cercle d'énergie magique grandit hors de la base du bâton du géant...

une espèce de plasma rouge qui doit s'apparenter au portail qu'Ariel et moi avons traversé à JFK.

Les bougies s'éteignent complètement.

Le géant ouvre brusquement ma robe.

Ma poitrine monte et descend rapidement, faisant rebondir mes seins exposés à l'air frais.

Je me couvre avec mes mains.

Va-t-il y avoir une orgie, finalement ? Je ne l'espère pas. Ma politique de bon comportement a ses limites… des limites que nous avons déjà dépassées avec ce déshabillage en public.

Le géant lève son bâton dans les airs.

Je ne peux m'empêcher de remarquer à quel point le cercle de lumière rouge ressemble à un fer rouge.

Suis-je sur le point d'être marquée comme du bétail ?

'Essayez de vous détendre', mon cul. Je veux bouger et m'enfuir, prête à dire au Conseil qu'ils peuvent se mettre la chose à un endroit où elle aura une meilleure occasion de briller, mais le géant doit voir mes intentions et il a son propre objectif.

Ses mouvements sont trop rapides pour quelqu'un d'aussi immense, et il baisse le bâton brillant sur mon ventre avant que je puisse l'éviter.

J'inspire si profondément que j'aie peur de faire exploser mes poumons.

Ma peau ne grésille pas à l'endroit où je suis touchée, mais si c'était le cas, la brûlure aurait été préférable à la douleur interne que je subis.

On dirait que mon essence même vient de se faire

marquer. Comme si ce qui faisait mon identité venait d'être violemment réarrangé.

J'ai des convulsions sur la dalle et je hurle quelque chose d'inhumain. C'est comme si quelqu'un avait enregistré les cris de tous les cochons ayant été massacrés au monde et que cet enregistrement sorte de mes cordes vocales.

D'une voix lointaine, j'entends tonner le géant :

— Son pouvoir est peut-être trop grand pour être contenu par le Mandat.

— Nous n'avons pas le choix, dit quelqu'un d'une voix autoritaire, mais je perds le fil du reste de la conversation, car la douleur s'intensifie, ce qui paraissait impossible.

Un océan de mousse, de vomi à l'Ensure et de sang jaillit de ma bouche, et il se pourrait que plus de fluides corporels embarrassants s'échappent d'autres endroits de mon corps.

L'énergie magique pénètre toutes mes terminaisons nerveuses, enflammant chacune comme une note dans une symphonie infernale. Lorsque cette musique de douleur atteint un crescendo particulièrement insupportable, quelque chose en moi se brise.

J'ai l'impression de tomber, de chuter à travers la dalle, la croûte terrestre, le manteau comme du goudron, et le fer liquide, puis de heurter le cœur solide qui est aussi brûlant que la surface du soleil.

En poussant un autre cri inhumain qui traverse ma gorge comme un verre d'acide fluorhydrique, je m'évanouis.

CHAPITRE VINGT-SEPT

JE ME RÉVEILLE avec un hurlement sur les lèvres.

En ouvrant les yeux, je suis soulagée de me trouver dans un lit confortable, sans la moindre dalle sacrificielle en vue.

D'après le réveil sur ma table de nuit, il est 9 h 37. Les stores ont suffisamment maintenu la pièce dans l'obscurité pour me laisser dormir bien au-delà du lever de soleil.

Je rejette la couverture. Quelqu'un m'a vêtu de mon pyjama préféré au thème poker. Je lève le haut du pyjama et j'examine mon ventre. Je n'y vois pas de brûlure hideuse à l'endroit où j'ai été touchée par le fer rouge, ce qui semble logique, car je n'en ai jamais vu sur la peau d'Ariel, et elle a dû traverser le même Rite horrible.

La porte s'ouvre.

— En parlant du diable, dis-je, surprise d'entendre

que ma voix n'est pas rauque à cause de tous les hurlements et vomissements pendant le Rite.

— Comment te sens-tu ?

Ariel s'approche et s'assoit précautionneusement sur le bord du lit.

— Étonnamment bien, dis-je en parcourant mentalement tout mon corps et en ne trouvant aucun problème à rapporter. Ils ont dû me ramener chez ce soigneur.

— Ils ont été obligés.

Ariel attrape ma main et la serre.

— C'était tellement horrible. J'ai cru que tu n'allais pas t'en sortir.

Je m'assois et je fronce les sourcils.

— Tu as dit que le Rite est quelque chose que tous les Conscients doivent traverser.

— La nature du Rite est d'entremêler le Mandat avec ton pouvoir, dit-elle en lâchant ma main. Quand tu as plus de puissance, le processus est plus dur.

— Hé ! Maintenant, nous pouvons parler de tous les secrets des Conscients sans que tu saignes.

Je glisse mes pieds dans les pantoufles que quelqu'un a laissées pour moi.

— Eh bien, oui.

Ariel se lève et ouvre les rideaux, laissant entrer les rayons de soleil chaleureux dans la pièce.

— Tu es maintenant sous le Mandat. Félicitations. Maintenant, toi aussi tu saigneras et/ou mourras si tu essaies d'expliquer quoi que ce soit à quelqu'un qui n'est pas sous le Mandat.

— Dans tous les cas, je n'en sais pas assez pour expliquer quoi que ce soit, dis-je en m'étirant. À ce sujet, quel était cet endroit par lequel nous sommes passés en allant à Vegas ? Celui avec le ciel violet et les nuages roses ?

— Il s'agit d'un des Autremondes, dit-elle par-dessus son épaule, puis elle se retourne vers moi. Attends une minute. Comment as-tu vu le ciel avec le bandeau sur les yeux ?

— Peu importe.

Je lui cache mon sourire diabolique en faisant le lit.

— Est-ce de là-bas que viennent tous les Conscients ? De l'un de ces Autremondes ?

— Oui, dit Ariel. C'est ce que l'on m'a appris.

— Et où se trouvent ces Autremondes ?

Je réarrange ma couverture.

— Sont-ils dans une autre galaxie ? Ou dans un univers différent ?

— Qu'est-ce que ça change ?

— Beaucoup de choses.

Je me dirige vers le placard et je cherche des vêtements chauds.

— Les univers différents peuvent avoir des lois de la physique différentes.

— Comment savons-nous que les lois de la physique ne sont pas différentes dans des parties éloignées de notre propre univers ? demande Ariel.

— Je n'en suis pas sûre.

Je sors mon pull le plus épais et je l'enfile.

— Je sais simplement que visiter un autre univers est plus cool qu'une autre planète.

— Les Autremondes sont des mondes parallèles à celui-ci, alors je suppose qu'ils existent dans une autre dimension ou un autre univers…

Je me tourne et je commence à hocher la tête, puis je reste paralysée sur place, la bouche ouverte. Pour la première fois aujourd'hui, je regarde véritablement Ariel et je n'arrive pas à croire ce que je vois.

Une sorte d'aura rouge entoure ma colocataire, avec un grand dessin brillant au centre. Ce dessin ressemble exactement à la marque qui a été apposée sur moi durant le Rite… un souvenir qui me fait frissonner.

Je me frotte les yeux, mais l'artefact visuel ne disparaît pas. Je n'arrive pas à croire que je ne l'ai pas remarqué plus tôt.

— Qu'est-ce que c'est ?

J'agite la main dans les airs autour d'Ariel.

— Quelle est cette lueur autour de toi ?

— C'est le Mandat, explique Ariel. C'est ainsi que nous pouvons détecter les autres personnes qui y obéissent. Autrement, comment sommes-nous censés savoir qui fait partie des nôtres ?

Je hausse les épaules.

— Je n'y ai jamais vraiment réfléchi.

— C'est une première.

Elle me fait un clin d'œil.

— C'est comme un nouveau sens que nous obtenons tous après le Rite. Tu vas t'y habituer avec le temps. J'ai arrêté de le remarquer maintenant, sauf quand j'en ai besoin.

— Un nouveau sens, dis-je en marmonnant tout en parcourant la pièce à la recherche de Fluffster.

— J'ai déjà donné à manger au petit gars, dit Ariel, qui évite mon regard pour une raison que j'ignore. Et je lui ai donné de l'eau. Et j'ai mis son bain de sable dans la chambre de Felix. Il est en train d'en profiter là-bas pour l'instant. Cela fait beaucoup de nouvelles choses à traiter, alors je ne voulais pas que tu sois distraite par quoi que ce soit avant le petit-déjeuner.

— Le petit-déjeuner ?

Mon ventre gargouille bruyamment.

— J'ai fait du porridge, dit Ariel en se dirigeant vers la cuisine.

Je la suis en salivant comme le chien de Pavlov.

— Assieds-toi, ordonne Ariel et j'obéis avec plaisir.

— Tu vas bientôt devoir courir au travail.

Elle verse une louche de porridge dans un bol et elle le saupoudre de noix et de fruits séchés.

— Ton nouveau mentor a insisté afin que tu retournes à une routine normale… et crois-moi, tu n'as pas envie de le fâcher.

— Évidemment que cet esclavagiste veut que je retourne au travail, dis-je en touillant mon porridge avec irritation. Je suis surprise qu'il m'ait laissée faire la grasse matinée.

— Tu devrais être indulgente avec lui.

Ariel se sert le double de ma quantité de porridge et le triple de noix.

— Il organise ton Jubilé ce soir, et il n'était pas obligé de le faire. En général, c'est la famille, pas le mentor qui paie cette facture.

— Mon quoi ?

Ma cuillère s'arrête près de ma bouche.

— S'il te plaît, ne me dis pas qu'il y a d'autres cérémonies. Je ne crois pas pouvoir survivre à un autre Rite, même avec un nom joyeux.

— Mais non, le Jubilé n'est pas comme ça. C'est amusant. C'est là que tu es formellement reconnue par notre société comme étant une Consciente. Tout le monde que tu connais s'y rend et on y danse, il y a de l'alcool, de la nourriture…

— C'est donc une sorte de bal des débutantes ?

Je fourre enfin du porridge dans ma bouche.

— Les garçons le font aussi, dit-elle en soufflant sur une cuillerée de son porridge. C'est plutôt comme une bar-mitsva.

La bouche pleine, je demande :

— À quel endroit va-t-il se tenir ? Et à quelle heure ?

— C'est à la salle de bal de ton fonds d'investissement, dit Ariel avec un sourire enthousiaste. Cela commence ce soir, à dix-huit heures.

Nero va donc me laisser partir tôt du travail. Apparemment, il met le paquet.

Je me concentre pendant un moment sur ma nourriture, digérant cette information. J'ai envie d'une fête au moins autant que d'une sangsue sur le front, mais tant que ce n'est pas un autre Rite, je préfère encore discuter avec un verre dans la main au lieu de faire des recherches sur les actions. De plus, Ariel va s'éclater. Même un voyage au département des immatriculations lui plairait s'il fallait danser.

Je me souviens alors d'un sujet désagréable dont je voulais lui parler, et j'avale ma cuillerée avant de demander prudemment :

— Crois-tu que Gaius sera présent ?

— Tout Conscient souhaitant venir aura cette possibilité, dit-elle, son visage devenant indéchiffrable lorsque je mentionne Gaius.

Au vu de l'échec de la subtilité, je choisis une approche plus directe.

— Se passe-t-il quelque chose entre vous ?

— Qu'est-ce qui te donnerait une idée aussi folle ?

Elle ajoute davantage de noix à son porridge et elle me regarde avec une telle sincérité que je me demande presque si j'ai mal interprété la situation.

Presque.

— Eh bien, c'est bon à savoir, dis-je lorsque je suis la première à baisser le regard. Il a menacé de te tuer si je parlais au Conseil de l'implication de Darian et lui dans ma performance télévisée.

— Ah.

Elle agite la main comme si les menaces de mort n'étaient qu'une petite nuisance – quelque chose comme de promener un chihuahua dans le parc sans laisse.

— Ce ne sont que des tactiques politiciennes. En réalité, je suis surprise que Gaius ait travaillé avec

Darian – et que ce soit approuvé par Vlad, en supposant que ce soit le cas.

— Gaius a dit qu'il voulait une faveur de la part de Darian, une vision, je crois.

Je me dirige vers le frigo, j'attrape un carton de jus de fruits et deux verres et je les ramène à table.

— Il doit vraiment vouloir connaître son avenir. Moi, je ne traiterais pas avec un voyant, même si j'étais sur le point d'être renvoyée en Irak, dit-elle en hochant la tête en remerciement pour le jus de fruits que je lui verse. Sans vouloir te vexer, bien sûr.

— Je ne me vois pas comme étant voyante, alors ça ne me vexe pas. Mais pourquoi ne voudrais-tu pas traiter avec eux ?

— Car lorsque tu le fais, tu peux être certain que tu es devenu un pion que le voyant utilisera et sacrifiera si nécessaire.

Ariel boit rapidement son jus de fruits.

— Encore une fois, je suis certaine que tu ne seras pas ainsi lorsque *tu* maîtriseras tes pouvoirs… du moins, tu ne le seras pas avec moi. J'espère.

Une sensation désagréable se forme au creux de mon estomac à l'idée d'être le pion de Darian. C'est une description qui semble lui correspondre assez bien, sauf qu'il n'est pas devenu mon mentor. Suis-je alors devenue le pion de Nero ?

— Nero est-il aussi un voyant ? Tout le monde semble avoir peur de lui.

Ariel s'étrangle avec son jus de fruits et tousse plusieurs fois avant de dire :

— Je ne sais pas trop ce qu'il est : certains Conscients aiment garder le secret sur leur pouvoir. Tout ce que tout le monde sait, c'est qu'il est dangereux et qu'il ne faut pas l'embêter. Mais si un jour tu découvres ce qu'il est, dis-le-moi, je t'en prie. J'en meurs de curiosité.

— Et toi ? dis-je en me rendant compte que cela aurait dû être ma première question. Quel type de Conscient es-tu ? Que sont tes pouvoirs ? Sauf si c'est aussi un secret ?

— Oh, ça.

Ariel avale une autre petite cuillerée de sa nourriture.

— Je suis une sorte de Conscient plutôt inutile. Tout ce que j'ai, c'est la force et la vitesse, rien d'autre.

— Si tu me le demandes, il s'agit de pouvoirs plutôt utiles. Je serais ravie de les échanger avec toi.

J'ajoute plus de fruits séchés à mon bol en me disant que je mérite un peu de gourmandise supplémentaire après l'épreuve de la nuit passée.

— Ton type de Conscient est-il aussi une créature des légendes ? Comme un loup-garou ?

— C'est un peu embarrassant, dit-elle.

Je ricane.

— Cela ne peut pas être plus embarrassant que mon absence de vie sexuelle… et moi je t'en ai parlé. Et d'ailleurs, tu en as parlé devant Felix hier. Tu m'en dois une.

— Très bien.

Elle porte une grande cuillerée de porridge à sa

bouche et me fait volontairement attendre jusqu'à ce qu'elle ait terminé de mâcher.

— As-tu déjà entendu parler d'Héraclès ?

Cette fois, c'est moi qui manque m'étouffer avec mon jus de fruits.

— Hercule, tu veux dire ? Comme dans les douze travaux ? Comme dans le dessin animé de Disney ? Comme dans le film avec The Rock ? Comme dans…

— Oui, celui-là, dit-elle en levant les yeux au ciel. On m'a dit que mon arrière-arrière-grand-père détestait le fait que les Romains l'aient renommé. Il est né sous le nom d'Héraclès, pas Hercule. Mais oui, c'était mon ancêtre.

Étant donné ma récente acceptation de l'existence des nécromanciens et des vampires, je ne sais pas très bien pourquoi ce nouveau changement de paradigme est aussi compliqué, mais c'est le cas. Il y a simplement quelque chose de si étrange au sujet de…

— Je n'ai encore jamais dit ça à personne, précise Ariel. Promets-moi que tu garderas le secret. Si Felix se moque de mon héritage, je pourrais lui arracher la tête par inadvertance… et je ne me pardonnerais jamais d'avoir fait ça.

— Bien sûr.

Je glousse.

— Je laisserai Felix garder sa tête. Et lui, qu'est-ce qu'il est ? S'il te plaît, dis-moi que c'est un farfadet et que sa famille a secrètement fondé les céréales Lucky Charms. Ou peut-être…

— Sais-tu à quel point l'Ouzbékistan est différent de l'Irlande ?

Ariel fait un geste avec sa cuillère.

— Je ne peux pas te dire l'équivalent en mythologie humaine pour ce type de Conscient. Soit il ne le sait pas, soit il ne l'a pas partagé avec moi. Ce que je sais, c'est que son père peut faire faire ce qu'il veut au sable et au verre, et Felix a hérité d'une version de ce pouvoir.

— Laisse-moi deviner, dis-je faussement triomphale. Il peut commander à un gode en verre de...

Ariel se couvre la bouche avec la main.

— C'est dégoûtant. J'ai trop d'images horribles dans ma tête, maintenant.

— Mais sérieusement, dis-je en rassemblant les restes de mon porridge dans ma cuillère. Que peut-il faire ?

— Je ne veux pas lui retirer le plaisir de t'en parler, dit Ariel d'un ton espiègle. Avec tous les merveilleux petits détails ennuyeux.

— Très bien, si tu veux être comme ça.

Je termine ma nourriture.

— Je te fais un échange, dit Ariel. Dis-moi comment tu as procédé pour la prédiction télé et je te dirais quel est le pouvoir de Felix.

— Je vois, tu ne vas pas me laisser tranquille là-dessus. Très bien. Étant donné que j'ai perdu mon mentalisme pour toujours, je ne vois pas le mal qu'il y aurait à te montrer comment j'ai fait ce que j'ai fait. Une seconde.

J'attrape mon ordinateur portable dans ma chambre et je reviens.

En m'asseyant à la table, je parcours mes e-mails. Je suis sur le point de localiser le mail de Darian avec la vidéo lorsque je remarque que ma messagerie déborde de messages de toutes mes connaissances. La moitié parlent de ma prédiction, mais l'autre moitié ont des titres plus sinistres, et des liens vers une vidéo sur YouTube.

Je suis le lien de l'un des messages jusqu'à une vidéo YouTube intitulée 'Fausse médium dévoilée'.

Sans tourner l'ordinateur vers Ariel, je regarde les premières secondes de la vidéo.

Il s'agit de celle que j'étais sur le point de lui montrer. Sauf que maintenant, elle a été vue par des millions de gens… des gens qui pensent que je suis un imposteur.

Ariel doit me voir pâlir, car elle fronce les sourcils et demande :

— Qu'est-ce qui ne va pas ?

Je tourne l'ordinateur pour qu'elle puisse voir l'écran et j'appuie sur *play*.

On voit une vidéo de sécurité de ce qui est arrivé ce dimanche après-midi, bien des heures avant que je me rende au studio. Spécifiquement, cela me montre portant un uniforme UPS marron qui est toujours caché à l'arrière de mon placard. Dans la vidéo, je fais semblant d'avoir un paquet pour l'assistant de Kacie, le type qui jurera plus tard n'avoir jamais quitté des yeux l'enveloppe que j'ai envoyée par courrier au studio des semaines à l'avance. Bien sûr, dès qu'il me laisse entrer, j'échange ma prédiction envoyée par courrier avec l'enveloppe dans mes mains… et la caméra de sécurité zoome sur mon visage pendant que je fais le sale boulot, montrant très clairement ma tête.

Les commentaires sous cette vidéo sont brutaux et j'arrête de lire de peur de jeter l'ordinateur contre le mur… chose que j'ai très envie de faire.

La déception d'Ariel est palpable.

— Alors tu as simplement acheté le journal du dimanche, copié la une sur le tremblement de terre – qui aurait pu être n'importe quelle autre une – tu l'as mise dans une enveloppe qui ressemble à celle que tu as envoyée au studio et puis tu as fait semblant de travailler pour UPS et tu as échangé la 'prédiction' d'origine ?

Je soupire.

— C'est pour cela que je n'explique pas ces choses-là. N'était-ce pas beaucoup plus amusant de se demander comment j'ai fait ?

— Je suppose, dit Ariel en tapant quelque chose dans la barre de recherche de YouTube. C'est étrange, dit-elle au bout d'un moment. Je ne trouve pas ton spectacle.

Je glisse l'ordinateur portable vers moi et je cherche la vidéo en question, mais je ne trouve rien non plus.

— Le Conseil ne doit pas vouloir que j'obtienne plus de pouvoir des gens qui pensent que je suis légitime, dis-je, durement frappée par ma propre déception. Darian doit avoir posté cette vidéo pour me discréditer.

— Même si les gens ne pensent plus que tu es vraiment médium, tu ne perdras pas tes pouvoirs, explique Ariel, ne comprenant pas la source de mon désarroi. Une fois que tu as le pouvoir, il est à toi pour toujours.

— Je me moque de ces stupides pouvoirs, dis-je en fermant l'ordinateur avec trop de force. Plus personne ne m'invitera jamais à participer à un programme télé. Ni ne viendra voir un de mes spectacles. Je serai pour toujours 'cette imposture'.

— Cela ne fait rien de toute façon.

Ariel pose une main réconfortante sur mon épaule.

— Le Conseil te tuerait si tu repassais à la télé. N'est-ce donc pas un sujet stérile ?

— C'est ma réputation.

Les coudes sur la table, je couvre mes yeux avec mes paumes de main.

— Ils m'ont transformé en ce que j'ai toujours méprisé.

— Mais tu es une véritable médium, dit-elle. Tu ne pourrais pas être plus différente des charlatans dont tu te plains toujours même si tu le voulais. Tu es une vraie. Et, depuis quand te soucies-tu de ce que pensent les gens ?

Je baisse les mains.

— Tu as raison. Il faut que j'arrête de me morfondre. Je dois partir travailler. Vite, dis-moi pour Felix.

— Très bien, dit-elle. Felix peut contrôler ça.

Elle indique mon ordinateur portable.

— Le silicone est lié à la silice – ce qui est le sable, le domaine de son père – et Felix peut par magie obliger le silicone à transformer les zéros en un et vice versa, ce qui l'aide avec ses piratages. Du moins, c'est ce qu'il m'a dit… mais je dois admettre que je n'ai pas écouté une grande partie des détails.

— Il contrôle les ordinateurs ? C'est vraiment cool. C'est un pouvoir utile pour l'ère moderne.

— S'il te plaît, fais semblant d'être surprise quand il te le dira, demande Ariel en plaçant les mains dans une position de prière. Ou au moins, ne lui dis pas que c'est moi qui te l'ai appris.

— Je sais garder un secret.

Je me lève pour mettre mon assiette dans le lave-vaisselle.

— Je dois étudier, dit Ariel en s'étirant comme un puma. Je te verrai au Jubilé.

— À plus, dis-je en me préparant à sortir.

––––––

LORSQUE J'ARRIVE AU TRAVAIL, un e-mail de Nero m'attend. Il veut que je fasse des recherches sur une entreprise pharmaceutique avant la fin de la journée. Rien sur le Jubilé, et rien sur notre nouvelle relation de mentor/élève.

Pourquoi ne suis-je pas surprise ?

Comme j'avais prévu de travailler au restaurant ce

soir-là, j'appelle le manager, mais je ne peux pas me résoudre à lui dire la vérité : que j'ai terminé les spectacles pour toujours. À la place, je lui dis que j'ai un déplacement professionnel qui dure un mois et qu'il devrait donner ma place à un autre magicien. Je recommande même quelqu'un.

Tout cela me fait presque physiquement souffrir, et je me sens encore plus mal une fois que je commence à faire les recherches exigées par Nero. Je vois toute ma vie devenir un flot constant de recherches sur les actions, sans la lueur d'espoir que m'a toujours donné le travail au restaurant.

À l'heure du déjeuner, ma recommandation est prête : il faut acheter les actions. Je programme ma réponse de sorte qu'elle soit envoyée à 17 h 59.

Si je l'envoie maintenant, Nero me donnera simplement d'autres actions à analyser.

Je suis en chemin pour aller déjeuner lorsque Venessa, une des assistantes de Nero, me rejoint près de l'ascenseur.

— Monsieur Gorin voudrait que vous passiez par le magasin Oscar de la Renta dans le Upper East Side, dit-elle avec un regard indéchiffrable. Voici la carte de la vendeuse à laquelle vous devez vous adresser.

Muette d'étonnement, je prends la carte et je regarde Venessa partir.

En utilisant mon téléphone, je cherche le magasin, qui s'avère être une boutique de vêtements chics. Nero cherche-t-il à se diversifier en investissant dans la couture ?

Je me rends dans un restaurant de sushis pour le déjeuner et lorsque je m'assois là, j'aperçois quelques personnes avec des auras de Mandat autour d'eux. Est-ce mon imagination, ou bien hochent-ils la tête vers moi ? C'est possible. Ce doit être agréable pour un Conscient d'en apercevoir un autre dans la foule.

— Excusez-moi, dit le serveur lorsqu'il m'apporte la note. Êtes-vous cette fausse médium ?

C'était précisément ce qui m'inquiétait. Les gens vont me reconnaître comme fausse maintenant. Avec un peu de chance, ils ne se le rappelleront pas longtemps, car je ne veux pas me sentir aussi mal chaque fois.

— J'ai à mon tour une question pour vous, dis-je au serveur. Êtes-vous le serveur qui allait avoir un bon pourboire, mais qui fait de son mieux pour l'éviter ?

Le type pose la note sur la table et fuit mon regard assassin.

Je lui laisse malgré tous les vingt pour cent de pourboire que j'avais prévu, puis je quitte le restaurant à sushis et je me rends au Upper East Side, où se trouve la boutique.

En entrant, j'examine les robes impressionnantes et je reste bouche bée devant les prix encore plus impressionnants. Si les gens paient vraiment des sommes pareilles pour du tissu dans de jolies formes, il se pourrait effectivement que les actions vaillent le coup.

— Sasha ? dit une vendeuse en s'adressant à moi avec un sourire bien entraîné. Monsieur Gorin m'a envoyé votre photo par e-mail, mais vous êtes encore plus jolie en personne.

Elle ne possède pas l'aura du Mandat, alors je choisis soigneusement mes mots.

— Merci. Cela concerne quoi ? Je dois retourner au travail, alors…

Pendant que je parle, une théorie se forme dans ma tête, mais je la rejette. Il ne peut quand même pas avoir fait ça, si ?

— C'est au sujet de la robe pour votre occasion spéciale, explique la vendeuse, son sourire ne faiblissant jamais. Elle est prête.

Elle me conduit plus loin dans le magasin et nous passons devant une vitrine de chaussures qui ressemble à un podium. Lorsqu'Ariel apprendra que j'ai fait ça sans elle, elle va beaucoup bouder.

— La voici, dit la vendeuse en montrant une petite robe noire qui a clairement été inspirée par le look emblématique d'Audrey Hepburn dans *Diamants sur canapé*. Je vous en prie, essayez-la.

Ayant l'impression d'être dans un de mes rêves-vision les plus étranges, je me dirige vers les cabines d'essayage. Avant d'entrer, la vendeuse me met également une boîte de Christian Louboutin dans les mains et elle dépose une boîte à bijoux par-dessus.

Je ferme la porte et j'essaie la robe.

Elle est magnifique et elle me va au millimètre près. Quelqu'un a-t-il secrètement fait un moulage de mon corps et conçu la robe autour, ou bien suis-je venue ici lors d'une crise de somnambulisme et a-t-on pris mes mesures à ce moment-là ? L'autre possibilité – que Nero m'ait regardé d'assez près pour connaître mes mensurations avec tant de précision – est trop dérangeante pour que j'y pense.

J'ouvre ensuite la boîte de chaussures. Contrairement à Ariel, je n'ai encore jamais vécu de connexion émotionnelle avec les choses que je porte à mes pieds – sauf si j'y cache un accessoire magique –, mais cette fois, j'ai presque un orgasme par les chaussures. En argent brillant, avec un fermoir délicat autour de la cheville, elles me vont aussi parfaitement que la robe.

Je soupire et je secoue la tête avant de passer au collier. Il est composé d'une douzaine de gros diamants, la pierre de vérité faisant office de pièce centrale. Lorsque je l'enfile, il se pose magnifiquement autour de mon cou, encadré par le décolleté de la robe.

Sauf si les diamants sont des faux, Nero doit avoir dépensé une petite fortune sur cette tenue.

— Vous êtes magnifique, dit la vendeuse lorsque je sors de la cabine. Monsieur Gorin voulait que je vous dise que tout dans cet ensemble est un cadeau, y compris le collier.

Je hoche bêtement la tête, incapable d'arrêter de m'admirer.

La vendeuse me tend une carte.

— Monsieur Gorin a pris rendez-vous pour vous dans un salon de coiffure près d'ici. Il vous faudra demander Sally en arrivant.

L'étrangeté continue donc. Je retourne dans la

cabine d'essayage et je remets mes vêtements normaux. La vendeuse me prend la robe et m'assure qu'elle apportera tout au fonds d'investissement pour l'événement de ce soir.

C'est officiel. Nero joue à la fée marraine aujourd'hui.

Est-il donc ce genre de Conscient là ? Une fée ?

J'ai du mal à le croire.

Lorsque j'arrive au salon de coiffure, il s'avère que Nero a réservé une coupe de cheveux à mille dollars. À partir de là, je joue à une sorte de chasse au trésor du relooking dans toute la ville, recevant une manucure-pédicure chic, un soin du visage, et un maquillage élégant.

Lorsque je retourne au travail, il est déjà dix-huit heures passées, je suis donc en retard pour mon propre Jubilé. La vendeuse du magasin se trouve là avec ma robe, mes chaussures et mon collier, comme promis. Elle m'aide rapidement à tout enfiler. Il est dix-huit heures trente lorsque j'ai terminé, mais elle m'assure que ce n'est pas un problème de faire une entrée remarquée.

Marchant aussi vite que possible alors que je porte mes nouvelles chaussures, j'ignore les regards incrédules des traders et analystes devant lesquels je passe en chemin vers l'ascenseur.

Lorsque l'ascenseur s'ouvre sur la salle de bal, je sors en me pavanant, prête pour cette nouvelle épreuve de Consciente. Avec un peu de chance, cette fois ils n'auront pas besoin de me traîner chez une guérisseuse après les festivités.

Un serveur portant du champagne m'accueille avec un sourire, alors je prends un verre et j'entre dans la grande salle.

Ici aussi, Nero a mis les bouchées doubles.

Un buffet pour deux cents personnes déborde de gourmandises, de bouquets de fleurs, de ballons et je vois même une sculpture de glace en forme d'une silhouette encapuchonnée avec un masque comme celui que j'ai porté au Rite. Il y a également un DJ qui se charge de la musique, une machine à fumée sur la piste de danse, un open-bar et une horde de serveurs courant dans tous les sens avec des plateaux de hors-d'œuvre.

Malheureusement, toute cette opulence souligne le peu de personnes présentes pour ce Jubilé. J'en compte moins d'une douzaine. En plus d'Ariel et Felix, j'aperçois Kit – la Conseillère qui peut changer son visage – Pada, le type qui se charge des cadavres, Darian, Gaius et quelques autres Exécuteurs vampires que j'ai vus au studio télé et à l'exposition sur les corps à Vegas. Le reste, ce sont des gens du fonds d'investissement dont je connais à peine les noms, mais qui sont apparemment également des Conscients.

Je suis surprise de voir que Lucretia, notre psy, se trouve parmi eux.

Ariel et Felix sont les premiers à me rejoindre, tous les deux vêtus comme pour le tapis rouge d'une avant-première.

— Waouh, dit Ariel en imitant le sifflement des loups de dessin animé. Qui êtes-vous et qu'avez-vous fait de Sasha ?

Felix a la bouche ouverte et je crois voir de la bave lorsqu'il me dévisage de la tête aux pieds.

— Tu es magnifique, souffle-t-il. Comment ? Je veux dire, pourquoi ? Je veux dire… peu importe. Tu es magnifique.

Je le remercie et nous discutons pendant un moment. Il me parle de son pouvoir sur les ordinateurs et comment il fonctionne, même si je ne comprends qu'un mot sur deux à cause de la musique bruyante et de mon absence de doctorat en informatique.

— Il y a des transistors partout de nos jours, dit-il pour conclure. Donc, parce que je peux les contrôler, je suis plus ou moins un technomancien.

Il m'explique alors ce qu'est un technomancien, et cela ressemble beaucoup à ce pour quoi je le prenais déjà : quelqu'un qui sait faire faire ce qu'il veut à la technologie.

— Je dois te dire quelque chose, dit Felix en terminant son explication lorsqu'Ariel se met à bâiller.

Un regard sombre remplace l'enthousiasme de son visage.

— Mais tu dois me promettre de ne pas te fâcher, toutefois.

— Ah. On dirait que j'arrive pile au bon moment, intervient Darian en s'approchant.

Son costume bien taillé et sa cravate noire semblent

étrangement rendre son accent britannique plus prononcé.

— Alors, cher Felix, étais-tu sur le point d'avoir des couilles et de tout avouer ?

Surpris, Felix regarde Darian avec la bouche ouverte, puis il me jette un regard plein de culpabilité. Le début d'un soupçon s'éveille dans mon esprit.

— C'était toi, dis-je à Felix. Tu as parlé de moi à Darian, n'est-ce pas ?

Je dois avoir un ton accusateur, car Felix grimace et répond sur la défensive.

— Tu as commencé à prédire des choses à tout bout de champ, et tu n'arrêtais pas de parler de ta carrière à la télévision. Je me suis dit que si tu étais vraiment une Consciente, il fallait que quelqu'un t'envoie un héraut pour en parler avec toi. Lorsque Darian m'a embauché pour pirater le compte en banque des îles caïman de Chester, j'ai mentionné ta situation à Darian, parce que c'est un voyant et que tu semblais aussi en être une. Je ne m'attendais pas à ce qu'il fasse volte-face et qu'il facilite ta performance télévisée. Vous êtes tous les deux des voyants et je sais qu'il y attache de la valeur, alors je ne pensais pas qu'il allait presque te faire tuer.

— Je ne l'ai pas du tout presque fait tuer.

Darian boit nonchalamment le cocktail dans sa main.

— Je lui ai plutôt sauvé la vie.

— Tu m'as sauvé la vie ?

Je résiste à l'envie de verser mon verre de

champagne sur sa tête et à la place, je bois une gorgée pour me requinquer.

— Dans ce cas, à quoi cela ressemble lorsque tu essaies de tuer quelqu'un ?

— Oh, allons.

Les yeux verts de Darian se focalisent sur moi et j'ai l'impression qu'il est en train de deviner mon avenir à ce moment précis.

— Tu te souviens sûrement du texto que je t'ai envoyé ? 'Merveilleux travail hier soir' disait-il très succinctement.

— Oui, réponds-je en hésitant et en prenant une plus grande gorgée.

Puis je comprends subitement.

— Ce texto m'a empêché d'entrer dans l'ascenseur, dis-je, émerveillée. Cela a permis que Rose m'appelle, ce qui a conduit au trajet jusqu'au vétérinaire et à m'évanouir à mon travail et tout le reste.

— Exactement, dit fièrement Darian. Si tu n'avais pas eu mon message, tu n'aurais pas pris le chat et tu serais allée au travail en taxi au lieu de ta chère Vespa défunte. Ton chauffeur n'aurait pas eu tes réflexes et ta prescience, et tu serais morte dans un des accidents de voiture que Beatrice a si gentiment préparés pour toi. Et si tu avais survécu par un miracle éventuel, tu serais morte dans ce couloir, sans avoir été sauvée par Vlad. Souviens-toi, tu l'as seulement rencontré parce que tu as rapporté ce chat. Avec plaisir.

J'ai la tête qui tourne.

Est-ce possible ?

Le pouvoir de Darian lui permet-il de jouer autant de coups à l'avance ?

Le fait qu'il est au courant de chacune de ces attaques semble corroborer cette idée. Ariel est la seule personne à qui j'ai raconté toute l'histoire, et je ne crois pas qu'elle se soit confiée à lui.

— Mais qu'en est-il de mes visions ? Je me suis vue mourir.

— Si tôt ?

Tout son comportement change et je deviens le centre de son attention.

— Raconte-nous.

— Ne lui dis rien, précise Ariel en donnant son verre vide à un serveur qui passe. Pas avant qu'il explique pourquoi le premier cadavre t'a attaqué pendant le spectacle télévisé. Cela ne suppose-t-il pas que Chester était au courant de toi avant même que tu deviennes célèbre ? Avant ce spectacle, seuls Darian, Felix et moi savions que tu pourrais être une nouvelle voyante et nous n'en avons pas parlé à Chester. N'est-ce pas, Felix ?

— Non, répond Felix d'un ton outré. Je ne suis pas complètement idiot.

— Vous avez oublié Nero, fait remarquer Kit, à la gauche de Darian.

Elle avait dû nous rejoindre quand je ne regardais pas.

— Je pense qu'il était au courant des pouvoirs de Sasha.

Darian fronce les sourcils.

Felix avale un toast au caviar noir et dit :

— J'ai une théorie.

Tout le monde le regarde avec des degrés de curiosité variés.

— Darian et Chester s'espionnent continuellement, avance Felix en baissant les yeux.

Clairement, toute cette attention le met mal à l'aise.

— Je parie que dès que Darian a parlé de Sasha à un membre de son peuple, l'un des espions de Chester dans le cercle rapproché de Darian l'a entendu et répété.

— Ridicule, dit Darian, mais il ne semble pas très sûr de lui. Mes gens sont fidèles.

— Tout le monde peut être soudoyé ou acheté, remarque Kit d'un ton neutre. Et, s'il y avait la moindre chance d'espionner, le pouvoir de Chester aurait aidé son agent à l'exploiter.

— Quoi qu'il en soit, rétorque Darian, ses pouvoirs ne l'ont pas aidé, à la fin. Nous avons vu qui a gagné en ce qui concerne Sasha.

— Oui, nous l'avons effectivement vu, répond Kit en ricanant. Nero.

Darian lui jette un regard assassin.

— Il vaut mieux que j'aille me chercher un autre verre, dit-il d'un ton pincé avant de se tourner vers moi. Salut, Sasha. Mon cadeau de Jubilé pour toi arrivera par la poste. Je suis certain que nos chemins se croiseront bientôt.

Je suis tentée de lui poser des questions sur le cadeau, mais Darian part trop vite pour m'en laisser l'occasion. Il doit être contrarié que Nero ait pu devenir mon mentor, mais je ne comprends pas vraiment pourquoi.

En parlant de Nero, je ne le vois nulle part, même si je devine qu'il se trouve encore au bureau, en train de travailler. La rumeur est qu'il quitte rarement son bureau pour la nuit, ce qui explique pourquoi il s'attend souvent à ce que ses employés travaillent toute la nuit.

— Je vais voir les autres, dis-je en me retirant du petit cercle que nous avions formé. Excusez-moi.

Je regarde autour de moi en marchant. Il y a encore plus de nourriture autour de nous maintenant, mais il reste le même nombre restreint de personnes. La sculpture de glace est en train de fondre et la piste de danse est presque invisible dans le brouillard épais causé par la machine à fumée, créant l'impression d'une forêt magique dans cette partie de la pièce.

J'attrape un minuscule sandwich au tartare de saumon et je me dirige vers Lucretia, qui discute avec Gaius au bord du brouillard.

Elle porte une robe noire avec un carré blanc sur le haut, et elle est aussi magnifique que d'habitude. Lui, en revanche, ne semble pas vraiment différent : son costume noir ressemble beaucoup au noir que lui et les autres Exécuteurs portent toujours. Je remarque cependant que son aura du Mandat est différente de celle de tous les autres : elle est plus diffuse et d'une couleur différente… cela doit avoir un rapport avec le fait d'être un héraut.

— Vous êtes donc une Consciente, dis-je à la psy en examinant son aura très normale.

Lucretia sourit.

— En effet.

— Et – ce n'est qu'une hypothèse – vous êtes le même type de Consciente que lui ?

Je regarde Gaius.

— Ou bien ai-je tort de juger un Conscient à sa peau pâle ?

— Dans mon cas, ce n'est pas loin de la vérité. Je suis une pré-vamp, dit Lucretia et comme pour souligner son argument, elle gobe l'huître crue géante dans sa main.

Gaius la regarde avec dégoût. Je suppose que les vampires ont un régime liquide très strict.

— Qu'est-ce qu'une pré-vamp ? dis-je alors que je devine la réponse d'après le contexte.

— Les pré-vamps sont un type de Conscients qui vivent particulièrement longtemps, dit-elle en prenant une autre huître sur un plateau près de là. Ils se transforment en vampires lorsqu'ils meurent.

— Qu'est-ce qu'une longue vie pour un Conscient ? Combien de temps vivent les Conscients normaux ?

— Si je peux me permettre, intervient Gaius en buvant dans un gobelet contenant un liquide sombre et visqueux qui m'évoque des poches de plasma d'hôpital et des sacrifices humains. En tant que héraut, je réponds tout le temps à ces questions.

Lucretia avale la gourmandise dans sa main.

— Merveilleux. Je veux aller goûter un peu de cette salade de homard.

— Tous les Conscients vivent bien plus longtemps que les humains, dit Gaius de son ton professoral. Mais le nombre d'années exact varie pour chacun de nous. Par exemple, Lucretia – il pointe du doigt la psy à la recherche de nourriture – existe depuis plus longtemps que ce pays.

— Tu plaisantes.

Je regarde la femme stupéfiante avec incrédulité. Il ricane.

— Pas du tout. Je suis tout à fait sérieux.

— Waouh.

J'ai le tournis, soit à cause de l'alcool, soit à cause de cette information.

— Et qu'en est-il des voyants ? Combien de temps vivons-nous ?

— Je ne sais pas exactement quel âge a Darian, mais je l'ai entendu raconter une histoire de la façon dont il avait essayé d'avertir le roi George III au sujet de ses colonies américaines et de leur fichue ambition de déclarer l'indépendance – qui comme d'habitude, était un moyen de Chester pour semer la discorde parmi les humains, explique Gaius. Ta propre longévité dépend de tes parents, mais personne ne sait qui ils sont… et crois-moi, ce n'est pas parce que personne n'a cherché à le savoir.

Un torrent de questions au sujet de mes parents biologiques est sur le point de se déverser de ma bouche, mais je sens quelqu'un derrière moi et je fais demi-tour pour affronter le danger potentiel.

— J'espère que je ne vous interromps pas, dit Nero en souriant – chose qu'il ne fait presque jamais.

Pour une raison que j'ignore, mes joues se mettent à brûler. Il a dû rôder dans les profondeurs du brouillard de la piste de danse jusque-là, ou alors il peut devenir invisible.

Je le dévisage en essayant de garder mon calme.

Il s'est enfin rasé et il porte un costume sur mesure.

En dehors de cela et de son sourire, quelque chose chez mon patron devenu mentor me paraît bizarre, et il me faut quelques instants avant de découvrir de quoi il s'agit.

Il semble détendu, son intensité habituelle étant diminuée pour l'instant.

— Je vais vous laisser discuter d'affaires importantes de mentor et élève, dit Gaius en s'inclinant et en se dirigeant vers Ariel.

— Puis-je avoir cette danse ? murmure Nero en me tendant la main d'un geste très galant.

Comme en réaction, le brouillard nous enveloppe et le DJ lance un slow.

Inhalant l'eau et la fumée de glycol comme une fan de vapotage, je regarde Nero et sa main assez longtemps pour reconnaître les premiers mots de 'I Don't Want to Miss a Thing' par Aerosmith.

D'une façon pas du tout habituelle pour lui, mon patron normalement impatient reste sereinement à attendre ma réponse.

Je fais un pas en arrière, le brouillard tournant autour de moi, et je trouve ma voix assez longtemps pour dire :

— Je ne…

— Allez, dit Nero en montrant plus d'émotion dans cet échange que je n'en ai jamais vu chez lui. Tu ne peux pas avoir de Jubilé sans une danse.

Il referme la distance entre nous et pose sa main autour de la mienne.

En dehors de sa capacité à déceler la vérité, son pouvoir de Conscient doit également être l'hypnose, car je le laisse me guider jusqu'à la piste de danse. Le brouillard autour de nous m'évoque les contes de fées de voyageurs suivant une lumière jusqu'à se perdre dans les marais.

Je heurte une serveuse qui sort du brouillard comme un fantôme, et je m'excuse abondamment avant d'attraper un autre verre de champagne. L'avalant rapidement, je lui rends le verre vide et elle disparaît dans le brouillard.

Nero me regarde avec amusement – encore une autre première fois.

Je regarde ailleurs et j'aperçois Gaius danser un slow avec Ariel près de là, puis je les perds de vue tout aussi vite. Même s'ils étaient bien trop collés à mon avis, je suis encouragée par le fait que Nero et moi ne serons pas les seuls danseurs de la salle.

Nous nous enfonçons plus loin dans le brouillard, jusqu'à ce que le reste de la salle soit complètement obscurci.

Nous nous arrêtons.

Nero me fait face.

La confusion et la gêne précipitent mon pouls lorsque nous nous fixons – moi avec embarras, et lui comme un prédateur se préparant à bondir sur sa proie.

Il prend ma main droite dans sa main gauche et il s'avance assez pour que je puisse sentir son eau de Cologne, épicée et poivrée avec quelques touches florales.

Avant que je puisse expirer, sa main droite atterrit encore une fois dans mon dos.

Comme les fois précédentes où Nero m'avait touché le dos, j'ai l'impression d'être sur le point de m'évanouir.

Il m'attire plus près et nous nous balançons bientôt au rythme de la musique, le brouillard tourbillonnant magistralement autour de nous. Je ne me suis jamais considérée comme quelqu'un de petit, mais je me sens minuscule dans ses bras. Sa silhouette musclée émet une sorte de magnétisme gravitationnel et je dois constamment me forcer à m'écarter afin de ne pas me retrouver accrochée à lui comme un paresseux à son arbre.

Il se penche, la bouche tout près de mon oreille.

— Maintenant que je suis ton mentor, nos interactions seront différentes, murmure-t-il et je sens sa respiration sur le lobe de mon oreille. Je suis désolé d'avoir été froid et distant auparavant.

Un silence hébété est la meilleure réponse que je

parviens à faire.

Il m'attire encore plus près alors, et pour une raison incompréhensible, je ne m'écarte pas.

Qu'est-ce qui ne va pas avec moi ?

Il ne s'agit pas d'un autre rêve.

C'est mon *patron*.

S'il devait y avoir quelque chose entre nous, je ne pourrais jamais le faire oublier au travail. Et je ne risquerais pas seulement ce travail, mais la relation de transmission du savoir avec le mentor serait aussi en danger.

Et qu'est-ce qui lui prend ? Le harcèlement sexuel – à supposer que je n'imagine pas ce qui a intérêt à être une lampe torche dans sa poche – n'est pas quelque chose que l'on peut prendre à la légère.

— Ne réfléchis pas trop, murmure Nero en me regardant, et avant que je puisse cligner des paupières, il incline la tête et il m'embrasse.

Sur les lèvres.

Un moment passe avec nos bouches l'une contre l'autre, et je n'arrive pas à croire que je ne le repousse pas, que je ne lui donne pas un coup de pied dans sa torche, ou toutes les autres choses que j'aurais pensé faire dans cette situation.

Manifestement, je suis finalement une très mauvaise voyante.

Puis je comprends subitement.

Je ne suis pas une mauvaise voyante.

J'ai rêvé d'embrasser Nero même avant que le spectacle télévisé ne gonfle mon pouvoir. J'avais ignoré cela comme étant simplement un fantasme inapproprié, mais il semblerait maintenant que ce rêve était une vision de ce moment précis.

Si j'avais besoin d'une preuve montrant que j'ai toujours été voyante, la voici.

En chair et en os, si l'on peut dire.

Mon cœur bat violemment et ma respiration frissonne dans ma poitrine lorsque je sens sa langue. Je devrais le repousser, je devrais m'assurer que ceci n'aille pas plus loin, mais à la place, j'embrasse Nero avec toute la férocité de quelqu'un qui est resté abstinent pendant deux ans. Des frissons me parcourent le dos et ma peau me semble trop chaude et tendue.

Les lumières obscurcies par le brouillard s'effacent, le bruit de la chanson s'estompe et le monde autour de nous se dissipe lorsque je me perds dans une overdose d'ocytocine.

C'est comme si je flottais dans un nuage, ce qui doit sûrement être un effet secondaire de toute cette fichue vapeur.

Quelque chose dans le baiser change alors.

Les lèvres masculines de Nero deviennent douces, et sa langue devient minuscule et délicate. Il a également soudain le goût et l'odeur des fleurs de cerisier.

Je sursaute de surprise, mais je comprends alors.

Il s'agit encore d'un autre rêve... le plus étrange de ma vie.

J'ouvre les yeux, prête à me réveiller, mais je suis encore éveillée, et toujours au Jubilé.

Cependant, mon cerveau a du mal à comprendre ce que je regarde.

Ce n'est pas Nero que j'embrasse.

Ou, plus précisément, ce n'est plus Nero… ni même un homme.

Y a-t-il des hallucinogènes dans le jus de la machine à fumée ?

Rassemblant mes esprits, je repousse la femme… et puis je la reconnais.

Il s'agit de Kit, la Conseillère qui peut changer son visage, et apparemment son corps entier, jusqu'à la torche, l'odeur masculine, les vêtements et tout.

Je fais un pas en arrière, mon pouls accélérant encore.

— C'était toi depuis le début ?

Je lève la voix.

— Tu m'as fait croire que je dansais avec Nero ? Que je l'embrassais ?

Je touche furieusement mes lèvres gonflées.

— On attend des cadeaux de la part de tous les membres du Conseil qui se rendent au Jubilé, dit Kit avec la voix de Nero. Ceci n'est bien sûr que le début de mon cadeau. J'ai réservé la suite au Four Seasons. Nous pouvons partir pour passer la nuit là-bas dès que tu seras prête.

Je la regarde avec de grands yeux, incapable de croire ce que j'entends… et ce qu'il vient de se passer.

J'ai rendu son baiser à Nero. Le faux Nero, mais quand même.

Ce ne sont peut-être pas des hallucinogènes, mais des phéromones sexuelles de Conscient dans ce brouillard stupide ?

Je ne crois pas avoir été aussi paniquée quand j'ai appris l'existence des vampires et des zombies.

Est-ce que cette femme, qui me connaît à peine, s'attendait à ce que je réagisse de cette façon ? Si c'est le cas, l'a-t-elle compris en utilisant ses pouvoirs de Consciente, ou bien suis-je pathétiquement transparente pour tout le monde sauf moi-même ?

— Alors, dit Kit en modifiant sa voix de façon à reprendre celle d'une fille d'anime. Qu'en dis-tu ?

— Non.

Je fais encore un pas en arrière et j'envisage de m'échapper dans le brouillard. Puis je me souviens que les membres du Conseil sont puissants et qu'il ne faut pas les insulter ou les ennuyer, et je rajoute très vite :

— Mais merci. C'est vraiment un cadeau merveilleux. Je peux maintenant retirer le fait d'embrasser Nero de ma liste de choses à faire avant de mourir. Et danser avec lui. Et embrasser une fille.

— Est-ce que mon sexe est une raison de ta réticence ?

Elle se donne l'apparence d'un type asiatique canon qui pourrait facilement être son frère.

— Ou est-ce ma couleur de peau ?

Le type devient caucasien.

Je secoue vigoureusement la tête.

— Je ne suis pas raciste ou sexiste. De plus, la question ne se pose pas puisque ton plan était de ressembler à Nero.

— Je ne suis pas obligée de ressembler à Nero, répond Kit.

Ses yeux deviennent verts, son nez plus fort et un bouc pousse autour de sa bouche lorsqu'elle se transforme en Darian.

Il/elle me fait un sourire prometteur.

Mon pouls accélère à nouveau.

— Vraiment, je suis honorée, parviens-je à dire en faisant un autre pas en arrière. Mais non. Merci.

— Tant que tu en es certaine.

Elle ressemble maintenant à Felix. Sauf que Felix est nu et étonnamment musclé.

A-t-elle pris des libertés avec son apparence, ou bien est-il vraiment ainsi sans ses vêtements ?

— J'en suis plutôt certaine, dis-je d'une voix étranglée en remerciant ma bonne étoile que le véritable Felix ne puisse pas voir cela à travers le brouillard. Mais merci encore.

— Dernière chance.

Elle se donne l'apparence d'Ariel – une version vêtue (et j'utilise le terme au sens très large) du célèbre bikini d'esclave de la princesse Leia.

Comment savait-elle que j'essaie toujours de convaincre ma colocataire de porter cela pour Halloween ? Et qu'essaie-t-elle de me dire avec cela ?

— Encore une fois, non merci, dis-je d'un ton plus ferme. Ce n'est pas la forme que tu prends. Ni toi. C'est juste que j'ai besoin d'un lien émotionnel avant de pouvoir apprécier l'intimité. Et sans vouloir t'offenser, je te connais à peine.

— Une autre fois alors ? dit-elle en retrouvant son visage.

Son corps, cependant, maintient la perfection reconnaissable d'Ariel, ainsi que son bikini d'esclave.

— Lorsque nous aurons appris à mieux nous connaître, peut-être ?

— Peut-être, dis-je d'un ton aussi évasif que je le peux. Je serais certainement plus réceptive à une telle idée dans un futur très, très éloigné si tu ne me refais pas un coup pareil.

— N'en dis pas plus, dit-elle en reprenant son corps vêtu du kimono. Maintenant, si tu veux bien m'excuser, je dois aller donner un discours en ton honneur.

Elle me fait un clin d'œil et elle traverse le brouillard en direction du podium du DJ.

Peu de temps après son départ, le sifflement de la machine à brouillard diminue et la musique s'arrête.

Mon téléphone annonce l'arrivée d'un message.

Contente d'être distraite de mes sentiments tumultueux, j'y jette un coup d'œil.

C'est un texto de Nero.

Le véritable Nero.

J'ai dû m'occuper de quelque chose et je ne pourrais pas venir au Jubilé. En tant que membre du Conseil et mentor, j'ai cependant un cadeau pour toi. Ton augmentation pour cette année sera de cinquante pour cent de ton salaire, et une prime pour le semestre de cinquante mille dollars devrait tomber sur ton compte demain. En parlant de demain, j'ai besoin que tu fasses des recherches sur deux types d'actions dans les biotechnologies pour notre portefeuille. J'ai besoin que ce soit prêt pour 11 h.

Je relis les mots plusieurs fois et je m'émerveille d'avoir pu embrasser mon patron. Peut-être n'était-ce pas le brouillard. Peut-être que Kit elle-même produit une sorte de phéromone magique grâce à son pouvoir, une substance faisant oublier tout sens commun.

Ou alors, cela pourrait être un effet secondaire du stress sévère, et si c'est le cas, je devrais finalement envisager des séances de thérapie avec Lucretia. Mais je ne crois pas pouvoir parler d'avoir embrassé Nero avec elle – ou qui que ce soit, en réalité. Je vais simplement faire de mon mieux pour chasser cet incident de mon esprit.

La fumée se retire suffisamment afin que je puisse à nouveau voir les gens dans la pièce. Kit s'éclaircit la gorge dans des enceintes géantes.

— Si je peux avoir l'attention de tout le monde, dit-elle dans le micro du DJ, et tous la regardent avec un véritable enthousiasme. En tant que membre du Conseil, je veux officiellement accueillir Sasha dans les rangs des Conscients.

Tout le monde applaudit bruyamment, m'acclame et se dirige vers moi avec deux verres. J'apprends bientôt qu'un verre est pour moi, l'autre pour eux.

L'amnésie induite par l'alcool me semble une très bonne idée, alors je bois chaque verre pendant que Kit explique avec extase à quel point c'est fabuleux d'être une nouvelle Consciente.

— Attends de voir, Sasha, dit-elle à la fin de son discours. Tu n'as aucune idée comme la vie va devenir excitante à partir de maintenant.

Je fais un salut de la main et je la remercie ainsi que tous les autres, essayant de paraître aussi joyeuse que j'imagine qu'il faut l'être au cours d'un Jubilé. Mais mes émotions sont turbulentes et mes pensées éparpillées, une pensée en particulier assombrit mon humeur.

La dernière chose qu'elle a dite ressemble étrangement à une ancienne malédiction chinoise : 'Puisses-tu vivre des moments intéressants'. Peut-être était-ce une revanche pour ne pas avoir réussi à me faire entrer dans son lit, ou bien ne pensait-elle pas du tout à cela. Quoi qu'il en soit, je ne peux m'empêcher de penser à une chose qui tourne en rond dans ma tête.

Si les derniers jours sont représentatifs de l'excitation dont je pourrais profiter en tant que Consciente, j'espère pouvoir survivre à la semaine.

FIN

AVANT-PROPOS

Merci d'avoir lu ce livre ! J'espère que vous avez aimé l'histoire de Sasha ! Ses tribulations continuent dans *La diseuse de mésaventure (Série Sasha Urban : Tome 2)*.

Je suis donc une voyante. Une Consciente sous le Mandat.

La vie devrait être simple maintenant, non ?

Faux.

Avec tous les 'accidents' qui me tombent dessus, j'aurais de la chance si je survis à cette semaine. Enfin, si mon patron taré ne me tue pas au travail d'abord...

Allez visiter mon site www.dimazales.com/book-series/francais/ pour en apprendre plus et vous inscrire sur ma liste de diffusion.

Vous souhaitez lire mes autres livres ? Vous pouvez aller voir :

- *Les Dimensions de l'esprit* – les aventures d'urban-fantasy trépidantes de Darren, qui peut arrêter le temps et lire dans les pensées
- *Upgrade* – l'histoire de science-fiction palpitante de Mike Cohen, dont la nouvelle technologie transformera nos cerveaux *et* le monde
- *Les Derniers Humains* – l'histoire futuriste et dystopique de Theo, qui vit dans un monde où les apparences sont trompeuses
- *Le Code arcane* – les aventures de fantasy épiques du sorcier Blaise et de sa création, la magnifique et puissante Gala

Et maintenant, veuillez tourner la page pour un aperçu d'*Oasis* (*Les Derniers Humains : Tome 1*) et un extrait des *Lecteurs de pensée* (*Les Dimensions de l'esprit : Tome 1*).

EXTRAIT DE LES LECTEURS DE PENSÉE

Description

Tout le monde pense que je suis un génie.

Tout le monde a tort.

Oui, je suis sorti de Harvard à dix-huit ans et je me remplis les poches dans un fonds spéculatif. Mais ce n'est pas parce que je suis extraordinairement intelligent ou travailleur.

C'est parce que je triche.

J'ai un talent unique, voyez-vous. Je peux sortir du temps pour entrer dans ma version personnelle de la réalité – un endroit que je nomme 'le Calme' – où je peux explorer mon environnement pendant que le reste du monde est immobile.

Je pensais être le seul à pouvoir le faire – jusqu'à ce que je la rencontre.

Je m'appelle Darren et voici comment j'ai appris que j'étais un Lecteur.

Chapitre 1

Parfois, je pense que je suis fou. Je suis assis à une table de casino à Atlantic City et tout le monde autour de moi est immobile. J'appelle cela le *Calme*, comme si le fait de donner un nom au phénomène le rend plus réel, comme si lui donner un nom change le fait que tous les joueurs autour de moi sont assis là comme des statues et que je marche parmi eux en regardant les cartes qu'on leur a distribuées.

Le problème avec cette théorie sur ma folie est que quand je 'dégèle' le monde, comme je viens de le faire, les cartes que les joueurs retournent sont celles que j'ai vues dans le Calme. Si j'étais fou, ces cartes ne seraient-elles pas des cartes au hasard ? Sauf si j'en suis au point d'imaginer les cartes sur la table.

Et ensuite, je gagne. Si c'est aussi une hallucination — si la pile de jetons à côté de moi est une hallucination — alors je pourrais bien tout remettre en question. Peut-être que je ne m'appelle même pas Darren.

Non. Je ne peux pas penser de cette façon. Si je suis vraiment si perdu, alors je ne veux pas sortir de cet état de confusion : car si j'en sortais, je me réveillerais probablement dans un hôpital psychiatrique.

En outre, j'adore ma vie, aussi folle soit-elle.

Ma psy pense que le Calme est une façon inventive de décrire 'le fonctionnement intérieur de mon génie'. Alors ça, cela me paraît vraiment fou. Il se peut aussi qu'elle soit attirée par moi, mais c'est une autre histoire. Disons simplement que pour sortir avec elle, il faudrait qu'elle ait un âge beaucoup plus proche de ce que je cherche, c'est-à-dire autour de vingt-quatre ans. Encore jeune et sexy, mais qui a fini les études et qui ne fait plus de soirées en boîte. Je déteste sortir en boîte presque autant que ce que j'ai détesté étudier. En tout cas, l'explication de ma psy ne fonctionne pas, car elle ne tient pas compte de la façon dont je sais des choses que même un génie ne pourrait pas savoir : par exemple la valeur et la couleur exactes des cartes des autres joueurs.

Je regarde le croupier commencer à distribuer les nouvelles cartes. Il y a trois joueurs à côté de moi à la table. Le Cowboy, la Grand-mère et le Professionnel, comme je les surnomme. Je ressens cette peur désormais presque imperceptible qui accompagne mon déphasage — c'est comme cela que j'appelle le processus : déphaser vers le Calme. L'inquiétude au sujet de ma santé mentale a toujours facilité le déphasage. La peur semble être utile au procédé.

Je déphase et tout devient calme. D'où le nom de cet état.

C'est étrange pour moi, même maintenant. Ce

casino est très bruyant en général. Les gens ivres qui parlent, les machines à sous, le bruit des jackpots, la musique — seuls les concerts ou les boîtes de nuit sont plus bruyants. Et pourtant, en ce moment précis, j'aurais pu entendre une mouche voler. C'était comme si j'étais devenu sourd au chaos qui m'entoure.

Les personnes figées autour de moi augmentent l'étrangeté du phénomène. Ici, la serveuse qui porte un plateau de boissons est arrêtée au milieu d'un pas. Là, une femme est sur le point de tirer sur le levier d'un bandit manchot. À ma table, la main du croupier est levée et la dernière carte qu'il a distribuée flotte dans l'air. Je m'avance vers elle depuis mon côté de la table et je l'attrape. C'est un roi, destiné au Professionnel. Quand je lâche la carte, elle tombe sur la table au lieu de continuer à flotter comme avant — mais je sais très bien qu'elle retournera en l'air, exactement à l'endroit où je l'ai touchée, quand je sortirai du déphasage.

Le Professionnel a l'air de gagner sa vie au poker, ou en tout cas il correspond parfaitement à la façon dont j'imagine ce genre de personnes. Mal habillé, lunettes de soleil, et un peu étrange. Il a très bien maintenu son *poker face*, n'ayant pas bougé le moindre muscle de toute la partie. Son visage est si inexpressif que je me demande s'il ne s'est pas injecté du Botox pour l'aider à maintenir une telle contenance. Sa main est sur la table, recouvrant et protégeant les cartes qui lui ont été distribuées.

Je déplace sa main molle. Elle est normale au toucher. Enfin, façon de parler. La main est moite et poilue, alors c'est désagréable et anormal de la toucher. Ce qui est normal, c'est qu'elle est chaude au lieu d'être froide. Quand j'étais enfant, je m'attendais à ce que les gens soient froids dans le Calme, comme des statues de pierre.

Une fois que la main du Professionnel est déplacée, je ramasse ses cartes. Avec le roi qui flotte en l'air, il a une jolie paire. C'est bon à savoir.

Je m'avance vers Grand-mère. Elle tient déjà ses cartes en éventail pour moi. Je peux éviter de toucher ses mains ridées et tâchées. C'est un soulagement, car j'ai récemment commencé à avoir des réserves sur le fait de toucher les gens — plus particulièrement les femmes — dans le Calme. Si j'étais obligé, je raisonnerais sur le fait que toucher la main de Grand-mère était inoffensif — ou du moins, pas pervers — mais il vaut mieux l'éviter si possible.

Dans tous les cas, elle a une petite paire. Je me sens mal pour elle. Elle a perdu pas mal d'argent ce soir. Ses jetons diminuent. Ses pertes sont peut-être dues, au moins partiellement, au fait qu'elle ne sait pas garder un visage neutre. Même avant de regarder ses cartes, je savais qu'elles ne seraient pas bonnes parce que j'ai vu qu'elle était déçue de sa main au moment où elle l'a regardée. J'avais aussi remarqué un éclat joyeux dans ses yeux quelques tours plus tôt, quand elle avait eu un brelan gagnant.

Ce jeu de poker est, en grande partie, un exercice de lecture des gens : un domaine dans lequel j'aimerais vraiment m'améliorer. On me dit très fort pour lire les gens dans mon travail, mais ce n'est pas vrai. Je suis juste doué pour utiliser le Calme et faire comme si j'étais doué. Mais je veux vraiment apprendre à analyser les gens réellement.

Ce qui ne m'intéresse pas tellement dans ce jeu de poker, c'est l'argent. Je m'en sors assez bien financièrement pour ne pas dépendre d'un gros gain aux jeux de chance. Peu importe que je perde ou que je gagne, même si cela avait été amusant de quintupler mon argent à la table de blackjack. J'ai fait tout ce voyage pour jouer parce que je le *peux* enfin, ayant vingt-et-un ans maintenant. Je n'ai jamais aimé les fausses cartes d'identité, alors ceci est une première pour moi.

Je laisse la Grand-mère tranquille, et je passe au joueur suivant : le Cowboy. Je ne peux pas résister à la tentation d'enlever son chapeau de paille et de l'essayer. Je me demande si c'est possible d'attraper des poux comme ça. Parce que je n'ai jamais pu rapporter un objet inanimé du Calme, ni affecter le monde de manière durable, je me dis que je ne peux pas non plus ramener de créatures vivantes avec moi.

Je laisse tomber le chapeau et je regarde ses cartes. Il a une paire d'as — sa main est meilleure que celle du Professionnel. Le Cowboy est peut-être un pro lui aussi. Il a un bon *poker face*, d'après ce que je peux voir. Ce sera intéressant de les observer pendant ce tour.

Ensuite, je m'avance vers le deck et je regarde les cartes supérieures pour les mémoriser. Je ne laisse aucune place au hasard.

Quand j'ai fini, je reviens vers moi. Ah oui, est-ce que j'ai dit que je peux me voir assis là, figé comme les autres ? C'est le plus bizarre. C'est comme de vivre une expérience extracorporelle.

Je m'approche de mon corps figé et je le regarde. En général, j'évite de le faire, parce que c'est trop perturbant. On a beau se regarder dans le miroir ou dans des vidéos sur YouTube, rien ne peut préparer à voir son propre corps en 3D. Ce n'est pas quelque chose qu'on est censé vivre. Enfin, sauf pour les vrais jumeaux, je suppose.

Il est difficile de croire que ce corps, c'est moi. Il ressemble plutôt à n'importe qui. Enfin, peut-être un peu mieux que ça. Je le trouve assez intéressant. Il a l'air cool. Il a l'air classe. Je pense que les femmes le considèreraient probablement comme beau, même si ce n'est pas modeste de l'admettre.

Je ne suis pas un expert pour évaluer le degré de beauté des hommes, mais certaines choses sont évidentes. Je sais quand un type est laid et mon corps figé ne l'est pas. Je sais aussi qu'en général il faut des traits symétriques pour être perçu comme étant beau, et ma statue les a. Une mâchoire prononcée n'est pas mal non plus. Check. Avoir les épaules larges, c'est positif, et être grand aide beaucoup. Tout est bon. J'ai des yeux bleus, ce qui semble être une bonne chose. Des filles m'ont dit qu'elles aimaient mes yeux, même si maintenant, sur mon corps figé, ils ont l'air effrayants. Ils sont tout vitreux. On dirait les yeux d'une statue de cire.

Je me rends compte que je passe trop de temps sur ce sujet, et je secoue la tête. Je peux déjà voir ma psy en train d'analyser ce moment. Qui pourrait imaginer que le fait de s'admirer de cette façon soit un symptôme de sa maladie mentale ? Je l'imagine en train de griffonner des mots comme 'narcissique' et de le souligner.

Bon, ça suffit. Je dois quitter le Calme. Je lève la main et je touche le front de ma silhouette figée. J'entends les bruits à nouveau en sortant de mon déphasage.

Tout est de retour à la normale.

Le roi que j'ai regardé un instant auparavant — le roi que j'ai laissé sur la table — est de retour en l'air et de là, il suit la trajectoire normale pour atterrir près des mains du Professionnel. La Grand-mère regarde toujours ses cartes avec déception et le Cowboy porte de nouveau son chapeau, même si je le lui avais enlevé dans le Calme. Tout est exactement comme c'était avant.

D'une certaine façon, mon cerveau ne cesse jamais de s'étonner de la discontinuité entre l'expérience dans le Calme et celle d'en dehors. Notre condition d'humains fait que nous sommes programmés pour nous interroger sur la réalité lorsque ce genre de chose se produit. Quand j'essayais d'être plus malin que ma psy, au début de la thérapie, j'avais un jour lu tout un manuel de psychologie pendant notre session. Elle n'avait rien remarqué, bien sûr, puisque je l'avais fait dans le Calme. Le livre disait comment les bébés, dès l'âge de deux mois, pouvaient être surpris s'ils voyaient quelque chose qui sortait de l'ordinaire, comme la gravité semblant fonctionner à l'envers, par exemple. Ce n'est pas étonnant que mon cerveau ait du mal à s'adapter. Jusqu'à mes dix ans, le monde se comportait normalement, mais depuis, tout est bizarre et c'est peu dire.

Je baisse les yeux et je me rends compte que j'ai un brelan. La prochaine fois, je regarderai mes cartes avant de déphaser. Si j'ai une combinaison aussi forte, je pourrais tenter le coup et jouer sans tricher.

Le jeu se déroule de façon prévisible parce que je connais les cartes de tout le monde. À la fin, Grand-mère se lève. Elle a manifestement perdu assez d'argent.

C'est alors que je vois la fille pour la première fois.

Elle est superbe. Mon ami Bert du travail prétend que j'ai un type de femmes, mais je rejette cette idée. Je n'aime pas me voir aussi creux ou prévisible. Mais il se pourrait que je sois un peu des deux, car cette fille correspond parfaitement à la description de Bert. Et je réagis de façon extrêmement intéressée, c'est le moins qu'on puisse dire.

De grands yeux bleus. Des pommettes bien définies sur un visage fin, avec une pincée d'exotisme. Des jambes longues et très bien formées, comme celles d'une danseuse. Des cheveux sombres ondulés attachés en queue de cheval, ce qui me plaît. Et pas de frange : encore mieux. J'ai horreur des franges, je ne sais pas pourquoi les filles s'infligent ça. Même si l'absence de frange ne faisait pas partie de la description de Bert, cela aurait probablement dû y figurer.

Je continue à la dévisager. Avec ses talons hauts et sa jupe serrée, elle est un peu trop bien habillée pour cet endroit. Ou alors c'est moi qui ne suis pas assez bien habillé, en jean et tee-shirt. Quoi qu'il en soit, je m'en moque. Il faut que j'essaie de lui parler.

J'hésite à passer dans le Calme et à l'approcher pour faire quelque chose de louche, du genre la regarder de près ou peut-être même inspecter le contenu de ses poches. Faire quelque chose qui m'aiderait quand je lui parlerai.

Je décide de ne pas le faire, ce qui est probablement la première fois.

Je sais que le raisonnement qui me pousse à casser mon habitude est très étrange. Si l'on peut appeler ça un raisonnement. J'imagine l'enchaînement suivant : elle accepte de sortir avec moi, on sort ensemble pendant quelque temps, ça devient sérieux, et à cause de la connexion profonde entre nous, je lui parle du Calme. Elle apprend que j'ai fait un truc pervers, elle pique une crise et elle me largue. C'est ridicule de penser tout ça, étant donné que je ne lui ai pas encore parlé. Je brûle carrément les étapes. Elle a peut-être un QI de moins de 70 ou la personnalité d'un morceau de bois. Il peut y avoir vingt raisons différentes qui expliqueraient que je ne veuille pas sortir avec elle. En outre, cela ne dépend pas que de moi. Elle pourrait me dire d'aller me faire voir dès que j'essaie de lui parler.

Malgré tout, le fait de travailler dans les fonds

spéculatifs m'a appris à spéculer. Même si le raisonnement est dingue, je m'en tiens à ma décision de ne pas déphaser, parce que c'est ce qu'un gentleman aurait fait. En accord avec cette galanterie qui ne me ressemble pas, je décide également de ne pas tricher pour ce tour de poker.

Pendant que les cartes sont distribuées, je songe à quel point, c'est agréable de se comporter honorablement, même si personne ne le sait. Je devrais peut-être essayer de respecter plus souvent la vie privée des gens. *Ouais, c'est ça.* Il faut rester réaliste. Je ne serais pas là où j'en suis aujourd'hui si j'avais suivi ce conseil. En fait, si je prenais l'habitude de respecter la vie privée, je perdrais mon travail en l'espace de quelques jours, et avec lui, beaucoup du confort auquel je me suis habitué.

Je copie le geste du Professionnel et je couvre mes cartes de la main dès que je les reçois. Je suis sur le point de jeter un coup d'œil à mes cartes quand quelque chose d'inhabituel se produit.

Le monde devient silencieux, exactement comme quand je déphase... Mais je n'ai rien fait cette fois.

Et à ce moment-là, je la vois : la fille assise à l'autre bout de la table, la fille à qui je viens de penser. Elle est debout à côté de moi et elle retire sa main de la mienne. Ou, plus précisément, de la main de mon corps figé : moi je suis un peu plus loin et je la regarde.

Elle est également assise en face de moi à la table, une statue figée comme toutes les autres.

Mon cerveau se met à turbiner et mon cœur se met

à battre plus vite. Je n'envisage même pas la possibilité que cette seconde fille soit une sœur jumelle ou un truc du genre. Je sais que c'est elle. Elle fait ce que j'ai fait quelques minutes auparavant. Elle marche dans le Calme. Le monde autour de nous est figé, mais pas nous.

Elle a un regard horrifié quand elle se rend compte de la même chose. Elle se précipite de l'autre côté de la table et elle se touche le front.

Le monde redevient normal.

Elle me fixe, choquée, avec des yeux immenses, le visage pâle. Je vois ses mains trembler quand elle se lève. Sans un mot, elle me tourne le dos et elle se met à courir.

Me remettant de ma surprise, je me lève et je la suis en courant. Ce n'est pas très élégant. Si elle remarque qu'un type qu'elle ne connaît pas lui court après, elle aura autre chose en tête que sortir avec. Mais je n'en suis plus là maintenant. C'est la seule personne que j'ai rencontrée et qui sache faire la même chose que moi. Elle est la preuve que je ne suis pas fou. Elle a peut-être ce que je désire le plus au monde.

Elle a peut-être des réponses.

———

Les Lecteurs de pensée est déjà disponible ! Allez visiter mon site www.dimazales.com/book-series/francais/ pour en apprendre plus et vous inscrire sur ma liste de diffusion.

EXTRAIT D'OASIS (LES DERNIERS HUMAINS : TOME 1)

Description

JE M'APPELLE Theo et je vis à Oasis, la dernière zone habitable sur Terre. C'est censé être le paradis, un endroit où nous sommes tous comblés. La vulgarité, la violence, la folie et tous les autres maux ne sont plus qu'un souvenir lointain. Même la mort ne nous tourmente plus.

J'étais comblé moi aussi, mais j'ai changé. Maintenant, j'entends une voix dans ma tête et elle me dit des choses qu'aucun ami imaginaire ne devrait savoir. Elle s'appelle Phoe et elle est mon hallucination.

À moins que…

Extrait

Putain. Vagin. Merde.

Je fais exprès de penser ces mots interdits, mais mon scan neural ne montre rien qui sorte de l'ordinaire par rapport à des mots phonétiquement similaires, comme *pétrin*, *machin* ou *merle*. Je ne vois aucune preuve de dégâts à mon cerveau, même s'il pourrait être endommagé à l'extrême. J'ai peut-être besoin d'un autre sujet pour mes tests, un autre Jeune 'impressionnable' de vingt-trois ans comme moi.

Après tout, je pourrais être malade mental.

— Oh, Theo. Tu ne vas pas recommencer, dit une voix exagérément aimable et aiguë. Et puis, les mots ont bien un effet sur ton cerveau. Par exemple, la partie de ton cerveau responsable du dégoût s'illumine quand tu dis 'merde', mais pas pour 'merle'.

C'est Phoe qui parle. Cette fois, elle n'est pas une voix dans ma tête. C'est plutôt comme si elle était dans les buissons épais derrière moi, sauf que personne ne se trouve là.

Je suis la seule personne sur ce morceau de gazon.

Personne ne vient ici parce que le Bord ne se trouve qu'à quelques mètres. Peu d'habitants de l'Oasis aiment regarder la ligne triste qui divise la fin de notre monde habitable et le début du désert de gelée grise. Cependant, cela ne me gêne pas.

D'un autre côté, je suis peut-être fou — et Phoe serait la raison. Voyez-vous, je ne crois pas que Phoe soit réelle. Elle est, je crois, mon amie imaginaire. Et son nom, d'ailleurs, se prononce 'Fi', mais s'écrit 'P-h-o-e'.

Oui, mon hallucination est précise à ce point.

— Alors, tu passes d'un sujet rabâché directement à un autre, dit Phoe avec un petit rire de dédain. Ma soi-disant réalité.

— Exactement, dis-je, bien que quand nous sommes seuls, je réponde sans bouger les lèvres. Parce que je t'imagine.

Elle rit encore et je secoue la tête. Oui, je viens de secouer la tête pour mon hallucination. Je me sens également contraint de lui répondre.

— Pour info, je suis certain que le mot tabou 'merde' affecte les parties de mon cerveau qui gèrent le dégoût tout autant que ses cousins plus acceptables comme 'matière fécale'. Ce que j'ai essayé d'expliquer, c'est que le mot ne fait pas mal et n'abîme pas mon cerveau. Ces mots n'ont rien de spécial.

Cette fois, Phoe est dans ma tête et elle a un ton moqueur :

— Ouais, ouais. Tu me diras bientôt comment à l'époque, certains mots interdits faisaient simplement référence à des choses comme des chiens femelles et qu'il y a des mots dans les langues mortes qui étaient tout aussi tabous, et pourtant ils ne sont pas actuellement interdits parce qu'ils ont perdu leur pouvoir. Puis tu te plaindras sans doute que, même si les cerveaux des deux sexes sont presque identiques, seuls les mâles n'ont pas le droit de dire 'vagin', etc.

Je me rends compte que j'allais répliquer avec ces pensées exactes, ce qui signifie que Phoe et moi nous avons beaucoup parlé de ce sujet. C'est ce qui arrive entre amis proches : ils répètent leurs conversations. D'autant plus lorsqu'il s'agit d'amis imaginaires, je suppose. Même si, bien sûr, je suis sans doute la seule personne d'Oasis à en avoir une.

En y réfléchissant bien, toute conversation avec votre amie imaginaire n'est-elle pas redondante, puisqu'en gros vous vous parlez à vous-même ?

— C'est là que je te rappelle que je suis réelle, Theo.

Phoe affirme cela à haute voix.

Je ne peux pas m'empêcher de remarquer que sa voix vient d'un endroit légèrement sur ma droite, comme si elle était une amie assise dans l'herbe à côté de moi, une amie invisible.

— Ce n'est pas parce que je suis invisible que je ne suis pas réelle, répond Phoe à ma pensée. Moi au moins, je suis convaincue d'être réelle. C'est moi qui serais folle si je ne pensais pas être réelle. En outre, beaucoup d'indices pointent vers cette conclusion, et tu le sais.

— Mais une amie imaginaire ne devrait-elle pas insister sur le fait qu'elle est réelle ?

Je ne peux pas m'empêcher de dire ces mots à voix haute.

— Cela ne fait-il pas partie de l'hallucination ?

— Ne me parle pas à voix haute, me rappelle-t-elle d'un ton inquiet. Même quand tu subvocalises, tu bouges parfois imperceptiblement les muscles de ton cou et même tes lèvres. C'est trop risqué. Tu devrais simplement m'envoyer tes pensées. Sers-toi de ta voix intérieure. C'est plus sûr, en particulier quand nous sommes en compagnie d'autres Jeunes.

— D'accord, mais pour info, j'ai l'impression d'être encore plus fou, réponds-je en subvocalisant les mots et en faisant de mon mieux pour ne pas bouger les lèvres ou les muscles de mon cou.

Puis, pour faire une expérience, je pense :

— Te parler dans ma tête souligne l'impossibilité de ton existence et cela me donne encore plus l'impression d'être dingue.

— Eh bien, cela ne devrait pas être le cas.

Sa voix est dans ma tête maintenant, pourtant elle paraît toujours aiguë.

— Autrefois, quand ce n'était pas interdit d'avoir une maladie mentale, je suppose que tu mettais les gens autour de toi mal à l'aise si tu parlais à voix haute à tes amis imaginaires, dit-elle en gloussant, mais il y a plus d'inquiétude que d'humour dans sa voix. Je ne sais pas du tout ce qu'il se passerait si quelqu'un pensait que tu étais fou, mais j'ai un mauvais pressentiment, alors s'il te plaît, ne le fais pas, d'accord ?

Je lui envoie ma pensée en tirant sur le lobe de mon oreille gauche :

— Très bien. Mais cela me semble exagéré de le faire ici. Il n'y a personne.

— Oui, cependant les nanorobots dont je t'ai parlé, ceux qui imprègnent tout depuis ta tête jusqu'au brouillard utilitaire, peuvent être utilisés pour surveiller cet endroit, du moins en théorie.

— D'accord. Sauf si toute cette technologie invisible

— et c'est bien pratique — est le fruit de mon imagination tout autant que toi. De toute façon, puisque personne ne semble être au courant, comment peuvent-ils s'en servir pour m'espionner ?

— Correction : aucun Jeune ne le sait, mais les autres le pourraient, contre Phoe patiemment. Il y a encore trop de choses que nous ne savons pas au sujet des Adultes, et je ne parle même pas des Aïeuls.

— Mais s'ils peuvent accéder aux nanocytes dans mon esprit, n'ont-ils pas également accès à mes pensées ?

Je pense cela avec un frisson. Si c'est vrai, je suis complètement foutu.

— Le fait que tu n'aies pas encore fait face aux conséquences de tes pensées fréquemment indisciplinées prouve que personne ne les surveille en général, du moins qu'ils ne se préoccupent pas spécifiquement des tiennes, répond-elle en apaisant un peu mes craintes. C'est pour cela que je pense que surveiller les pensées est soit trop compliqué informatiquement, soit que cela brise un des milliards de tabous sur l'usage approprié de la technologie — des règles que j'ai du mal à garder en tête, d'ailleurs.

— Et si l'utilisation de la technologie pour m'écouter était aussi taboue ? dis-je même si elle commence à me convaincre.

— Peut-être, mais, j'ai vu des choses qui s'expliquent mieux par l'espionnage des Adultes.

Sa voix dans ma tête devient plus basse.

— Il te suffit de penser à la fois où toi et Liam vous aviez prévu de sauter votre Cours de Physique. Comment étaient-ils au courant ?

Je repensai à la session épique de Quiétude à laquelle nous avions été condamnés et comment nous avions tous les deux juré ne pas avoir trahi l'autre. Nous étions parvenus à la même conclusion : il est dangereux de parler. C'est pourquoi Liam, Mason et moi nous parlons souvent en code désormais.

J'envoie une pensée à Phoe :

— Il pourrait y avoir d'autres explications. Cette conversation a eu lieu pendant les Cours et quelqu'un aurait pu nous entendre. Mais même si ce n'est pas le cas, le fait qu'ils nous surveillent en classe ne signifie pas qu'ils prendraient la peine de surveiller cet endroit perdu.

— Même s'ils surveillent cet endroit où n'importe quel endroit à l'extérieur de l'institut, je veux que tu prennes de bonnes habitudes.

— Et si nous parlions en code ? Tu sais, celui que j'utilise avec mes amis qui ne sont pas imaginaires.

— Tu parles déjà trop lentement pour moi, pense-t-elle avec exaspération. Quand tu parles dans ce code, tu as l'air ridicule et tu augmentes considérablement le nombre de syllabes que tu prononces. Si tu voulais bien apprendre une des langues mortes, alors...

Je lui envoie ma pensée :

— Très bien. Je vais 'penser' quand il faudra que je te parle.

J'ajoute en subvocalisant : mais je subvocaliserai aussi.

Elle soupire à haute voix.

— Si tu le dois. Mais fais-le comme tu l'as fait il y a une seconde, sans bouger la musculature de ta voix.

Au lieu de répondre, je regarde encore le Bord, l'endroit où la verdure sereine sous le dôme rencontre l'océan répugnant de gelée grise — la technologie paralytique auto-réplicante qui transforme la matière organique en elle-même. La gelée grise est ce qu'il reste du monde en dehors de la barrière du dôme, et si un jour cette barrière tombait, la gelée nous détruirait rapidement. Naturellement, cette vue évoque toutes sortes de sentiments désagréables et le fait que je la regarde volontairement doit être un autre signe de mon état mental précaire.

— Cette chose est tout à fait dégoûtante, remarque Phoe en essayant de me remonter le moral, comme d'habitude. On dirait que quelqu'un a essayé de faire de la jelly avec du vomi et des excréments humains.

Puis, avec un ricanement mental, elle ajoute :

— Pardon, j'aurais dû dire 'vomi et merde'.

— Je ne sais pas du tout ce qu'est la jelly, mais, quoi que ce soit, tu as sans doute raison pour les ingrédients.

— La jelly était quelque chose que mangeaient les anciens à l'époque pré-nourriture, explique Phoe. Je te trouverai quelque chose à regarder ou à lire à ce sujet, ou si tu as de la chance, ils s'en serviront peut-être à la prochaine foire des jours de naissance.

— Je l'espère. Il est difficile de se renseigner sur la nourriture dans les livres ou les films, j'ai essayé.

— Dans ce cas précis, tu le pourrais, rétorque Phoe. La jelly était plus une histoire de texture que de goût. Cela avait la consistance des méduses.

— Les gens mangeaient ces choses gluantes à l'époque ? me dis-je avec dégoût.

Je ne me souviens pas avoir vu cela dans un des films. En désignant la gelée, je dis :

— Pas étonnant que le monde se soit transformé ainsi.

— Dans la plupart des régions du monde, ils ne le mangeaient pas, dit Phoe d'un ton pédant. Et la jelly était en réalité faite à partir de protéines partiellement décomposées extraites des peaux, des sabots, des os et des tissus conjonctifs de la vache et du cochon.

— Maintenant, tu essaies juste de me dégoûter.

— Alors, ça, c'est la meilleure, venant de toi M. Merde, glousse-t-elle. Quoi qu'il en soit, tu dois quitter cet endroit.

— Ah bon ?

— Tu as des cours dans une demi-heure, mais le plus important, c'est que Mason te cherche, dit-elle et sa voix me donne l'impression qu'elle est déjà debout.

Je me lève et je commence à marcher vers la haute haie qui cache la gelée de la vue des autres Jeunes d'Oasis.

— Au fait — la voix de Phoe vient de plus loin, elle simule le fait de marcher devant moi —, une fois que tu auras vérifié que Mason te cherche, essaie d'expliquer comment une amie imaginaire comme moi pourrait savoir une telle chose... savoir quelque chose que tu ne savais pas toi-même.

———

Oasis est déjà disponible ! Allez visiter mon site www.dimazales.com/book-series/francais/ pour en apprendre plus et vous inscrire sur ma liste de diffusion.

AU SUJET DE L'AUTEUR

DIMA ZALES EST un auteur de science-fiction et de fantasy dont les romans sont classés parmi les best-sellers du *New York Times* et d'*USA Today*. Avant de devenir écrivain, il a travaillé à New York dans l'industrie du développement de logiciels en tant que programmeur et en tant que cadre. Depuis les logiciels de trading haute fréquence pour les grosses banques jusqu'aux applications mobiles pour des magazines populaires, Dima a tout fait. En 2013, il a quitté l'industrie des logiciels pour se concentrer sur sa carrière d'écrivain et il a déménagé à Palm Coast, en Floride, où il vit actuellement.

VOUS POUVEZ CONSULTER le site www.dimazales.com/book-series/francais/ pour en savoir plus.